손들지 않는 기자들

손들지 않는 기자들

언론인 임철순의 유쾌한 어문 에세이

임철순 지음

깊고 쉬운 글

임철순의 글은 생활의 구체성에 바탕해 있음으로 나는 그의 글을 아름답게 여긴다.

임철순은 매우 젊은 나이에 기자의 일을 시작했다. 큰 신문사의 편집국장과 주필을 두루 거치면서 이 세상 전체를 신문 지면 위에서 주무르고 재단하고 자리매김했음에도 불구하고, 그의 글은 논세가(論世家)의 가파름으로 날뛰지 않는다.

미리 설정해 놓은 이념의 틀 안으로 이 세상을 밀어 넣는 글을 나는 신뢰하지 않는다. 이런 글들은 글 쓰는 자의 틀 안으로 들어오지 않는 세상의 대부분을 잘라서 내버린다.

임철순의 글은 글이 끌고 나가는 글이 아니라, 세상의 틈새를 비집고 들어가서 그 안쪽을 들여다보는 글이다.

그의 글은 일상생활에 힘쓰는 자의 글이다. 그의 글은 세상보다 높은 자리로 올라가서 중생들을 내려다보며 꾸짖지 않는다. 그의 글은 뒤죽박죽으로 엉켜서 흘러가는 세상의 옆구리를 가볍게 찌르면서 말을 걸어오는데, 그 어조는 낮고 상냥한 구어체이다.

그의 글은 지지고 볶는 일상의 작은 기미(幾微)들을 소중히 여겨서 그것들의 온도와 질감을 성찰함으로써 생각을 전개한다. 이 사유는 관념이 아니라 생활이다.

어려운 말을 어렵게 하기는 쉽고, 쉬운 말을 어렵게 하기는 더욱 쉬운데, 어려운 말을 쉽게 하기는 어렵다. 어려운 말을 쉽게 한 말은 어려움의 티가 나지 않는다. 그러니 인간이 쉬운 말을 어렵게 만들 뿐, 말이란 본래 쉬운 것이다.

— 김훈(소설가)

책을 내면서

5년 만에 책을 냅니다. 오랫동안 좋은 글을 많이 써왔지만 주위의 출판 권유를 한사코 고사하고 있는 신문사 선배가 생각납니다. 그분의 겸양을 존경하고 부러워하면서도 나는 결국 또 책을 냅니다. 이번엔 〈어문 에세이〉라는 이름을 붙였습니다. 그러나 글 전체의 성격이 애매해 꽤 어색한 기분입니다.

경어체로 된 글은 『자유칼럼』에 쓴 것입니다. 가장 많은 것은 조간 경제지 『이투데이』에 썼던 「즐거운 세상」과 「임철순칼럼」입니다. 〈정책브리핑〉이라고 표시된 것은 문화관광부의 온라인 사이트에 쓴 문화 칼럼이며 월간 『과학과 기술』에 실었던 「질문하는 인간」 시리즈 칼럼, 시니어 월간지 『브라보 마이 라이프』를 통해 발표한 글도 함께 실었습니다.

2018년 말로 이투데이에서 퇴직해 자유로워진 지 5개월이 넘었는데, 홀가분하고 편하면서도 뭔가 아쉬운 듯합니다. 〈이렇게 놀아도 되나〉 하는 생각을 여전히 잘 떨치지 못하고 있으니 스스로 딱합니다.

내 가족들과, 세 번째 책을 내준 홍지웅 대표를 비롯한 열린책
들의 여러분, 소설가 김훈 등 세상의 모든 인연과 선의에 두루 감
사하면서, 이 책이 내 삶에 또 하나의 중요한 매듭이 되기를 소망
하고 있습니다.

2019년 5월
임철순

차례

1 시 상금 좀 올리세요

2 슬갑도적과 여성 속곳

7 손들지 않는 기자들

1

시 상금 좀 올리세요

되도록이면 오래 살아서

독일 극작가 게오르크 뷔히너는 1837년 겨우 24세로 요절했다. 그가 남긴 작품은 『당통의 죽음』, 『보이체크』, 『레옹스와 레나』, 『렌츠』 등 몇 편에 불과하다. 그런 뷔히너의 작품을 평생 연구해 온 교수가 있다. 몇 년 전 정년퇴직을 한 뒤 지금도 뷔히너 작품론을 쓰고 번역을 새로 하고 있다. 〈겨우 스무 살 넘어 죽은 사람의 작품을 칠십이 넘도록 연구하느냐?〉고 그 선배를 놀리면 그는 어김없이 정색을 하고 시대를 앞서간 뷔히너와 그의 작품에 대해 진지하게 설명한다.

뷔히너가 더 오래 살았더라면 어떤 작품을 남겼을까, 세계 연극계에는 어떤 영향을 주었을까 하고 이야기하다가 우리 둘이는 결국 〈뷔히너는 더 살 수 없었을 거야. 그게 바로 뷔히너지〉 하고 말을 맺곤 했다.

그 점은 요절한 천재 예술가들 모두에게 해당된다. 이상(李箱)이 더 오래 살았더라면, 모차르트에게 40대 이후의 삶이 허용됐다면, 48세로 타계한 테너 엔리코 카루소가 녹음 기술이 장족의 발전을 한 시대까지 20년만 더 살았더라면……. 그러나 이런 가정은 다 부질없다. 천재들은 다 죽을 때 죽고 죽을 만한 이유가 있어서 죽는 게 아닌가 싶다.

그러면 짧고 굵게 사는 것만이 좋고 옳은가. 그것은 결코 그렇지 않다. 오래 살면서 원숙한 경륜과 재능으로 좋은 예술 작품을 남겨 준 천재들도 많다. 괴테가 83세까지 살지 못했더라면 『파우스트』는 완성되지 못했을 것이다. 괴테가 60여 년에 걸쳐 집필한 끝에 죽기 1년 전에 완성한 『파우스트』는 괴테 역량의 결정체다.

우리나라 1세대 사진 예술가였던 강신율은 96세 때인 2007년 특별 기획전을 열었다. 작고 2년 전에 열린 전시회의 제목은 「사진에 담은 문학 풍경」이었고, 평생을 사진과 함께하며 문학을 사랑했던 그의 삶에 많은 사람들이 박수를 보냈다. 우리나라 현대 시조를 개척한 것으로 평가받은 정소파 시인은 2013년 7월 향년 101세로 타계할 때까지 고향 광주를 지키면서 많은 동시, 시조를 남기고 후학 양성에도 기여했다.

2013년 1월 102세 생일을 5개월 앞두고 작고한 일본의 할머니 시인 시바타 도요(柴田トヨ)는 92세가 돼서야 시를 쓰기 시작한 분이다. 시가 너무 쉽고 평범해 깔보는 사람들도 있지만 오랜 삶의 경험에서 우러나온 그의 언어는 국내외에서 큰 공감을 샀고 2010년에 낸 첫 시집 『약해지지 마(くじけないで)』는 시집으로는 일본에서 최초로 100만 부 이상 팔렸다.

이렇게 노령 예찬을 하게 된 것은 불세출의 기사, 살아 있는 기성으로 통하는 우칭위안(吳淸源) 기사를 읽었기 때문이다. 그는 6월 16일(음력 5월 19일) 100세가 된다. 중국 푸젠성 푸저우 시에서 태어난 그는 14세 때 일본에 간 뒤 90년 가까이 바둑 발전을 위해 헌신해 왔다. 올해 1월에도 기세이(棋聖)전 도전기 현장에 휠체어를 타고 나타날 만큼 건강하다.

우칭위안은 여러 차례의 10번기를 통해 일본의 고수들에게 차례로 승리했고, 신포석을 창안해 사고의 틀을 바꾼 창의적 〈바둑 예술가〉다. 그가 거둔 전무후무한 성적도 따를 사람이 없지만, 그보다 〈바둑은 싸움이나 승부라기보다는 조화(調和)〉라는 그의 철학이 얼마나 소중하고 값진가.

그는 젊어서부터 천재였다. 그리고 1세기에 걸쳐 동양 3국, 아니 세계 바둑계에 큰 영향을 미치고 있다. 100세 생일을 앞두고 한 신문과 서면 인터뷰를 하면서 그는 〈조화 철학〉을 다시 이야기하고, 〈바둑은 세계 평화에 도움이 되니 모두 사이좋게 즐겼으면 좋겠다〉는 희망을 피력했다. 이세돌 9단은 〈기술적인 면에서 바둑은 빠르게 발전해 왔지만 특히 중반전에서의 창의성은 우칭위안 선생을 영원히 따라잡을 수 없을 것이다. 우칭위안 선생의 10분의 1만 되어도 만족이다〉라는 말을 했다. 대부분의 일류 기사들이 이런 생각일 것이다.

예술가들 자신은 아무것도 이루거나 만들어 내지 못한 채 늙어 살아 있는 것만으로는 만족할 수 없을 것이다. 몸으로 표현하는 예술과 머리로 빚어내는 예술에는 분명 연령의 한계가 있다. 하지만 그런 원로들이 살아 있는 것만으로도 일반인들은 행복하고 많은 것을 얻을 수 있다.

릴케의 『말테의 수기』를 인용하고 싶다. 〈시는 언제까지나 끈기 있게 기다려야만 될 것이다. 사람은 일생을 두고 가능하면 아주 오래오래 살아서 우선 꿀벌처럼 꿀과 의미를 모아 들여야 할 것이다. 그래서 최후에 가서는 아마 10행쯤 되는 좋은 시를 쓸 수가 있을는지 모르겠다. 시라는 것은 사람들이 생각하듯 감정이 아닌 것이다(감정이라면 젊었을 때에도 충분히 지니고 있다고 할

수 있다). 사실은 시는 경험인 것이다.〉

릴케의 글은 이렇게 이어진다. 〈추억만 가지고는 아직 아무런 소용도 없다. 그 추억이 우리의 피가 되고 눈이 되고 몸짓이 되며, 이름도 없는 것이 되어 그 이상 우리들 자신과도 구별할 수 없게 됨으로써 비로소 아주 우연한 순간에 한 편의 시의 최초의 말은 그런 추억의 한가운데서, 추억의 그늘로부터 나오게 되는 것이다.〉

예술가는 오래 살수록 좋다. 기행과 파격, 요절만이 예술가의 특권이나 특징이라고 생각해서는 안 된다. 60세 때 쓴 시와 90세에 쓴 시가 같을 수 없다. 인생은 짧고 예술은 길다지만 예술가의 생명도 길 수 있어야 한다고 믿는다.

정책브리핑 2014. 5. 14.

아름다움을 어떻게 간직할까

〈일상의 철학자〉알랭 드 보통은 보통 글쟁이가 아니다. 글쟁이는 〈글 쓰는 사람을 낮잡아 이르는 말〉이긴 하지만, 그를 낮잡아볼 생각은 전혀 없다. 글쟁이가 아니면 뭐라고 할 수 있을까? 글꾼이라고 하면 어떤가? 그러나 〈꾼〉도 사실은 〈어떤 일, 특히 즐기는 방면의 일에 능숙한 사람을 낮잡아 이르는 말〉이라고 돼 있다. 유감스러운 일이지만 더 좋은 말이 생각나지 않으니 그냥 그를 글쟁이, 글꾼이라고 하자.

1969년 스위스의 취리히에서 태어나 영국에서 대학을 다닌 그는 여러 에세이집과 소설을 발표했다. 우아하고 독창적인 방식으로 문학과 철학과 역사, 이른바 문사철을 아우르면서 자전적 경험과 풍부한 지적 위트를 뛰어난 감수성으로 엮어 내고 있는 사람이다. 30여 개국 언어로 번역된 그의 작품이 우리나라에 처음 소개된 것은 10여 년 전인 것 같다.

최근에 그의 에세이집 『여행의 기술』을 읽었다. 제목은 이렇게 돼 있지만 갈 만한 여행지나 교통 숙박편 등에 관한 정보를 제공하는 가이드북은 당연히 아니다. 어디를 가야 하는지 알려 주는 책이 아니라 어떻게 가야 하며 왜 가야 하는지를 생각하게 만드는 책이다.

이집트를 동경했던 귀스타브 플로베르, 어디로든 떠나 일상을 떨치려 했던 보들레르, 이 세상 모든 것을 다 알려 했던 알렉산더 폰 훔볼트, 고향의 자연을 통해 세계와 조응했던 워즈워스, 남불 프로방스에서 색채에 새롭게 눈을 뜬 반 고흐. 알랭 드 보통은 이런 사람들의 여행을 소개하고 있다. 그들의 여행을 통해 인간과 삶의 진실을 발견하고 여행이라는 행동에 숨은 가치와 의미를 알려 주고 있다.

내가 가장 관심 깊게 읽은 것은 이 책의 마무리 부분에 나오는 아름다움에 관한 이야기다. 영국의 비평가·미술가 존 러스킨 (1819~1900)의 삶과 활동을 통해 어떻게 하면 아름다움을 소유할 수 있는가를 논한 대목이다.

아름다운 것을 만나면 누구나 붙들고 소유하고 삶 속에서 거기에 무게를 부여하고 싶다는 충동을 느끼게 된다. 하지만 아름다운 것은 대개 짧거나 멀거나 흐릿하고 여리고 약해서 손에 잘 잡히지 않는다.

알랭 드 보통이 아름다움을 소유하는 방법으로 맨 처음 제시한 것은 카메라다. 사진을 찍으면 어떤 장소의 아름다움을 보고 촉발된 소유욕을 어느 정도 달랠 수 있다. 그다음 소유 방법은 우리 자신을 물리적으로 아름다운 장소에 박아 놓는 것이다. 장엄한 고대 건축물의 기둥에 이름을 새기면 우리는 기념물의 일부가 되어 기둥과 더불어 불멸의 존재가 될 수 있다. 하지만 누가 이런 행위를 적극적으로 권할 수 있겠는가?

아름다움의 다른 소유법은 떠나는 연인의 머리카락을 얼듯이 잃어버린 것을 기억나게 해주는 뭔가를, 그릇이나 칠기 상자나 샌들 따위를 사는 것이다. 이집트에 그렇게도 경도됐던 플로베르가 카이로에서 양탄자 세 장을 산 것과 마찬가지의 행위다.

그러나 우리는 이제 적극적이고 의식적으로 보기 위한 보조 장치로 사진을 활용하는 게 아니라 보는 것을 대체하는 물건으로 카메라를 사용함으로써 오히려 전보다 세상에 대해 주의를 덜 기울이고 있다. 아리아나 허핑턴의 저서 『제3의 성공』에도 이런 점이 잘 지적돼 있다. 스마트폰과 디지털 기기의 노예가 된 사람들은 모든 것을 찍어 댄다. 그것은 기억이나 기록이 아니라 생명 없는 채집이나 수록일 뿐이다. 사진으로 인해 인간과 사물이 오히려 더 보이지 않게 됐다.

존 러스킨이 아름다움을 소유하는 방법으로 제시한 것은 아름다움을 이해하고 아름다움의 요인을 의식하는 것이다. 즉 재능 여부에 관계없이 그것에 관해 쓰거나 그림으로써 예술을 통해 아름다운 장소를 묘사하는 것이 아름다움을 소유하는 가장 좋은 방법이라는 주장이다. 그에 의하면 예술이란 고통을 이해하고 아름다움의 근원을 헤아려 보는 것이다.

그는 아름다움에 대한 인상을 굳히려면 글을 써야 하며 말로 그려야 한다고 말했다. 우리가 〈말 그림〉을 그리지 못하는 것은 스스로에게 충분한 질문을 하지 않기 때문이며 보고 느낀 것을 분석하는 데 정확하지 못하기 때문이라는 것이다.

존 러스킨의 글에는 〈하루 종일 입을 열고 떠드는 그 많은 사람들 가운데 오늘 정오에 지평선 가장자리에 늘어섰던 높이 솟은 하얀 산들의 모양과 절벽 이야기를 해줄 사람은 왜 없는가?〉라는 대목이 있다. 무엇이든 오래, 관심을 기울여 살펴보지 않고는 아름다움을 소유할 수도, 알 수도 없다. 나태주의 시 「풀꽃」은 〈자세히 보아야 예쁘다 / 오래 보아야 사랑스럽다 / 너도 그렇다〉고 알려주고 있다.

존 러스킨의 생각에 감사하면서 아름다움을 소유하는 방법으로 한 가지를 더 이야기하고 싶다. 그것은 다른 사람과 나누고 공유하는 것이다. 아름다움은 나눔으로써 오히려 더 확실하고 분명하게 내 안에 간직될 수 있다.

최근 외국에 사는 어떤 사람이 정원에 핀 수선화 튤립 사진 몇 장을 카카오톡으로 보내왔다. 화려하고 예뻤다. 그러나 한국에는 그런 꽃이 없을까? 그곳의 꽃만 예쁜 게 아닌 걸 잘 알면서도 사진을 보낸 것은 자신이 가꾼 꽃의 아름다움을 공유하고 싶은 마음에서였을 것이다. 몇 년 전 순천만 갈대밭에 간 아내가 그곳 사진을 여러 장 전송해 왔다. 겉으론 심드렁한 반응을 보냈지만 아름다운 것, 멋진 것을 공유하려는 마음이 사랑스럽고 고마웠다.

사실 작가가 글을 쓰고 화가가 그림을 그리는 것과 같은 일체의 예술 행위는 근본적으로 아름다움을 대중과 나누기 위한 일일 것이다. 그러나 그게 어디 전문적인 예술가들만의 일인가? 혼자 마주치고 보아서 느낀 아름다움을 다른 사람과 함께 나누는 것은 그곳에 가지 않은 사람에게도 의미 있는 동행과 공감을 경험하게 만드는 일이다. 그것이 진정한 여행의 기술이며 아름다운 삶의 즐거움이다. 쓰고, 그리고, 나눌 수 있어야 한다.

정책브리핑 2014. 5. 28.

내가 배운 첫 문장

며칠 전에 할아버지 제사를 지냈습니다. 내가 초등학교 5학년 때 돌아가셨으니 벌써 53주기네요. 제사를 준비하던 아내가 〈살아 계셨으면 올해 몇 살이셔?〉 하고 물어 향년(享年)도 따져 보고 몇 주기인가도 생각하게 됐습니다. 살아 계시다면 120세도 넘습니다. 수년 전부터 할아버지 제삿날에 할머니 제사도 함께 지내고 있는데, 언제까지 제사를 지내야 할지 잘 모르겠습니다.

나는 순 엉터리입니다. 제사의 형식과 순서, 음식 진설에 대해 너무 무지해서 제사 때마다 〈참고 자료〉를 들춰 보지만 돌아서면 곧 잊어버립니다. 조부모와 아버지의 제사를 모신 지 얼마 안 됐을 때는 아이들이 〈아부지, 좀 제대로 해요〉 그러기도 했는데, 요즘은 포기했는지 아무 말도 하지 않습니다. 나는 그저 홍동백서, 조율이시 이런 말만 되뇌고 있습니다.

어렸을 때 제사를 마친 할아버지가 마루에서 소지(燒紙)를 하는 걸 본 기억이 납니다. 지방(紙榜)에 불을 붙인 뒤 두 손으로 종이를 공 다루듯 하는 모습은 왠지 무섭고도 우스웠습니다(할아버지, 불장난하면 오줌 싸요!) 그때 제사법을 제대로 배워 둘 걸 하는 생각도 듭니다.

〈계룡산 호랭이〉라고 소문났던 할아버지는 되게 무서웠고, 배
포가 커서 동네 사람들을 휘어잡고 사는 어른이었습니다. 한번 혼
을 내시면 절로 눈물이 찔끔 나왔지요. 나는 할아버지와 함께 사
랑방에서 기거했습니다. 언젠가 집에 불이 난 일이 있습니다. 뭔
지 소란스럽고 창호지가 우런 붉어 잠을 깼는데, 할아버지가 그
와중에도 바로 앉은 자세인 채 〈집에 불이 났는데 잠만 자냐?〉고
하시던 기억이 납니다.

그런 할아버지가 초등학교 입학 2년 전에 고종사촌형과 나를
사랑방에 무릎 꿇고 앉게 한 뒤 이상한 책을 펴놓고 서산(書算)대
로 글자를 짚으며 따라 읽으라고 했습니다. 수줍음이 많았던 나는
왠지 무서워 따라 하지 않았습니다. 그러다가 고종사촌형이 따라
읽는 걸 보고서야 〈윗 상(上)〉 그랬습니다. 한자를 배우기 시작한
것입니다.

우리가 배운 것은 『계몽편(啓蒙篇)』이었습니다. 누가 지었는지
모른다는 설, 조선 후기 장혼(張混)이 지었다는 설이 엇갈리는
『계몽편』은 『천자문(千字文)』과 『동몽선습(童蒙先習)』 다음에 읽
는 초학 아동 교재입니다. 할아버지가 왜 『천자문』부터 가르치지
않으셨는지는 잘 모르겠습니다.

『계몽편』은 〈上有天 下有地 天地之間 有人焉 有萬物焉 日月星
辰者 天之所係 江海山嶽者 地之所載〉라고 시작됩니다. 〈위에 하
늘이 있고 아래에는 땅이 있으며 하늘과 땅 사이에 사람이 있고
만물이 있다. 해와 달과 별은 하늘에 걸려 있고 강과 바다와 산은
땅에 실려 있다〉는 뜻입니다. 천 지 인 만물로 문장이 시작됩니다.
천지와 자연 속의 인간에 대해 알려 주면서 세상의 이치와 인간의
도리를 가르치는 것이 계몽, 문자 그대로 몽매함을 일깨워 주는

일인 셈입니다.

철들어 읽은 책이지만, 이미륵의 소설『압록강은 흐른다』에는 아들에게 한자를 가르치는 아버지가 天(천)이라는 글자를 설명하면서 〈어디서든 이 글자를 만나거든 몸가짐을 바로 하라〉는 요지의 말을 하는 대목이 있습니다. 하늘은 그만큼 엄정하고 공평하고 무서운 것입니다. 〈위에 하늘이 있고 아래에 땅이 있다〉는『계몽편』의 첫 문장은 당연하고 건조한 자연과학적 진술 같지만 얼마나 깊이 생각해야 할 우주의 원리이며 안심이 되는 사실인가요? 이로써 상하의 질서를 배우고 천지간에 존재하는 인간의 일을 알게 되는 단초가 이 문장에서 비롯되는 것입니다. 하늘과 땅, 인간과 만물이 〈있다[有]〉는 존재에 대한 개념어로 연결돼 서로 관계를 맺습니다.

이에 비해『동몽선습』은 〈天地之間 萬物之中 唯人最貴〉, 하늘과 땅 사이에 있는 만물의 무리 가운데 오직 사람이 가장 존귀하다고 시작됩니다. 사람이 가장 존귀한 까닭은 오륜(五倫)이 있기 때문입니다. 사람을 가장 귀하게 여기는 것은 당연하고 옳은 생각입니다. 그런데『계몽편』에 비하면 뭔가 좀 갑작스러운 기분이 듭니다.『계몽편』에는 그와 비슷한 말이 마지막 장인「인편(人篇)」의 첫머리에 나옵니다. 나로서는 하늘과 땅을 말한 뒤 인간을 언급한『계몽편』이 당연히 더 인상적이고 좋습니다.

나는 초등학교에 들어가기 전『계몽편』을 두 번 떼어 책거리를 했습니다. 아들을 위해 즐겁게 떡을 빚었던 어머니는 내가 당시『계몽편』을 처음부터 끝까지 막힘없이 외웠다고 합니다. 지금은 오히려 모르는 문장과 글자가 있을 정도이지만 그때는 열심히 배우고 익혔던 것 같습니다.

아이들이 새를 잡으려고 몰려다닐 때 사랑방에서 글 읽고 있는 나의 목소리를 흉내 내며 지나가던 게 생각납니다. 초등학교에 입학했을 때 한자를 아는 게 신기했던지 상급 학생들이 땅에 한자를 써보게 하던 것도 생각납니다. 사랑방에 손님이나 붓 장수가 오면 (1950년대 공주 산골에는 붓을 팔러 다니는 사람들이 있었습니다) 할아버지는 나에게 『계몽편』이나 『삼국지연의』를 읽게 하며 손자 자랑을 했습니다. 그때 어른들이 숙성(夙成)하다고 말하는 걸 들었는데, 무슨 뜻인지 몰랐지만 기분이 좋았던 기억이 납니다.

할아버지는 손자에게 인쇄된 『계몽편』을 주고 외손자에게는 손수 붓으로 쓴 책을 만들어 주셨습니다. 아쉬운 것은 『계몽편』을 뗀 다음에 더 이상 다른 교재로 공부를 하지 않은 점입니다. 『논어』, 『맹자』, 『시경』, 『서경』 등으로 공부가 이어졌으면 참 좋았을 텐데 할아버지에게는 이미 손자를 가르칠 여유가 없었던 것 같습니다.

그러나 그 정도 가르침이라도 얼마나 소중한가요? 태어나서 배운 첫 문장이 〈上有天 下有地〉라는 게 참 다행스럽고 자랑스럽습니다. 우리 선조들은 이미 아이 때부터 인간과 자연에 대한 사유를 시작해 확고한 인식을 다지고 어른이 됐던 것 같습니다. 그래서 항상 하늘을 두려워하고, 바르게 살려고 노력하고, 인간관계를 무엇보다 중시했던 게 아닌가 싶습니다.

최근 어떤 사람이 새해에 초등학교에 입학하는 손자가 유치원에서 한자(50자) 선행 학습을 하는 것을 걱정하기에 전혀 걱정하지 말라고 했습니다. 이르면 이를수록 좋다고 했지요. 요즘은 아이들이 배워야 할 게 많아 헷갈릴 수 있고 한자 교육에 대한 반대와 반감도 심한 게 사실입니다. 그러나 한자와 한문을 배움으로써 얻을 수 있는 건 참으로 많습니다.

　어쩌다 보니 어려서 서당에 다녔던 사람의 글을 최근에 읽은 데다 외손자의 한자 교육을 걱정하는 글도 보게 돼 내가 했던 한문 공부를 생각해 보았습니다. 이번에 할아버지에게 절을 하면서 나는 속으로 〈할아버지, 고맙습니다〉라고 고했습니다. 할아버지는 내가 지금까지 이나마라도 좀 바른 것, 옳은 것을 생각하며 구차스럽지 않게 살 수 있게 하는 힘을 주셨습니다.

　책장 속에 보관하고 있던 『계몽편』 낡은 책자를 모처럼 꺼내 펼쳐 봅니다. 『계몽편』의 마지막 문자는 見得思義(견득사의), 이로운 것을 보거든 그게 옳은 일인지 생각하라는 말입니다. 그리고 그 책의 맨 뒤에는 초등학교 때의 내 서투른 붓글씨로 〈하루에 글을 안 읽으면 섭바닥에 가시가 돋힌다〉고 씌어 있습니다.

『자유칼럼』 2015. 12. 14.

어김없는 지하철 독서인

1970년대만 해도 사람들이 버스간에서(〈버스에서〉보다 이 말이 훨씬 좋다) 읽는 책이 어떤 건지 대충 알아맞힐 수 있었다. 표지를 보지 않아도 〈이 사람이 읽는 책은 뭐구나〉 하고 짐작할 수 있었다. 서울 지하철이 1호선(1974년 개통)밖에 없어 버스가 대중교통 수단의 중심이었던 시절이다. 그런데 1980년대 이후 출판물의 질과 양이 완전히 달라져 베스트셀러가 아니면 뭘 읽고 있는지 알 수 없게 됐다.

나는 요즘 몇 달째 지하철의 한 독서인을 예의 주시하고 있다. 그는 나보다 한 정거장 다음에 어김없이 내가 앉아 있는 칸에 들어오고, 어김없이 나와 같은 정거장에서 내린다. 묘하게도 어김없이 내 맞은편 좌석에 앉는 그는 갈색 가방을 다리 사이에 내려놓고 어김없이 책을 읽는다.

그가 뭘 읽고 있는지 나는 그것이 늘 알고 싶다. 나는 지하철에 앉으면 대체로 책을 읽는 척하다가 어김없이 잔다. 20년쯤 전에 술이 안 깨 광화문에 내리지 않고 김포공항까지 간 적이 있는 실력이다. 좌우간 그렇게 잠이 들기 전에 안경을 끼고 그의 책이 뭔지 멀리서 살펴보는 게 요즘 어김없는 일과 중 하나다.

그는 40여 분 동안 절대로 자지 않는다. 내리기 한두 정거장 앞에서 휴대폰을 들여다보기도 하지만 참 열심히 책을 읽는다. 내릴 무렵이 다 돼서 잠깐 눈을 감는다. 그러다가 〈마모나쿠 여의도에 키데스〉(곧 여의도역입니다)라는 일본어 안내 방송이 끝날 무렵 어김없이 눈을 뜨고 어김없이 잘 내린다.

책을 읽는 방법에 우작경탄(牛嚼鯨呑)이라는 게 있다. 소처럼 되새김질하는 독서와 고래처럼 한꺼번에 삼키는 독서 두 가지를 말한다. 그러니까 그는 눈을 감고 방금 읽은 걸 되새기는 중인데 나는 괜히 내릴 곳을 지나칠까 봐 걱정한 것이다.

한 달쯤 전에 그는 유홍준의 『나의 문화유산답사기: 일본편』을 읽었다. 나도 그 책을 갖고 있어 금방 알아볼 수 있었다. 그다음에 읽은 책 두 권은 뭔지 모르겠다. 아마도 증권 서적 같은데 내가 워낙 잘 모르는 분야여서 짐작할 수 없었다. 요즘 그가 읽고 있는 건 『책은 도끼다』라는 책이다. 검색해 보니 〈광고인 박웅현의 인문학 강독회〉라는 부제가 붙어 있었다. 300여 쪽 중 50쪽 정도 남은 것 같다. 다음 주 월요일에는 틀림없이 다른 책을 들고 올 것이다.

나는 유치한 내 독서 수준이 들통날까 봐 남들이 표지를 볼 수 없게 한다. 그는 나와 달리 그런 데 별로 신경 쓰는 것 같지 않다. 하지만 멀어서 책 표지가 잘 안 보인다. 어떤 날은 지하철에서 내릴 때 일부러 그의 옆에 다가가 무슨 책인가 훔쳐본 적도 있다.

그가 앞으로도 좋은 책을 어김없이 많이 읽기 바란다. 독서에는 삼여(三餘)가 있다고 했다. 한 해의 여가인 겨울, 하루의 여가인 밤, 그리고 날씨의 여가인 비오는 때가 독서하기에 좋다는 뜻이다. 당송팔대가의 한 분인 구양수는 삼상지학(三上之學)을 이야기했다. 마상(馬上) 침상(寢上) 측상(厠上), 말 위와 침대, 뒷간이 책을 읽거나 생각하기 좋은 배움의 장소라는 말이다.

　그러니까 그는 지금 말 위에서 책을 읽고 있는 셈이다. 앉으나 서나 휴대폰만 들여다보는 〈수그리족〉 속에서 그의 어김없는 독서는 참 장하고 반갑다. 중국 사람들은 고개 숙여 휴대폰만 들여다보는 족속을 저두족(低頭族), 고개 숙인 자들이라고 부른다. 중국 발음으로는 〈디떠우주〉인가 보다.

『이투데이』 2015. 3. 27.

그 아이들은 어디에

아이들은 끊임없이 질문을 한다. 〈이거 뭐야?〉가 세상과 물건 자체에 대한 원론적 물음이라면 〈왜?〉는 세상과 자연의 이치와 원인에 대한 설명을 요구하는 질문이다. 〈이거 뭐야?〉는 한 번의 대답으로 끝날 수 있는 물음이지만, 〈왜?〉는 한 번으로 끝나지 않는다. 끝없이 이어질 수 있는 질문이다.

아이가 태어나 30~40개월쯤 되면 말이 문장이 되고 머릿속에서 사고의 회로가 형성되면서 어휘력이 늘어나게 된다고 한다. 그때부터 아이들은 질문을 통해 인간과 세상의 일을 배워 나간다. 사물의 이름을 아는 것은 달리 말하면 세상의 질서를 아는 것이다. 그리고 그 질서 속에 몸담는 과정이다.

그러나 질문을 궁금한 걸 알려 하는 행위라고만 생각하면 안 된다. 아이는 무엇이든 물으면 대답을 얻게 되고 자신이 중시된다는 것을 질문을 통해 자연스럽게 알게 된다. 그러니까 아이들의 질문은 〈부모와 대화하는 방법〉이며 〈세상에 말 걸기〉라는, 중요한 커뮤니케이션 행위라고 봐야 한다. 〈말이 없는 아이는 배울 수 없다〉는 유대인 속담이 있다. 말은 곧 질문이다.

할아버지한테서 있을 유(有) 자를 비롯한 한자를 몇 글자 배운 초등 1학년 아이가 길거리에서 유턴이라는 교통 표지판을 보자 〈엄마, 있을 유, 돌 턴 맞지?〉 하고 묻는다. 이것은 질문이라기보다 아는 것 자랑에 가까운 말 걸기다. 그 표지판이 있는 곳에서는 차들이 돌아서 가는 걸 알고 있는 아이다.

박혁거세 위인전을 읽던 다섯 살 여자아이가 〈엄마, 사람은 엄마 배 속에서도 나오고 알에서도 나와요?〉 하고 묻는다. 대답하기 난처한 질문이다. 아기가 엄마 배 속에서 나오는 걸 알고 있다는 게 신통하다. 동화책을 읽던 여섯 살 여자아이는 〈엄마도 나중에 할머니가 돼?〉 하고는 그렇다고 하자 엄마에게 밥도 먹지 못하게 한다. 밥을 먹으면 나이가 들고 그러면 늙어 버린다는 생각에서다.

버스에 탄 아이가 〈아저씨, 이 차 우리 집 가요?〉 하고 묻는다. 아직은 모든 상황에서 내가 중심이며 사물의 개념과 용도에 대한 구분이 어려운 시기다. 이런 나이의 순진하고 엉뚱한 질문이 어른들에게는 귀엽고 사랑스럽다.

아이들의 질문에 관한 이론을 몇 가지 간추려 보자. 1) 아이는 말에 굶주리고 있다. 유아는 〈질문 게임〉을 즐긴다. 2) 사고력이 급격히 발달하는 질문기가 있다. 이때 유아는 사물 하나하나에 호기심을 갖게 되고 주변의 사물에 대해 깊이 알고 싶어 해 질문이 끝없이 계속된다. 3) 학령 전의 아이들에게 이 세상은 온통 호기심을 끄는 것으로 가득 차 있다. 그들은 무엇이든 끊임없이 이해하려는 마음을 가지고 있다. 4) 아이들은 질문을 통해 자신들 앞에 무한한 세계가 있다는 것을 알게 돼 탐구하고 정복하고자 한다. 5) 정서적으로 불안하고 자신감이 없는 경우 자신의 존재를 확인 받고 싶은 심리에서 자꾸 질문을 한다.

1964년부터 〈전국 어린이 전화상담실〉을 운영해 온 일본 TBS 라디오가 50년을 맞은 지난해 〈대답하기 곤란했던 질문〉을 공개한 적이 있다. 이 라디오 상담실 이용자는 부모나 주변의 누구에게도 마음 놓고 질문을 할 수 없는 어린이들이었을 것이다. 답변하기 곤란한 질문은 〈엄마 가슴은 아기를 기르기 위해 있는데 아빠는 왜 가슴이 있나요?〉(초등 저학년 남자), 〈나이를 먹고 싶지 않아요. 나이 먹으면 죽잖아요. 죽지 않으려면 어떻게 해야 하나요?〉(초1 여), 〈남자와 여자 둘이 있어야 아기가 태어난다는데 왜 미혼모가 있나요?〉(초6 여), 〈왜 우리 집엔 산타클로스가 안 오지?〉(초2 여), 〈얼룩말은 검은색에 흰 줄인가요, 흰색에 검은 줄인가요?〉(초2 남), 〈사람들은 왜 사랑을 하나?〉(중3 여), 이런 것들이었다. 우리나라 아이들도 마찬가지일 것이다.

이런 질문을 받았을 때 어떻게 해야 하나? 누구나 질문을 받으면 그 문제에 대해 생각해 보게 된다. 진지하게 생각해서 답해 주어야 한다. 건성으로 대답하거나 그런 쓸데없는 생각 하지 말라고 하는 것은 아이를 망치는 짓이다. 아이는 자신의 출생에 관한 의문을 풀면서 정체성을 찾아간다. 내가 어디서 나왔느냐는 물음에 새가 물어다 주었다거나 다리 밑에서 주워 왔다고 하면 안 된다.

아이의 입장이 되어 의문을 갖게 된 배경을 생각해 보고 함께 답을 찾도록 해야 한다. 스스로 생각해서 답, 아니 답이 아니라도 어떤 결론에 이르게 도와줘야 한다. 〈아, 그래? 나는 그런 거 생각도 못했는데 물어보니 나도 궁금해지네. 네가 알아 와서 가르쳐 주면 고맙겠다〉 이렇게 아이를 격려하고 함께 알아보자고 하는 자세가 중요하다.

질문에 제대로 반응하지 않는 부모 밑에서 자란 아이는 주변의 모든 것에 대한 관심이 없어지게 된다고 한다. 그리고 더 중요한 것은 아이들의 질문에 대답하지 않은 부모는 나중에 늙어서 자녀들에게 질문을 할 때 어떤 답도 얻지 못하게 된다는 점이다.

미국 문법학자 노먼 루이스Norman Lewis의 『워드 파워 메이드 이지Word Power Made Easy』에 의하면 아이들은 일부러 공부를 하지 않아도 생활 자체가 말을 배우는 일이다. 아이들은 질문과 모방을 통해 말을 배워 간다. 그런데 어른이 되면 어느새 더 이상 어휘가 늘지 않고 더 이상 말을 배우지도 않는다. 배우는 것에 대한 충동과 욕구가 없어진 탓이다. 새로 이해한 것, 새로 발견한 것이 없는 데다 그 새로운 이해와 발견을 남들에게 표시하고 전달하려는 의사도 없다.

그러나 인간은 죽을 때까지 어린이처럼 배우고 어린이처럼 질문하는 욕구를 잃지 말아야 한다. 늙는 것은 질문이 없어지는 것과 같다. 칠레 시인 파블로 네루다의 표현을 빌리면 〈나였던 그 아이는 어디로 갔는가?〉 그 귀여운 아이, 그 질문 많던 아이.

〈개의 유일한 단점은 오래 살지 못하는 것〉이라고 말한 사람이 있다. 미국의 어느 가정에서 사랑하던 개가 죽어 부모가 슬퍼하고 있었다. 여섯 살 먹은 아들이 〈벨커(개 이름)가 왜 빨리 죽은지 알아요?〉 하고 물었다. 부모가 모르겠다고 하자 아이는 이렇게 가르쳐 주었다. 〈난 왜 그런지 알 것 같아요. 사람은 서로 사랑하고 친절을 베풀며 살아가는 법을 배우기 위해 태어나잖아요. 맞지요? 그런데 강아지들은 이미 그걸 알고 태어나기 때문에 오래 머물 필요가 없는 거예요.〉

이래서 어린이는 어른의 아버지라고 하나 보다.

월간 『과학과 기술』 2015년 4월호

시련과 구원 사이

여섯 살 난 아이가 엄마에게 묻는다. 「엄마, 천국은 엄청 좋은 데야?」 「그럼, 맛있는 것도 많고 사랑하는 사람들이랑 즐겁게 지낼 수 있는 행복한 곳이지.」 아이가 다시 묻는다. 「그럼 우리 집이 천국이야?」

이 질문에 감격하지 않을 사람이 있을까? 아마도 엄마는 감동의 눈물을 흘리거나 아이를 끌어안아 주며 천국의 의미를 새삼 되새길 것이다. 모자간의 문답을 가족들이 공유할 때 행복은 더 커질 것이다.

모든 질문은 아름답다. 순전한 의문 제기이거나 푸념이거나 고백이거나 물음표를 곁들였지만 실은 하나의 진술이나 선언이거나에 관계없이 인간의 참된 지적 욕구와 순수한 마음에서 우러난 질문은 그 자체로 아름답다. 이런 질문이 종교나 신앙에 관한 것일 때는 더욱 아름답고 의미 깊다.

고대 서양 철학자 아우구스티누스(354~430)는 성인으로 존경받았지만 젊어서는 정욕의 노예였던 사람이다. 결혼을 하지 않은 동거녀와 아들도 낳았던 그는 인간과 죄에 관한 질문을 통해 자신을 개조하고, 질문 속에서 새로운 삶을 완성해 갔다. 그는 꽤 오래 마니교에 빠져 있다가 마니교의 유명 설교자 파우스투스에게 많은 질문을 던진 끝에 허망한 대답에 실망해 기독교로 개종하기에 이르렀다. 질문은 그에게 회심(回心)의 촉매제였다.

아우구스티누스는 질문으로 가득 찬 책『고백록』에서 이렇게 묻는다. 〈하느님, 태어나기 전에 나는 어디에 있었으며 나는 무엇이었습니까?〉, 〈하느님은 선이신데 악이 왜 존재하며 어떻게 생겨났습니까?〉 그는 일생 동안 〈죄는 어디에서 오는가?〉 하는 실존적 문제의식을 지니고 살았다.

구약「예레미야서」에는 〈내가 주께 질문하옵나니 악한 자의 길이 형통하며 패역한 자가 다 안락함은 무슨 연고니이까?〉 하는 질문(12장)이 나온다. 그리고 양을 잡으려고 끌어냄과 같이 악한 자들을 끌어내시라고 청원한다. 이른바 〈질문하는 예레미야〉다.

이런 질문형 인간의 대표적 인물은 아마도 욥일 것이다. 형언할 수 없는 고난과 시련에 처한 욥은 〈사람이 무엇이관대 주께서 크게 여기사 그에게 마음을 두시고 아침마다 권징(勸懲)하시며 분초마다 시험하시는지, 왜 주께서 주의 손으로 지으신 것(욥)을 학대하시며 멸시하고 악인의 꾀에 빛을 비추시기를 선히 여기시는지〉(「욥기」 7장, 10장 등) 등을 따져 묻는다.

그러자 하느님은 「욥기」 38~41장, 무려 129절에 걸쳐 욥을 추궁한다. 〈내가 땅의 기초를 놓을 때에 네가 어디 있었느냐, 네가 하늘의 법도를 아느냐, 산염소가 새끼 치는 때를 네가 아느냐, 네가 내 심판을 폐하려 하느냐, 어디 한번 대장부처럼 허리를 묶고 답해 보라〉는 것이다. 모진 시련을 거친 끝에 하느님과의 문답을 통해 새로 태어난 욥은 〈140년을 살며 아들과 손자 4대를 보았고 나이 늙고 기한이 차서 죽었다〉.

이렇게 질문을 하면 하느님이든 누구든 그 어떤 초월자든 언제나 성실하게 답을 해주는 것일까. 누구나 답을 얻을 수 있는 것일까.

　닐 도널드 월쉬라는 미국의 지역 라디오방송 토크쇼 진행자는 다섯 번 이혼한 데다 매달 양육비를 보내야 하는 아이가 아홉이나 되는 사람이었다. 해고당하고 건강도 나빠져 노숙자처럼 살던 그는 〈내가 무슨 죄를 지었기에 이 고통을 당해야 하느냐?〉고 신에게 항의하는 편지를 썼다.

　그런데 갑자기 그의 손이 신의 대답을 받아쓰기 시작했다. 3년간 놀라운 받아쓰기를 계속한 그는 한글 번역본으로 1,300쪽이 넘는 3부작 『신과 나눈 이야기*Conversations with God*』라는 책을 내게 됐다. 이것은 일종의 신내림이며 채널링이다. 귀신이 귀에 대고 일러주는 이보(耳報)이며 붓을 잡고 저절로 신의 뜻을 적게 하는 필보(筆報)였다.

　그는 이렇게 물었다. 〈진실로 신이 존재하고 당신이 바로 그라면 왜 모두가 이해할 수 있는 방식으로 자신을 드러내지 않는가?〉 신은 이렇게 답했다. 〈나는 지금 네가 바라보는 곳 어디에나 있다. 나는 너희가 이해하는 어떤 형상이나 모습도 지니고 있지 않다. 내가 어떤 형상을 취하면 누구나 자기가 본 걸 신의 유일한 형상으로 여길 것이다. 그러니 다른 사람들에게 다른 형상으로 나타나면 내가 아니라고 믿지 않겠나. 나는 《위대한 보이지 않음Great Unseen》이다. 나는 없음am-notness에서 나와 항상 그것으로 되돌아간다.〉

　삼성의 창업주 이병철(1910~1987) 회장은 타계 한 달 전 절두산 성당의 박희봉(1924~1988) 신부에게 〈신(하느님)의 존재를

어떻게 증명할 수 있나?〉, 〈신은 왜 자신의 존재를 똑똑히 드러내
보이지 않는가?〉, 〈신은 우주만물의 창조주라는데 무엇으로 증명
할 수 있는가?〉 등 24가지 질문을 던졌다. 24년 뒤 차동엽 신부가
『잊혀진 질문』이라는 책을 통해 천주교의 입장에서 답을 제시했
다. 다른 종단, 다른 종교인들도 각자 답을 내놓을 만큼 이 회장의
질문은 죽음을 예견한 인간의 깊은 고뇌에서 우러나온 문제 제기
였다.

인간은 하느님으로부터 〈아담아, 네가 어디 있느냐?〉(「창세
기」 3장) 하는 질문을 받은 이후 죄의식 속에 살면서 그 대답을
하느라 전전긍긍해 왔지만, 오늘날에는 거꾸로 〈신은 죽었다〉며
신을 추궁하고 있다.

> 당신은 지금 어디에 계시죠? (이 폐허가 된 땅덩이 위에서,
> 그 무수한 암흑의 밤 속에서) 우린 당신을 향해 끝없이 울부짖
> 었습니다. 저주도 했습니다. 그러나 사랑하는 하느님은 그때 어
> 디 계셨죠? 오늘 저녁은 또 어디 계실 겁니까? (중략) 하느님
> 당신은 죽었어요. 살아 있으란 말이에요.
> ─ 황지우 극본『새들도 세상을 뜨는구나』

그러나 이런 것은 순수한 영혼의 자기구원을 지향하는 질문이
아니라 자기파괴적 공격일 뿐이다. 인간의 방황은 고난과 시련 속
에서도 올바른 길을 찾아가는 과정이며 그 과정은 숱한 질문의 연
속이다. 괴테『파우스트』의 핵심 주제를 담은 「천상의 서곡」은 위
에서 언급한 「욥기」에서 영감을 얻은 것이다. 괴테는 파우스트를
욥과 같은 〈하느님의 종〉으로 정의하고, 선한 인간은 비록 어두운

충동 속에서도 무엇이 올바른 길인지 잘 안다고 강조했다.

아우구스티누스도, 욥도 방황과 고난 끝에 모든 게 내 안에 있다는 것을 깨달았다. 자신을 잘 알고 자기 내면을 잘 다스리는 것은 인간에게 주어진 큰 과제다. 유대인들의 성전(聖典) 탈무드에는 이런 질문이 있다. 〈내가 나를 위해 존재하는 것이 아니라면 누가 나를 위해 존재하는가. 내가 나만을 위해 존재하는 것이라면 나는 무엇을 위한 존재인가?〉 그리고 탈무드는 대답한다. 〈자기만을 위한 인간은 자기 자신일 자격조차 없다.〉

『파우스트』에는 〈인간은 노력하는 한 방황하기 마련〉이라는, 고금에 빛나는 명언이 나온다. 이 말을 이렇게 바꾸면 어떨까. 〈인간은 질문하는 한 발전하기 마련이며 질문하는 한 구원을 얻을 수 있다.〉

월간 『과학과 기술』 2015년 2월호

시(詩) 상금 좀 올리세요

시 한 편에 삼만 원이면
너무 박하다 싶다가도
쌀이 두 말인데 생각하면
금방 마음이 따뜻한 밥이 되네.

시집 한 권에 삼천 원이면
든 공에 비해 헐하다 싶다가도
국밥이 한 그릇인데
내 시집이 국밥 한 그릇만큼
사람들 가슴을 따뜻하게 덥혀 줄 수 있을까
생각하면 아직 멀기만 하네.

시집이 한 권 팔리면
내게 삼백 원이 돌아온다
박리다 싶다가도
굵은 소금이 한 됫박인데 생각하면
푸른 바다처럼 상할 마음 하나 없네.

널리 알려진 함민복의 시 「긍정적인 밥」이다. 1996년에 발간된 시집 『모든 경계에는 꽃이 핀다』에 들어 있다. 이 시에 쓰여 있는 것처럼 15년 전 시 한 편의 원고료는 3만 원이었다. 인터넷 검색 사전의 소개대로 〈대한민국에서 보기 드물게 시 쓰는 것 말고 다른 직업이 없는 전업 시인〉인 함민복에게는 원고료가 가장 중요한 수입원이다.

함민복은 1998년 문화관광부의 〈오늘의 젊은 예술가상〉 수상자로 선정됐다. 남들이 부러워하는 영예스러운 일이다. 그러나 그는 무겁고 크기만 한 기념품을 부상으로 받고 〈차라리 쌀이나 한 가마니 주지〉라고 말했다고 한다. 그런 함민복이 나이 50이 되어 올해 3월 뒤늦게 장가를 들었으니 결혼 생활과 살림살이에서 원고료의 비중이 더 커질 수밖에 없다.

그러나 문인들의 말을 들으면 15년 전이나 지금이나 원고료 사정은 달라진 게 별로 없다. 한 편에 10만 원은 최상급 대우이며 8만 원을 주는 곳도 있지만, 여전히 3만 원으로 인사치레를 하거나 아예 원고료를 주지 않는 대신 문예지 정기 구독자 대우를 해주어 책으로 갚는 곳이 많다.

문예지의 경영 여건이 어려운 게 가장 큰 요인일 것이다. 하지만 시인들을 그런 정도로 예우하는 게 문단의 관행처럼 돼버려 주는 쪽이나 받는 쪽이나 별생각 없이 그렇게 하는 게 더 문제인 것 같다. 시를 발표할 지면을 내주는 것만도 고맙게 여기라는 뜻인 것일까.

시는 소설에 비해 원고료가 너무 짜다. 원고 매수에서 차이가 많이 나기는 하지만, 글자 수의 많고 적음이 문학적 완성도나 감동, 작품의 영향력을 가름하는 건 아닐 것이다. 몇 글자 쓰지 않고 시 한 편에 3만 원을 받는다면 실속이 있는 것처럼 보이지만, 어느 시인이 시를 써서 한 달에 30만 원이라도 벌 수 있겠는가. 한 달에 10편을 써 내는 시인도 드물지만 설령 그렇게 쓴다 해도 원고료를 제대로 주는 문예지도 드물다.

더욱이 시집은 소설처럼 매년 낼 수 있는 게 아니다. 시집 한 권에는 통상 60~120편의 시가 실리는데, 그 정도의 시를 쓰려면 3~4년이 걸린다. 예를 들어 1971년에 데뷔한 김광규는 1979년 첫 시집을 냈고, 그로부터 32년 만인 올해 3월, 칠순에 열 번째 시집『하루 또 하루』를 냈다. 데뷔 40년 만에 열 번째 시집이니 4년 만에 한 권씩 낸 셈이다. 그가 결코 게으른 시인이 아닌데도 그렇다.

시를 쓰는 것은 감성의 자판기에 동전을 밀어 넣고 즉시 물건이 나오기를 기다리는 일이 아니다. 참된 시인이라면 누구나 한 줄의 말에 자신의 전 생애를 건다. 아침에 눈 뜨고 일어나 밤에 잠들 때까지 시인은 온몸으로 시를 찾아 더듬고 접하고 배어서 낳는다. 3월에『나는 시인이다』라는 자전적 에세이를 낸 김규동은 이 책에서〈시는 존재 이유였고 삶의 목적이었던 것입니다. 시인을 자처했으나 영혼을 뒤흔든 아름다운 시 한 편 출산하지 못했음은 순전히 김 아무개의 책임입니다〉라고 말하고 있다. 시란 그만큼 심혈을 기울여 어렵게 빚어내는 것인데, 제대로 대접을 받지 못하고 있는 게 문제다.

서울시는 일반 시민들을 대상으로 지하철에 게시할 시를 5월 한 달 동안 공모했다. 지금까지 기성 시인들의 작품을 스크린 도어에 써 붙였던 서울시가 일반 시민들의 작품을 공모한 것은〈달리는 시집〉이라는 지하철을 시민들이 좀 더 사랑하는 문화 공간으로 만들자는 취지라고 한다. 심사를 통과한 시에는 한 편에 5만 원씩 주었다. 예산이 충분한 지방 자치 단체의 행정 행위라고 할 수 있지만 어떤 점에서 일반인들이 기성 시인들보다 대우를 더 잘 받은 셈이다.

시집의 가격을 살펴보자. 요즘 출판되는 시집 중에서 1만 원이 넘는 것은 드물다. 내가 갖고 있는 시집을 훑어 보니 3~4년 사이에 3,000원 정도 값이 올랐다. 1998년 정호승『서울의 예수』 5,000원, 2007년 김광규『시간의 부드러운 손』 6,000원, 2007년 권혁웅『그 얼굴에 입술을 대다』 7,000원, 2010년 차주일『냄새의 소유권』 8,000원, 이런 식이다.

2007년에 나온 문덕수의『꽃먼지 속의 비둘기』가 1만 2,000원이나 된 것은 그의 오랜 문단 경력과 영향력이 더해진 때문일 것이다. 올해 100세가 넘은 일본의 할머니 시인 시바타 도요의『약해지지 마』가 시집의 부피와 시적 성취에 비해 다소 높게 9,000원으로 정해진 것도 통상의 시집 가격과는 좀 다르다. 우리나라처럼 시집이 많이 팔리는 곳도 드물긴 하지만, 다른 물가에 비해서 시집이 이렇게 싼 것은 시인들에게 미안하고 죄송스러운 일이다.

각종 문학상에서도 시는 소설에 비해 그 상금이 절반이거나 많아야 50~70퍼센트 수준이다. 신춘문예의 경우 대부분의 신문사가 소설 500만 원, 시 300만 원의 상금을 준다. 소설 700만 원, 시 500만 원을 주는 곳도 있는데 그런 곳은 아주 드물다. 상금이 많을수록 우수한 문학도가 더 많이 몰릴 수 있겠지만, 문단 등용의 관문을 통과하는 절차라는 점에서 볼 때 신춘문예 상금은 액수의 과다가 그리 중요한 게 아니라고 생각한다.

문제는 기성 시인에 대한 대우다. 시인 구상(1919~2004)을 기려 시인들에게 수여하는 구상문학상은 본상에 5000만 원, 신인상에 2000만 원을 준다. 시인들이 받을 수 있는 상금 중에서 최고 수준이다. 시인들에게 주어지는 다른 상은 3000만 원, 1000만 원인 것들이 더러 있고 500만 원이나 그 이하인 상들이 많다.

문학상의 권위가 반드시 상금의 크기에 비례한다고 말하기는 어렵다. 소설가들에게 주어지는 프랑스의 공쿠르상은 상금이 10유로, 한화 1만 6,000원도 되지 않는다. 그런데도 이 상이 가장 권위 있는 상으로 자리 잡은 것은 1903년 제정 이래 엄정하고 정확한 감식안으로 그 시대의 가장 우수한 소설 작품을 선정하는 전통을 지켜 온 덕분이다. 하지만 공쿠르상의 경우처럼 상금 외의 다른 요소가 큰 작용을 하지 못한다면 상금 액수가 많은 상의 권위가 저절로 커지는 건 자연스러운 일이다.

이미 문단에 네뷔해 작품 활동을 활빌히 하는 시인들에게 주는 상금이 원고료 기준의 연장이어서는 안 된다고 생각한다. 최근 수상자가 발표된 어느 문학상은 소설 부문 수상자의 상금이 1000만 원인 반면 시 부문 수상자의 상금은 500만 원이었다. 내가 보기에 문학적 성취에서든 지명도에서든 그 시인이 그 소설가보다 못한 게 결코 없으며 오히려 더 낫다고 판단되는데, 상금이 절반이라는 사실을 납득하기 어려웠다.

작품 한 편에 대한 원고료는 소설과 시가 다를 수밖에 없을 것이다. 내용이야 어떻든 원고료는 원고 매수를 기준으로 산정하는 게 합리적일 것이다. 현실적으로 어렵긴 하겠지만, 시의 원고료를 올려 소설과의 차이를 더 좁힐 수 있다면 더할 나위 없이 좋을 것이다. 원고료를 올리면서 시 문학상의 상금도 올리면 좋겠다.

문학상이란 작품 분량을 기준으로 상을 주는 게 아니며 그 시기까지의 문학적 업적을 총체적으로, 또는 특정한 시기의 작업이나 시집을 선정해 격려하고 표창하기 위한 것이다. 시나 소설, 어느 한 부문에만 수여하는 상이라면 액수가 얼마든 상관없다. 하지만 시와 소설 두 부문을 함께 시상하는 문학상이라면 상금 차가 없어야 한다. 그것이 격심한 산고 끝에 시를 낳은 시인에 대한 마땅한 예우이며 차별 방지책이라고 생각한다. 시가 소설보다 못하다는 인식이나 인상을 심어 주어서는 안 된다.

시에는 소설보다 더 많은 이야기가 들어 있다. 시는 사실 소설보다 더 길다. 원고량 기준으로 상금을 주는 관행은 잘못된 것이다.

『계간문예』 2011년 여름호

낮술을 마시면서

〈대낮에 술을 마시는 사람들이 적지 않다. 낮술의 동기는 실의 나 분노인 경우가 많다. 어떤 사람들에게는 중독성 습관이거나 일종의 오락이다. 그리고 스트레스가 많은 직업의 종사자일수록 낮술을 더 마시는 것 같다.〉 이 네 문장은 내가 이미 12년 전에 쓴 글의 시두이다. 생각이 발전한 게 없어 새 말을 보태지 못하고 〈자기 표절〉을 했다.

『서른, 잔치는 끝났다』의 시인 최영미는 「낮술은」에서 〈낮술은 취하지 않는다〉고 했다. 그녀는 술이 센가 보다. 하지만 낮술은 강력하다. 〈낮술을 마시면 에미 애비도 몰라본다〉는 말처럼 낮술은 주기가 빨리 오르고 취기가 강렬하다. 낮술을 마시면 알 수 없는 호기가 생긴다. 누구의 시였는지 잊었지만(12년 전에도 잊었다고 썼는데, 지금도 생각나지 않는다), 낮술을 불칼의 이미지와 연결시켜 대낮의 분노를 노래한 것이 있었다.

낮술은 쉽게 분해되지 않고 코끝에 걸린다. 정현종의 시 「낮술」은 〈밤에는 깊은 꿈을 꾸고 / 낮에는 빨리 취하는 낮술을 마시리라 / 그대, 취하지 않으면 흘러가지 못하는 시간이여〉라고 끝난다.

김상배의 「낮술」은 〈이러면 안 되는데〉, 겨우 일곱 자로 돼 있다. 내가 아는 가장 짧은 시다. 술을 좋아하는 가수 김창완이 2년 전 세계적인 레코딩 엔지니어 아드리안 홀과 만났을 때 이 시를 〈I think I should not do〉라고 번역해 보여 준 일이 있다.

그렇다. 낮술은 〈이러면 안 되는데〉 하면서 마시고 〈이러면 안 되는데〉 하면서 취한다. 그리고 또 마시니 낮술은 〈이러면 안 되는데〉의 반복이다. 원래 낮은 일하고 밤은 자는 시간인데, 일할 시간에 술을 마시기 때문에 그런 것일까. 낮술에 취하는 것은 즐거우면서도 민망하고 부끄러운 일이다.

하지만 낮술을 마시면 알 수 없는 감각이 계발된다. 바꿔 말해서 평소 생각하지 않은 말이 떠오르는 것이다. 김영승의 「반성·16」이라는 시는 이렇게 이야기한다.

술에 취하여
나는 수첩에다가 뭐라고 써놓았다.
술이 깨니까
나는 그 글씨를 알아볼 수가 없었다.
세 병쯤 소주를 마시니까
다시는 술 마시지 말자고 씌어 있는 그 글씨가 보였다.

나는 시인이 아니지만 낮술을 마시고 뭔가 끼적거린 경우가 많다. 하도 급하게 휘갈겨 써서 대부분 글씨를 알아볼 수 없지만, 알아본 것도 대체 무슨 생각으로 써놓았는지 모를 게 많다. 〈방귀의 방향〉, 이게 무슨 말이지? 방향은 方向인가 芳香인가? 〈자신과 겨루고 남들과 나눈다〉, 이 거룩한 말씀은 내 생각인가, 남의 말인가? 〈남이 깨면 프라이, 내가 깨면 병아리〉, 이 해괴한 대사는 내 발상인가 어디서 베껴 온 건가?

봄이 되면 낮술 마시기가 더 그럴듯해진다. 〈볕이 점점 좋아진다. 낮술이 당기는 계절. 햇살을 만끽하며 낮술 하기 좋은 곳을 찾아서……〉 이렇게 글을 쓴 사람도 있다. 〈당신의 낮술을 책임질 새로운 멕시칸 레스토랑〉, 이런 광고도 보았다.

회사 근처에 〈낮술 환영〉이라고 써놓고 손님을 받는 치킨집이 있다. 〈낮술 환영〉 밑에는 〈낮부터 술을 하시면 경제 발전과 집에 일찍 들어가는 두 가지 효과를 보실 수 있습니다〉라는 말을 당당하게 써놓았다. 그런가? 집에 일찍 들어가게 되던가? 내 경우는 거의 밤까지 내처 술을 더 마셔 귀가가 더 늦어지곤 하던데.

낮술을 하면서 최근 세상을 버린 선배를 생각한다. 낮술을 즐기던 그는 나하고도 더러 마셨지만, 나 말고 지금부터 이미 10년 전에 세상을 떠난 선배와는 대낮에 2~3차를 가곤 했었다. 그는 지난해 12월 숨진 선배의 추도사를 쓰기도 했다. 그런데 추도사를 쓴 간행물이 나오기 직전에 세상을 떠났으니 숨진 이가 숨진 이를 추도하는 셈이 됐다.

〈이러면 안 되는데〉 하면서 낮술을 다시 마신다. 뭔가 새로운 말이 떠오르기를 기대하면서. 그도 지금 하늘에서 낮술을 하고 있을 것 같다.

『이투데이』 2016. 3. 25.

다모토리로 쭈욱 한 잔!

큰일 났다. 매일 술 퍼마시는 사람은 그러지 않는 사람들보다 위암에 걸릴 위험성이 3.5배 높다고 한다. 특히 한자리에서 20도짜리 소주를 한 병 이상 마시면 위암 위험이 3.3배 높아진다. 서울대 의대 예방의학교실 박수경, 유근영 교수팀이 1993년부터 2004년까지 1만 8,863명을 대상으로 평균 8.4년간 위암 위험도를 추적 관찰한 결과다. 조사 대상이 많고 기간도 긴 편이니 신뢰할 만한 조사인 것 같다.

보건복지부도 지난 3월 21일 암 예방의 날에 맞춰 음주 수칙을 바꿔 버렸다. 종전엔 〈술은 하루 두 잔 이내로만 마시기〉라고 살살 달래더니 〈하루 한두 잔의 소량 음주도 피하기〉로 태도를 돌변했다. 지속적인 소량 음주도 암 발생을 높일 수 있다는 해외 연구 결과를 근거로 〈음주 단속〉에 나선 것이다. 알기 쉽게 말을 바꾸면 〈술 끊어!〉다.

EU(유럽연합)는 우리보다 2년 앞서 〈남자 두 잔, 여자 한 잔 이내〉에서 〈음주 하지 말 것〉으로 수칙을 고쳤다고 한다. 남자가 여자보다 술이 더 세다고 믿을 근거가 있나? 그러니까 맨 정신으로 판단하건대 EU의 이번 조치는 성차별적 수칙을 바로잡은 게 아닌가 싶다.

그런데 우리나라 사람들 머리가 좀 좋은가? 한자리에서 소주 한 병 이상 마시면 암 걸릴 확률이 3배 이상 높다고 하자 한자리에서 마시지 말고 두 자리 세 자리로 옮겨 다니며 마시자는 〈여론〉이 비등하고 있다. 아니, 내가 잘 말하는 식으로 하면 〈흥론이 불등〉하고 있다. 輿論(여론)과 興論(흥론), 沸騰(비등)과 拂騰(불등)은 한자가 비슷하기 때문에 이렇게 흔히 말한다.

한 잔만 마신다는 것도 말이 참 어렵다. 〈술 한잔 하자〉고 하면 붙여 써야 되지만 마시는 잔의 수를 세려면 한 잔이라고 써야 되니 우리말은 술 마시면서도 띄어쓰기를 생각해야 한다. 한 잔도 한 잔 나름이다. 작은 소주잔 하나도 한 잔이지만 다모토리도 한 잔이다. 다모토리는 사전에 〈큰 잔으로 소주를 마시는 일 또는 큰 잔으로 소주를 파는 집〉이라고 나와 있다. 중국어 표기는 大碗酒(대완주), 주발 완 자를 쓰고 있다.

조선 성종 때의 저명한 술꾼 손순효(孫舜孝)는 유명한 일화를 남겼다. 성종이 건강을 염려해 은술잔을 하사하며 〈이걸로 매일 한 잔씩만 마시시오〉 했더니 사람을 시켜 술잔을 대접처럼 넓게 펴서 독한 술을 한가득 부어 마시곤 했다고 한다. 다모토리로 마신 것이다.

그런데 술꾼들은 왜 그렇게 매일 마시려 할까. 『워싱턴 포스트』는 최근 런던 정경대가 〈술을 마시면 행복해진다〉는 속설을 수치로 입증했다고 보도했다. 매피니스Mappiness라는 모바일 앱을 이용한 설문 조사에서 사용자들에게 하루에 몇 번씩 〈지금 뭐 해? 지금 느끼는 행복 수준을 1에서 100점까지 점수로 매긴다면?〉 하는 메시지를 보냈다. 이렇게 3년간 3만여 명으로부터 200만 개의 답변을 받아 행복 지수를 도출해 보니 술을 마시면 그러지 않았을 때보다 행복 지수가 무려 10.79점이나 증가했다! 술 마시면서 축구 경기를 보는 것과 같은 다른 행동을 제외하고 술 마시는 행위 자체만 수치화해도 4점 정도가 올라갔다.

음주가 해롭다는 걸 알면서도 사람들이 술을 마시는 이유를 이제 알겠지? 그러나 언제까지나 술독에 빠져 살 수는 없는 법. 장기적으로는 출구 전략을 짜는 게 마땅하고 옳은 일이다. 요즘 브렉시트로 연일 세계가 시끄러운데 알코올엑시트(이게 아닌가? 알코올렉시트라고 써야 하나?)도 중요한 일이다.

『이투데이』 2016. 7. 1.

「봄날은 간다」 제5절

올해에는 예년과 달리 「봄날은 간다」를 별로 불러 보지 못한 채 어느새 여름을 맞았습니다. 술자리가 줄어들었든지, 술자리는 전과 같은데 노래 부르는 자리가 줄었든지 둘 중 하나였겠지요. 이 노래에 대한 흥이 없어지거나 줄어든 건 결코 아니니까요.

누구나 인정하듯 「봄날은 간다」는 우리 가요의 최고봉입니다. 특히 가사의 절절한 매력과 호소력이 일품입니다. 2004년 봄 계간 『시인세계』가 시인 100명을 대상으로 실시한 설문 조사에서도 시인들이 가장 좋아하는 노래로 뽑힌 바 있습니다. 시인들만 좋아하는 게 아닙니다. 「봄날은 간다」를 「내 인생의 노래」로 꼽는 사람들이 아주 많습니다. 연극과 영화로도 같은 제목의 작품이 여럿 나왔습니다.

손로원(시원) 작사, 박시춘 작곡, 백설희의 노래로 1954년 첫선을 보인 이래 한국인들은 봄이 되면 이 노래를 어김없이 불러냈고, 봄을 보내면서 이 노래로 가락을 맞추었고, 다시 봄이 오기를 바라면서 이 노래를 합창했습니다. 백설희에서 시작해 내로라하는 가수들 모두 「봄날은 간다」를 불렀습니다. 가수 30여 명의 노래를 한 장에 담은 CD도 있습니다. 당연히 맛이 각각 다른데, 나는 한영애가 부른 「봄날은 간다」를 가장 좋아합니다.

「봄날은 간다」는 3절로 된 노래이지만, 녹음 시간이 맞지 않아 초판에는 제1절과 제3절만 수록됐습니다.

> 연분홍 치마가 봄바람에 휘날리더라
> 오늘도 옷고름 씹어 가며 산제비 넘나드는 성황당 길에
> 꽃이 피면 같이 웃고 꽃이 지면 같이 울던
> 알뜰한 그 맹세에 봄날은 간다.

이게 1절입니다. 제3절은 이렇습니다.

> 열아홉 시절은 황혼 속에 슬퍼지더라
> 오늘도 앙가슴 두드리며 뜬구름 흘러가는 신작로 길에
> 새가 날면 따라 웃고 새가 울면 따라 울던
> 알궂은 그 노래에 봄날은 간다.

제2절은 백설희가 다시 녹음한 재판에 수록됐습니다.

> 새파란 풀잎이 물에 떠서 흘러가더라
> 오늘도 꽃편지 내던지며 청노새 짤랑대는 역마차 길에
> 별이 뜨면 서로 웃고 별이 지면 서로 울던
> 실없는 그 기약에 봄날은 간다.

그런데 2015년 4월, 문인수 시인이 신작 시집 『나는 지금 이곳이 아니다』를 내면서 제4절을 발표했습니다.

밤 깊은 시간엔 창을 열고 하염없더라
오늘도 저 혼자 기운 달아
기러기 앞서가는 만리 꿈길에
너를 만나 기뻐 웃고 너를 잃고 슬피 울던
등 굽은 그 적막에 봄날은 간다.

원작사자 손로원은 6·25 때 피란살이하던 부산 용두산 판잣집
에 어머니 사진을 걸어 두고 있었는데 화재로 사진은 불타 버리
고, 연분홍 치마 흰 저고리의 수줍게 웃던 어머니는 노랫말 속에
남았습니다. 그렇게 어머니, 여성을 그리는 노래이던 「봄날은 간
다」는 문인수에 의해 시인 자신을 포함한 노인들의 노래로 의미
가 커졌습니다. 그는 70대 중후반인 세 누님과 이 노래를 하다가
4절을 쓰게 됐다고 합니다. 하지만 「봄날은 간다」 4절을 아는 사
람들은 아직도 많지 않은 것 같습니다.
　두 달쯤 전에 서예 스승 하석(何石) 박원규(朴元圭) 선생님이 이
노래의 후속 가사를 써보라고 권한 일이 있습니다. 나는 「봄날은
간다」를 소재로 이미 글을 두 편 썼습니다.* 그러니 당연히 가사
에 관심이 많았지만, 그 말씀을 듣고부터 꼭 해야만 하는 큰 숙제
를 받아든 것처럼 부담감과 의무감 속에서 가사를 생각하게 됐습
니다.
　「봄날은 간다」는 가사가 정교하게 짜인 노래입니다. 1~3절은
물론 문인수 시인의 4절에도 각 절에 맞는 사물과 색깔, 삶의 길
과 인간관계의 모습이 고루 잘 배치돼 있습니다. 〈벌써 이렇게 모

　*　http://blog.naver.com/fusedtree/70137369134; http://blog.naver.com/
fusedtree/220405690387 참조.

든 걸 다 이야기했는데 뭘 추가할 수 있을까? 유명인도 아닌 나 같은 사람이 가사를 덧붙인들 대체 무슨 의미가 있나? 아무도 불러 주지 않을 텐데.〉이런 생각을 하면서도 궁리에 궁리를 거듭했습니다.

그러면서 정리한 생각은 이미 1~3절과 4절에서 이산과 별리, 노쇠와 소멸을 이야기했으니 더 이상 이런 상실과 비탄의 정서에 기대지 말아야겠다는 것이었습니다. 그래, 그러면 나는 차라리 재회와 부활, 소생을 이야기하자, 봄날은 가고 사람은 사라지지만 그 봄날은 어김없이 다시 오고 그 봄날을 노래할 사람들도 이 세상에 다시 오는 게 아닌가.

그런 생각과 고심 끝에 내가 지은 제5절의 가사는 이렇습니다.

어두운 이 밤이 지나가면
푸르른 새벽
오늘도 그 모습 그리면서
이별에 겨워 우는 주마등 길에
별이 뜨듯 다시 만나 꽃이 피듯 함께하자
살뜰한 그 다짐에 봄날은 간다

1절에 나오는 반어적 의미의 〈알뜰한 그 맹세〉를 〈살뜰한 그 다짐〉으로 받았습니다. 알뜰과 살뜰은 의미가 비슷한 말이어서 시작과 끝에 배치하면 서로 잘 어울릴 것 같았습니다. 1절의 꽃은 별과 꽃으로 바꿔 보았습니다. 여기 나오는 〈함께하자〉는 반드시 붙여 써야 합니다. 1~4절과 함께 정리한 가사의 중요한 단어는 다음 표와 같습니다.

「봄날은 간다」 가사의 얼개

연분홍 치마	봄바람 옷고름	산제비 넘나드는 성황당 길	꽃	꽃이 피면 같이 웃고 꽃이 지면 같이 울던 알뜰한 그 맹세
새파란 풀잎	물 꽃편지	청노새 짤랑대는 역마차 길	별	별이 뜨면 서로 웃고 별이 지면 서로 울던 실없는 그 기약
열아홉 시절	황혼 앙가슴	뜬구름 흘러가는 신작로 길	새	새가 날면 따라 웃고 새가 울면 따라 울던 얄궂은 그 노래
밤 깊은 시간	창	기러기 앞서가는 만리 꿈길	달	너를 만나 기뻐 웃고 너를 잃고 슬퍼 울던 등 굽은 그 적막
어두운 이 밤	푸르른 새벽	이별에 겨워 우는 주마등 길	별 꽃	별이 뜨듯 다시 만나 꽃이 피듯 함께하자 살뜰한 그 다짐

　　재회와 부활로 제5절의 개념을 설정한 것은 이로써 「봄날은 간다」 가사가 마무리되기를 바라는, 그러니까 내가 쓴 가사가 완결판이 되어 더 이상 남들이 덧붙이지 못하기를 바라는 이기적 생각 때문이기도 합니다. 어느 누구도 인정하지 않고, 아무도 불러 주지 않아도 그만이지만 나는 어쨌든 큰 숙제를 한 기분입니다. 올해 봄에는 이렇게 「봄날은 간다」를 생각하며 봄날을 보냈습니다. 봄날은 가지만 봄날은 다시 옵니다.

『자유칼럼』 2017. 7. 12.

〈세계 한국어의 날〉을

　지난 22일 서울 강남의 한 복합 문화 센터 건물에서 독일어의 날 행사가 열렸다. 주한 독일·오스트리아·스위스 대사관이 네 번째 공동 주최한 연례행사는 음악과 연극 공연, UCC 공모전 시상식 등으로 진행됐으며 독일어권의 먹거리를 파는 장터도 마련됐다. 원래 독일이 2001년에 제정한 독일어의 날은 9월 두 번째 토요일인데, 한국에서는 세 대사관이 협의해 행사 날짜를 정한다고 한다.

　우리나라에서 독일어는 홀대를 받고 있지만 독일과 독일어는 조금씩 소생하고 있다. 독일은 안홀트-GfK 국가 브랜드 지수에서 6년 만에 1위를 차지했다. 국가 브랜드 지수의 개발자인 사이먼 안홀트와 시장 조사 기업 GfK는 매년 50개국을 대상으로 설문 조사를 실시, 국가 이미지를 측정해 발표하고 있다. 국가 브랜드가 높아짐에 따라 독일어의 영향력도 조금씩 회복되고 있다.

　유네스코는 유엔의 6대 공용어별로 언어의 날을 지정해 운영하고 있다. 영어, 아랍어, 중국어, 프랑스어, 러시아어, 스페인어 등이다. 독일어는 들어 있지 않으니 독일로서는 자존심이 상하는 일이다. 영어의 날은 4월 23일, 아랍어의 날은 12월 18일, 중국어의 날은 곡우인 4월 20일, 프랑스어의 날은 3월 20일, 러시아어의 날은 6월 6일, 스페인어의 날은 10월 12일이다.

영어의 날은 현대 영어의 뼈대를 완성한 셰익스피어의 사망일 (1616년)이며 러시아어의 날은 푸슈킨의 탄생일(1799년)이다. 영어가 국제 언어로 급부상하기 전인 제1차 세계 대전 때까지 유럽의 유일한 외교 언어였던 프랑스어의 날은 1970년 3월 20일 니제르에서 체결된 니아메 협정으로 〈국제 프랑스어 사용국 기구〉가 창설된 것을 기념하는 취지를 담고 있다. 스페인어의 날은 콜럼버스가 신대륙에 첫발을 디딘 날을 기념하는 것이라고 한다.

이런 6대 언어 외에도 어문에 관련된 날은 참 많다. 9월 26일은 유럽 언어의 날이다. 전 유럽의 언어 학습을 장려하자는 취지로 유럽의회와 유럽연합이 2001년 유럽 언어의 해에 선포했다.

모국어의 날도 있다. 언어와 문화의 다양성을 인정하고 각각의 모국어를 존중하자는 취지로 유네스코가 2월 21일로 지정했다. 1952년 동파키스탄(현재 방글라데시)의 다카에서 벵골어를 공용어로 인정할 것을 요구하는 시위대에 파키스탄 경찰이 총을 쏘아 네 명이 숨진 날이다. 이 사건 이후 벵골어는 공용어로 인정됐으며 방글라데시는 독립(1971년) 이후 2월 21일을 〈언어 운동 기념일〉로 지정했다. 또 3월 21일은 유네스코가 정한 〈세계 시의 날〉이다.

유엔 환경계획에 따르면 세계적으로 6,000여 종의 언어가 사용되고 있으나 약 2,500여 개가 곧 사라질 위기에 직면해 있고, 100년 이내에 3,000개의 언어가 사라질 것으로 예상되고 있다. 유네스코는 2010년 12월 제주어를 〈소멸 위기의 언어〉로 지정했다. 사라지는 언어를 1단계 취약한 언어, 2단계 분명히 위기에 처한 언어, 3단계 심하게 위기에 처한 언어, 4단계 아주 심각하게 위기에 처한 언어, 5단계 소멸한 언어 등으로 분류하고 있는데 제주어는 〈소멸한 언어〉 바로 전 단계인 〈아주 심각하게 위기에 처한 언어〉로 분류돼 있다.

단어의 생성과 소멸은 자연스러운 현상이라고 말할 수 있지만, 하나의 언어 전체가 사라지는 것을 막지 못한다면 인류 문화유산의 전승과 보존에 큰 죄를 짓는 일이다. 한번 소멸된 언어는 복원하기 힘들고 정신과 문화, 정체성도 함께 잃게 된다. 제주어 보전이 국가 어문 정책에 반영되도록 하고 민관이 함께 제주어 진흥을 위한 노력을 해야 한다.

이런 이야기를 하는 것은 〈한국어의 날〉의 필요성을 주장하기 위해서다. 한국어가 유엔의 공용어로 지정되는 것은 어려운 일이지만, 한류 문화의 확산과 국력 신장에 힘입어 한국어를 사용하거나 애호하는 인구가 늘어나고 있는 데 주목해야 한다.

한글은 세계에서 가장 우수하고 독창적이며 제작 원리와 제작자가 알려진 문자다. 그러나 한글날이 바로 한국어의 날이라고 생각할 필요는 없다. 오히려 별도의 날을 만들어 세계인들에게 한국어 사용을 적극 권장해야 한다. 세종학당재단이 지난 7월에 개최한 제6회 세계 한국어 교육자 대회에서 마지막 날을 〈한국어의 날〉로 운영한 바 있다. 그러나 부분적이고 일시적인 행사라는 한계가 있을 수밖에 없었다. 정부 차원의 적극적인 정책 추진이 필요하다.

러시아어의 날은 6월 6일이지만 러시아는 올해의 경우 11월 11일에 행사를 했다. 1564년에 러시아어로 된 첫 번째 서적이 출간된 지 450년, 시인 미하일 레르몬토프 탄생 200주년을 겸해 행사가 치러졌다. 러시아는 이렇게 매년 러시아어의 날에 별도의 의미를 찾아서 부여하고 있다. 러시아 사람들은 우주여행을 하려면 러시아어가 필수라면서 러시아어는 〈우주어〉라고 부르고 있다.

우리도 한국어의 자랑과 장점을 발굴하고 널리 알리는 〈한국어의 날〉 행사와 기획을 전 세계적으로 정착시켰으면 좋겠다. 〈세계(아니면 국제) 일본어의 날〉이 만들어지기 전에 하루라도 빨리.

정책브리핑 2014. 11. 28.

독일어의 성 전환

영어는 웃고 들어가 울고 나오고 독일어는 울고 들어가 웃고 나온다고 한다. 이에 비해 러시아어는 통곡하고 들어가 통곡하며 나온다지만, 러시아어가 한국인의 관심사가 된 것은 그리 오래된 일이 아니다. 영어와 독일어의 비교는 처음에 독일어 배우기가 그만큼 어렵다는 걸 강조하는 이야기이다.

독일을 자주 여행한 미국 소설가 마크 트웨인은 독일어를 배우기 위해 꽤 노력했지만 만족스럽지 못했나 보다. 그는 『아서 왕 궁전의 코네티컷 양키』라는 작품에 〈독일 작가들이 문장 속에 뛰어들 때마다 그를 다시 보려면 입에 동사를 물고 대서양 건너편에서 다시 떠오를 때까지 기다려야 한다〉고 썼다. 어떤 연설에서는 〈나는 (하늘나라에 가서) 베드로에게 독일어로 설명하려고 애썼다. 명확하게 말하고 싶지 않아서〉라는 말도 했다. 독일어는 문장이 복잡하고 동사의 변화형 때문에 어렵다는 반감이 실린 말이다.

그뿐이 아니라 독일어는 명사마다 성이 있어 그걸 다 외워야 한다. 일정한 원칙은 있지만 이건 왜 남성이며 저건 왜 여성이나 중성인지 헷갈린다. 아버지Vater는 남성, 어머니Mutter가 여성인 건 당연하지만 왜 물Wasser이나 빵Brot은 중성인지 모르겠고, 치마Rock는 남성인데 바지Hose는 여성인 이유도 납득하기 어렵다. 게다가 여성이 되면 세금, 중성이 되면 자동차 핸들, 언저리를 뜻하는 Steuer처럼 성이 바뀌면 의미가 달라지는 단어도 있다. 그래서 〈독일어 명사의 성이 어떻게 붙여지는지 알려면 독일 영혼을 가져야 한다〉는 말까지 있다.

좌우간 한국인들은 독일어를 배울 때 정관사 변화를 달달 외우는 것으로 공부를 시작한다. 〈데어 데스 뎀 덴, 디 데어 데어 디, 다스 데스 뎀 다스, 디 데어 덴 디〉는 내가 다닌 대학 독문과의 과호이며 응원 구호이기도 하다. 이걸 단숨에 죽 읊어 대면 독일인들은 놀라 자빠진다. 그 복잡한 걸 어떻게 다 외우느냐는 거다. 그들이야 외울 필요도 없겠지만 일단 우리는 외우고 본다.

명사의 성별은 여성이 46퍼센트로 가장 많고, 남성 34퍼센트, 중성 20퍼센트순이다. 이 중에서 한 단어가 의미에 따라 성이 달라지는 경우가 1.2퍼센트라고 한다. 여성명사가 이처럼 많은데도 여권이 신장되면서 명사에 붙이는 성이 여성 차별적이며 독일어는 공정하지 못한 언어라는 논쟁이 계속돼 왔다. 남성을 이용해 여성 이름을 표현할 수 있지만 반대의 경우는 인정되지 않는다. 여성에만 관계될 법한 말인데도 남성 대명사가 나타나는 경우가 있고, 남성 형태의 단어에 말을 덧붙여 여성 형태를 만들지만 그 반대는 안 되기 때문이다.

그래서 최근엔 독일 법무부가 독일 연방 국가 기관은 반드시 〈성 중립적인〉 언어를 써야 한다는 지침을 만들었다. 모든 국가 기관의 문서에 〈중성어〉를 공식 표기토록 강조함에 따라 독일어는 큰 변화를 겪게 됐다. 교통 법규에 지금까지 써온 Jeder(every man)라는 말이 남성형이라는 이유로 중성인 Wer(who)로 바꾸는 식이다. 지금까지 Wer는 구어체에서나 쓰는 말로 알려져 왔다.

독일 대학에서는 지금 〈학생들〉이라는 단어 때문에 혼란을 겪고 있다. 교수가 학생들을 부를 때 남성형 복수명사인 Studenten을 사용해야 할지, 아니면 남성·여성 합성형 명사인 Studentinnen을 사용해야 할지 헷갈리는 것이다. 구인광고와 같은 공식 문서에서는 남성형과 여성형을 적당히 합친 Student(inn)en이나 Studentinnen을 쓰고 있다. 그러나 이것 역시 남성형을 원형으로 삼고 있어 불공정한 절충이라고 말이 많다.

대학 측은 남성형 Studenten이 아닌 성별 구분 없이 〈(공부를 하는) 대학 재학생〉이라는 뜻의 Studierende를 사용해 성차별을 피해 가도록 권장하고 있다. 그러자 어떤 사람들은 누가 무차별 사격을 가해 대학생들이 많이 죽었을 때 〈시민들은 죽어 가는 대학생들을 보며 슬퍼한다〉가 아니라 〈시민들은 죽어 가면서 동시에 공부를 하는 대학생들을 보며 슬퍼한다〉고 말하는 꼴이 될 거라고 비아냥대고 있다.

원래 법률을 통해 문법을 바꾸는 것은 어려운 일이다. 독일 북부에서 사용되는 저지 독일어에서는 남성관사 der와 여성관사 die를 구분하지 않고 de로 통일해서 쓰는 사례가 있다. 이런 식으로 독일어의 관사가 단순해질 거라고 전망하는 학자들도 있다고 한다. 외국인들로서야 변화를 지켜볼 수밖에 없지만 명사의 성이 단순해지면 독일어 배우기는 그만큼 수월해지지 않을까 싶다. 독일어의 시세가 40~50년 전보다는 못하지만 요즘 독일의 위상이 높아짐에 따라 독일어를 배우는 인구가 조금씩 늘고 있다니 하는 말이다.

『인터넷한국일보』 2014. 4. 3.

2

슬갑도적과 여성 속곳

광복 분단 70년 명멸한 유행어 은어

1) 「내가 물어볼 테니 알아맞혀 봐. 〈뚝에치〉가 뭐어게? 〈깐에 짝〉은?」

2) 한 신입 사원에게 부장이 〈우리 어머니 수연에 와달라〉고 말했다. 무슨 뜻인지 몰라 망신을 당한 그는 무식을 만회하려고 에티켓 사전을 뒤진 끝에 〈망구〉라는 말을 찾아냈다. 그가 〈자당 어른께서 망구가 되신 걸 축하드립니다〉라고 하자 부장은 불같이 화를 냈다. 「뭐? 우리 어머니가 할망구라구?」

3) 「안여돼 같으면서 에바 그만 떨고 김천 가자. 그런데 문상도 버카충 되니?」

1)은 1960년대의 수수께끼다. 답은 〈말뚝에 까치〉, 〈뒷간에 볼기짝〉이다. 반세기 전만 해도 이런 문답이나 언어의 희롱은 어른에게든 아이에게든 재미있는 놀이이자 장난감이었다. 하지만 지금은 수수께끼나 스무고개라는 말은 거의 사어가 됐다. 수수께끼는 자판으로 치기에도 불편하다.

2)는 소설가 이창동(문화부 장관 역임)의 콩트 「수연과 망구」의 내용이다. 수연(壽宴)은 생일잔치, 망구(望九)는 아흔을 바라

보는 나이, 그러니까 81세다. 같은 세대인데도 한자어를 몰라서 빚어진 불통 사례다.

3)은 요즘 아이들이 즐겨 쓰는 말을 의도적으로 짜깁기한 문장이다. 어른들을 위해 〈번역〉하면 〈안경 쓴 돼지 같이 생겼으면서 보기 흉한 애교 그만 떨고 김밥천국이나 가자. 그런데 문화상품권도 버스카드 충전 되니?〉라는 뜻이다. 에바는 오버over의 변형이다.

세 가지 사례는 우리의 어문생활이 통시적으로 얼마나 급변해 왔으며 공시적으로는 단절과 괴리가 얼마나 심한지 보여 준다. 1945년 광복 이후 70년간 다른 모든 분야와 마찬가지로 어문생활도 상전벽해(桑田碧海)의 변화를 겪었다. 능곡지변(陵谷之變) 고안심곡(高岸深谷) 천선지전(天旋地轉)의 이 달라짐은 참으로 격세지감(隔世之感) 금석지감(今昔之感)을 일으킨다. 그런데 이런 변화에 긍정적이지 못한 게 많은 것이 문제다. 언어의 민주화는 언어의 자유화를 넘어 언어의 천박화를 촉진했다.

한글문화연대가 한국사회여론연구소에 의뢰해 2013년 12월에 실시한 말 문화 관련 국민 인식 조사에 따르면, 최근 우리 사회의 말 사용 문화에 대해 〈문제가 있다〉는 응답이 92.6%(매우 문제가 많다 33.9% + 문제가 있는 편이다 58.7%)로 압도적이었다. 〈문제가 없다〉는 응답은 7.4%(전혀 문제가 없다 1.1% + 별 문제가 없는 편이다 6.3%)에 그쳤다.

이런 상황에 이르게 된 70년간의 변화와 과제를 정리한다. 일제 잔재와 외래어 남용, 경음화 추세의 가속, 단축어 신조어의 유행, 욕설과 공격성 심화, 유행어 은어의 변천, 남과 북의 언어 괴리, 이 여섯 가지를 중심으로 논의해 본다.

1. 일제 잔재와 외래어 남용 어문학자들의 연구를 종합하면 우리의 어문생활은 국어 건설기(1894년 갑오개혁~1970년 국어 순화정책), 국어 순화기(1970~1980년대 중반), 국어 관리기(1980년대 중반 이후)로 분류할 수 있다. 국어 건설기의 특징은 1) 일제 강점기에 조선어를 제대로 세우려는 투쟁, 2) 새 나라 건설과 이에 따른 한국어 정비 노력이라고 말할 수 있다.

그러나 학술, 출판, 과학기술 같은 모든 분야에서 일본말이 지금도 그대로 쓰이고 그런 말을 많이 알아야 그 분야에 정통한 전문가로 치부되곤 한다. 일제가 남겨 놓은 일본식 땅 이름의 유래를 잘 모르는 채 버스 안내판이나 도로 표지판, 행정 관서나 시설물에 그 이름을 쓰는 경우도 많다. 일일이 예를 들지 않는다.

해방 이후 미국의 영향이 커진 데다 세계화가 급속도로 진행됨에 따라 영어가 득세하면서 이제는 영어를 많이 써야 유식해 보이게 됐다. 한자와 한문 사용은 줄어들었지만 그 자리를 로마자와 영어가 차지했다. 한글전용과 한자 교육 문제의 갈등과 대립은 여전히 해결되지 않은 현안이다.

2. 경음화 추세의 가속 1960년대의 영화나 방송을 보면 북한 사람들이 말하는 것처럼 들린다. 그만큼 발음이 연하고 순하고 말이 느려서 요즘 감각으로는 촌스러워 보인다.

그러나 지금은 말이 빠르고 급하다. 특히 경음이 많아졌다. 소주→쏘주·쐬주가 대표적인 사례다. 소주가 달다 해서 쏘주가 달다는 뜻의 〈쏘달〉이라는 상품이 나왔을 정도다. 숙맥은 콩인지 보리인지 구별하지 못하는 바보라는 뜻인데, 거의 모든 사람들이 쑥맥이라고 발음한다.

우리는 일본어를 표기할 때 ㅊ·ㅋ·ㅌ·ㅍ 등 격음 위주로 하고 있다. 東京의 표기는 경음인 도꾜가 아니라 도쿄다. 하지만 이를 납득하지 않거나 거부하는 사람들이 많다. 세계적으로 잘 발달된 우리나라의 욕은 가속되는 경음화 경향을 잘 알게 해준다.

3. 단축어 신조어의 유행　요즘 젊은 세대는 긴 말을 참지 못한다. 긴 것은 석 자 이내로 줄이고 석 자인 것도 두 글자로 줄여 버린다. 인터넷 강의는 〈인강〉, 「해를 품은 달」은 〈해품달〉, 「넝쿨째 굴러온 당신」은 〈넝쿨당〉, 「별에서 온 그대」는 〈별그대〉다. 일본인들이 축소 지향의 민족이라면 우리는 단축 지향의 국민이 아닌가 싶을 정도다.

인터넷에 떠 있는 〈어른들이 모르는 신조어〉라는 자료(출전 불명)에 의하면 어른들이 가장 못 알아듣는 말은 쏠까말, 정줄놓, 흠좀무, 이뭐병 순이다. 차례로 풀이하면 솔직히 까놓고 말한다, 정신줄을 놓았다, 흠, 이게 만약 사실이라면 좀 무섭군, 이건 뭐 병신도 아니고, 이런 뜻이다. 그런 식의 표현을 빌려 말하자면 이런 말을 하는 아이들은 나이 많은 사람들에게 〈듣보잡〉(듣도 보도 못한 잡놈)일 수 있다.

최근 인터넷 검색어에서 상위에 올랐던 〈슈키라〉를 아는 사람이 얼마나 될까? 「슈퍼 주니어의 키스 더 라디오」라는 라디오 프로그램 이름인데, 이렇게 풀어서 알려 줘도 슈퍼 주니어가 뭐냐고 묻는 사람들이 있으니 유행어와 소통은 역시 어려운 문제다.

아이들은 〈쩐다〉는 말을 입에 달고 산다. 신기하다 멋지다 내가 졌다, 이런 뜻의 감탄사 대용어다. 좋을 때나 나쁠 때나 두루 쓰이는 단어다. 어느 지공거사(65세 이상인 지하철 공짜 이용자)에게 뜻을 물었더니 〈소금에 절여 둔 음식 너무 오래 잘못 보관하면 풍기는 냄새와 맛?〉 이렇게 답이 왔다.

4. 욕설과 공격성 심화   오늘날 한국인의 언어생활에서 가장 두드러지는 문제점은 공격성과 폭력성이다. 1) 익명성에 숨어 자행하는 인터넷 언어폭력의 증대, 2) 거의 모든 문장에서 뜻도 모르고 추임새처럼 뱉어 대는 욕설, 3) 막말과 비속어로 시청률 경쟁을 일삼는 방송 언어의 악순환, 4) 정치권이든 일반인이든 정치적 견해차에 따라 마구 쏟아 내는 극단적 공격 언어, 이런 것들이 문제다.

요즘 아이들은 욕 없이는 말을 하지 못할 정도가 됐다. 몇 년 전 버스 안에서 대화를 하면서 한마디도 욕을 하지 않은 중학생들을 본 할머니가 그 학생들을 표창하라고 학교에 알린 일이 있을 정도다.

문화체육관광부가 2013년 10월 15세 이상 남녀 1000명을 대상으로 실시한 『2013년 언어생활에 대한 설문조사 보고서』를 보자. 청소년들의 일상적인 욕설이나 비속어 사용에 대해 89.4%가 〈언어폭력으로 사회 문제다〉라는 데 동의했다. 중복 답변을 허용한 이 문항에서 사회 문제라는 생각은 〈또래 간의 친근감 표현〉(57.2%), 〈스트레스를 풀기 위한 것〉(40.4%)이라는 답변보다 훨씬 비율이 높았다.

말로 하는 욕설도 문제이지만 인터넷을 비롯한 SNS상에서 댓글을 쓰면서 마구 내갈기는 구어체 욕도 걷잡을 수 없을 정도다. 일상의 대화보다 더 심각한 게 인터넷 막말이다. 일정한 이슈가 생길 경우 자신의 성향과 기호에 맞지 않으면 무조건 욕설을 동반한 비난을 하기 일쑤이고 〈신상 털기〉를 통해 개인 정보 유출과 명예훼손, 인권 침해. 인격 살인을 서슴지 않는 폭력성이 사회 전반에 광범하게 퍼져 있다.

5. 유행어 은어의 변천　해방 이후 한국 사회의 유행어는 근대화→산업화→민주화→정보화의 단계별로 다양하게 변해 왔다. 초기에는 각종 정보를 선점하는 오피니언 리더, 특히 정치권의 언어가 언중을 지배했다. 〈뭉치면 살고 흩어지면 죽는다.〉(초대 대통령 이승만), 〈민생고부터 해결하자.〉(점심 먹자는 뜻. 1961년 5·16 군사 쿠데타 「혁명공약」에서 따온 말), 〈닭의 모가지를 비틀어도 새벽은 온다.〉(김영삼 전 대통령), 〈이 사람 믿어 주세요.〉(노태우 전 대통령) 이런 것을 예로 들 수 있다.

그러나 민주화·정보화 시대로 접어들면서 유행어의 중심은 정치권이나 오피니언 리더에서 일반 대중으로 바뀌었다. 국어 환경의 변화를 주도하고 정책의 변화를 끌어내는 힘이 국가로부터 언중으로 넘어온 것과 비례해서 유행어의 중심도 이동하게 됐다. 산업화와 대중 사회의 출현, 정보통신 혁명 등 사회 구조와 개인 삶의 변화는 그에 걸맞은 새로운 언어와 유행어를 생성하게 만든다.

특히 방송 프로그램의 영향력은 막강하다. 1970년대 이후 「웃으면 복이 와요」를 비롯한 코미디 프로그램이 유행어를 양산해 냈다. 〈김 수한무 거북이와 두루미 삼천갑자 동방삭 칙칙 카포 싸리싸리센타 워리워리 세브리카 므두셀라 구름이 허리케인에 담벼락 서생원의 고양이 바둑이는 돌돌이〉를 기억하시는지? 구봉서와 배삼룡이 만들어 낸 이 긴 이름은 몇 년 전 탤런트 현빈이 「시크릿 가든」이라는 TV 드라마에서 읊어 댐으로써 40년 만에 다시 유행하는 기현상을 보였다. 「개그콘서트」를 비롯한 개그 프로그램이 유행어를 만들고, 그 반대로 이미 유행 중인 유행어가 개그 프로그램에 등장함으로써 더 확산되는 시대다.

6. 남과 북의 언어 괴리　스위스 언어학자 페르디낭 드 소쉬르

(1857~1913)는 〈같은 말은 공통된 민족성을 나타내는 것이므로 민족 통일을 이루려면 무엇보다 말과 글이 통일돼야 한다〉고 말했다. 그러나 남한과 북한은 지난 70년 동안 서로 다른 정치 체제 속에서 각자 국어 정책을 추진하다 보니 이제는 말과 글이 통하지 않는 게 많아졌다.

북쪽이 어려운 일제 한자말을 쉬운 토박이말로 많이 다듬은 것과 달리, 남쪽은 일어나 한자어를 그대로 쓰고 영어를 많이 사용하고 있다. 백열전구 대 전등알, 소프라노 대 녀성고음, 산맥 대 산줄기, 코너킥 대 구석차기, 이런 식으로 표현이 서로 다르다.

이 사례에서 볼 수 있듯 남측은 두음법칙을 지켜 한자어 소리를 자리에 따라 다르게 적지만 북측에선 항상 한 가지로 적는다. 노인 대 로인, 여자 대 녀자, 선열(先烈) 대 선렬, 이렇게 엇갈린다. 북한에서는 하나의 개념으로 묶을 수 있는 단어를 붙여 쓰며 의존명사와 보조용언도 대개 붙인다. 〈무엇때문에〉, 〈우리들전체〉, 〈울듯말듯하다〉 등을 그런 예로 들 수 있다.

이렇게 차이가 커지자 남북 학자들은 1995년 중국 옌벤에서 처음 학술회의를 연 이후 남북 정보통신 용어 통일, 우리말 살리기, 자판 배치 공동안, 우리 글자 배열 순서와 부호계 공동안 등을 만들었다.

가장 중요하고도 어려운 것은 겨레말 큰사전 편찬 활동이다. 2005년 남북공동편찬사업회가 결성돼 추진해 왔으나 당초 발간 목표 2013년은 벌써 지났다. 통일부는 1월 29일 제270차 남북교류협력추진협의회를 열어 이 편찬 사업에 32억여 원의 남북협력기금을 무상 지원키로 했다.

글을 마치며 한국어는 사용 인구 8000만 명에 이르는 세계

13위권의 언어다. 많은 언어가 이미 지구상에서 사라졌고 앞으로도 소멸될 것으로 전망되지만, 한국어는 이제 생존 자체를 고민할 게 아니라 성숙과 발전을 지향해야 할 단계다.

언어의 변천은 시류에 따른 것이고 누가 강제로 유도할 수 있는 게 아니지만 시민 사회를 성숙시키려는 시도와 마찬가지로 바람직한 방향을 향해 지속적으로 노력을 기울여야 한다. 특히 우리 어문생활에 독버섯처럼 번진 공격성을 약화시키고 순화시켜야 한다.

어떻게 할 것인가. 그 답은 우리말 속에 들어 있다. 〈말이 씨가 된다.〉 〈가루는 칠수록 고와지고 말은 할수록 거칠어진다.〉 그러니 남을 공격하는 막말과 욕설은 결국 자기 자신에게 그 피해가 돌아온다는 점을 알게 해야 한다.

〈가는 말이 고와야 오는 말이 곱다.〉 그리고 우리말은 〈아 다르고 어 다르다〉고 하지 않던가. 〈발 없는 말이 천리 간다〉고 하고 〈낮말은 새가 듣고 밤말은 쥐가 듣는다〉고 하잖나. 〈말 한마디로 천 냥 빚을 갚는다〉는데, 말조심을 하지 않아서야 되겠는가. 말에 관한 말이 이렇게 풍부한 민족이 있던가. 〈말로써 말 많으니 말말을까 하노라〉라는 시조까지 있다.

어문단체는 물론 정부와 지자체, 각급 학교 교원, 신문과 방송의 언론 종사자들이 다 노력해야 할 일이다. 특히 유행을 좇아 어법에도 맞지 않고 어원도 불분명한 조어를 무분별하고 천박하게 양산해 내는 정부 부처와 공공기관들의 어문 파괴 행위부터 없어져야 한다.

월간 『브라보 마이 라이프』 2015년 3월호

언어의 소통과 경계 허물기

문무자 이옥(1760~1813)은 영조-순조 연간의 문인이다. 그는 특이하게도 여성의 마음을 읊은 시를 많이 썼다. 특히 우리말을 한자로 번역하지 않고 발음 그대로 한자로 썼다. 다산 정약용(1762~1836)을 비롯한 실학파 시인들도 높새바람을 高鳥風(고조풍)으로, 보릿고개를 麥嶺(맥령)으로 바꿔 표현하는 방식으로 우리말을 쓰려고 애를 쓴 건 사실이다.

하지만 이옥은 〈ㅇ〉을 異凝(이응)으로, 아가씨를 阿哥氏로, 가리마를 加里麻라고 바로 썼다. 사나이의 경우 似羅海(사나해)라고 표기해 〈모름지기 사나이 마음은 바다와 같이 넓어야 한다〉는 의미를 담기도 했다.

그가 이렇게 우리말을 그대로 쓰려 한 이유는 독자들과의 소통을 위해서였다. 그는 「삼난(三難)」이라는 글에서 청포(靑泡)가 묵을 가리키는 말인지 몰라 속았다고 불평하는 사람을 소개한다. 제사를 지낼 등유가 필요해진 어느 태수가 하인에게 법유(法油)를 사오라고 시키는 바람에 하인과 기름 장수가 그 말을 몰라 등유를 구하지 못한 경우도 나온다. 이옥은 이런 예를 들며 쉬운 우리말 사용과 어문일치를 강조했다.

하지만 그의 글은 문체반정(文體反正)을 내세운 정조에 의해 배척됐고, 그는 한동안 과거 응시 자격까지 박탈당했다. 당대 문인들도 시에 우리말 이름을 쓰는 것이 어지럽고 괴이하며 촌스럽다고 이옥을 비난했다. 소통을 지향하는 사람이 오히려 비난 대상이 되는 불통의 환경에서 시인은 고통스러울 수밖에 없었다.

한문과 한자가 지배계층 어문생활의 도구였던 시대에 한글은 천시당하고 외면당했다. 대화와 소통의 장에 한글은 없었다. 그런데 지금은 국어기본법(2005년 1월 공포)에 밝힌 대로 〈국어의 사용을 촉진하고 국민의 창조적 사고력의 증진을 도모함으로써 국민의 문화적 삶의 질을 향상하고 민족 문화의 발전에 이바지하기 위해〉 노력하는 한글의 시대인데도 소통이 어렵다.

세대와 계층 간 언어가 달라도 너무 다르기 때문이다. 지역 간의 언어가 나쁜 것, 즉 사투리는 소통에 장애는 되지만 없애고 배척하기보다 보호하고 전승해야 할 어문 자산이다. 그런 사투리를 쓰는 게 아닌데도 소통이 어려운 것은 젊은 계층에서 많이 쓰는 유행어 은어가 우리의 언어생활을 주도하고 있기 때문이다. 또 인터넷 휴대폰을 비롯한 SNS 사회에서 외계어라고 불러도 될 만한 신조어가 끊임없이 양산돼 소통을 방해하고 있다.

요즘 아이들과 어른들의 말이 서로 통하지 않는 것은 신조어를 만들어 내는 방식 자체가 과거와 많이 다르기 때문이다. 아이들은 일단 긴 말은 세 글자 정도로 줄이고 원래 세 글자 이상 되는 건 두 글자로 줄인다. 인터넷에는 〈어른들이 모르는 신조어〉라는 게 떠다닌다. 누가 언제 어떻게 조사했는지 출전이 불분명한 자료다. 이 자료에서 두드러진 특징은 어른들이 모르는 비율이 높은 말일수록 원래 말을 세 글자 정도로 줄인 것이라는 점이다.

SNS의 댓글은 신조어의 온상이며 진앙이다. 우리나라처럼 댓글이 활발하고, 그래서 악플의 폐해가 심각한 나라도 없을 것이다. 인권 침해나 인격 모독을 넘어 이른바 〈신상 털기〉를 통해 개인 정보 유출은 물론 인격 살인까지 서슴지 않는 철부지들이 많다. 그렇게 앞뒤 재지 않고 사실을 확인하지 않은 채 글을 올렸다가 말썽이 되면 〈자삭〉을 하는 경우가 생긴다. 자진 삭제다.

일을 저질러 놓고 자삭하는 사람들이 늘어나자 그 게시물에 일부러 답글을 달곤 한다. 네이버의 경우 답글을 달면 관리자가 아닌 한 게시물을 삭제할 수 없게 돼 있기 때문이다. 이걸 〈자삭 방지〉라고 한다. 자기소개서를 자소서라고 부른 지 오래고, 인터넷 강의는 〈인강〉이라 하고 있으니 자삭이라고 줄여 부르는 것쯤은 충분히 있을 수 있는 일이다.

오타에서 발생하는 신조어도 많다. 자판을 빠르게 치다 보면 〈완전히〉를 〈오나전히〉, 〈또 울었다〉를 〈똥루었다〉, 〈사상과〉는 〈사사오가〉로 치기 쉽다. 이렇게 실수로 빚어진 말을 재미있다고 그냥 쓰는 것이다.

〈소설가 이외수의 생존법〉이라고 소개된 작품에 『하악하악』이 있다. 하악하악은 가쁜 숨소리를 형용하는 의성어인데 이걸 빨리 치다가 〈항가항가〉가 되자 요즘 젊은이들은 두 가지를 다 쓰고 있다.

이런 것은 오타의 산물이 아니라 언어의 진화, 어감의 강세화로 해석할 수도 있겠다. 어쨌거나 그야말로 〈헐!〉이다.(어떤 사람들은 〈헉의 다른 말〉이라는 헐에 한자가 있다면서 狘이 바로 그 글자, 〈놀라 달아날 헐〉이라고 주장한다. 그러나 이 글자를 월이나 휠로 읽을 수는 있어도 헐은 아니다. 하기야 한자가 있다는 주장

자체를 모르는 사람들이 더 많겠지만.) 본래 뜻에서 전이되거나 진화된 말은 그래도 의미를 짐작하기가 쉽다. 〈진상〉은 원래 〈진귀한 물품이나 지방의 특산물을 윗사람에게 바치는 행위〉, 즉 進上이었다. 그러다가 진상의 폐단이 부각되면서 허름하고 나쁜 것을 속되게 이르는 말이 됐다. 최근 유행하고 있는 〈진상〉은 거기에 부정적 의미를 더해 〈못생기거나 못나고 꼴불견이라 할 수 있는 행위나 그런 행위를 하는 사람〉을 가리키는 말로 쓰이고 있다. 〈진상 떨다〉라는 말은 〈유독 까탈스럽게 굴다〉라는 의미로 사용된다. 고객은 왕이라지만 왕노릇 한답시고 진상을 떠는 손님들이 많다.

젊은이들이 볼 때 요즘 유행하는 말을 못 알아듣는 사람은 다 〈뉴비〉다. 뉴비는 뭔가. 인터넷 게시판이나 커뮤니티 또는 어느 한 분야에서 활동하거나 접한 지 얼마 되지 않는 사람을 말한다. 다른 비교 대상에 비해 한 분야를 기준으로 지식이 모자라는 사람이 뉴비다. 이런 말의 앞에는 흔히 〈개〉나 〈캐〉를 붙여서 강조한다. 재미있는 것도 개재미있고, 뉴비도 캐뉴비, 빠른 건 개빠르고, 깨끗해도 개깨끗하다고 하는 식이다. 〈드럽게 깨끗하다〉는 말과 비슷하다고나 할까.

아이들은 뭔가 잘못을 저질러 아빠한테 혼나는 걸 〈파덜어택〉이라고 한다. 영어로는 father attack인데, 아버지가 자녀를 혼내는 게 공격이라니 그놈들 참! 엄마가 갑자기 방으로 들어오는 건 〈엄크〉라고 한다. 엄마＋이크일까? 어떻게 만들어진 말인지 유래를 잘 모르겠는데, 방에서 엄마 몰래 무슨 짓을 하기에 이런 말까지 만들었을까?

알아들을 수 없는 말은 이렇게 갈수록 늘어난다. 그리고 말은 시간이 가면서 점차 더 어렵게, 더 짧게 진화한다. TV의 코미디 프로그램이 새로운 유행어를 퍼뜨리는 데 결정적 역할을 하는 도구이다. 아니 거꾸로 말해 그렇게 유행하는 것이니 코미디 프로그램에 등장시키는 것이겠지.

요즘 젊은이들은 단축키를 눌러 신속하게 일을 처리하듯 새로운 감각으로 새로운 말을 만들어 내면서 기성세대가 모르는 새로운 삶을 살고 있다. 기성세대에게는 그런 말들이 대부분 낯설고 이상하다. 너무 가볍고 천박해 보여 거부감이 생기는 경우가 많다.

하지만 기성세대가 맨 먼저 할 일은 이런 말을 만들어 내는 세대의 마음과 환경을 이해하고 수용하려 노력하는 것이다. 그들의 언어를 받아들여 새로운 언어 사용에 일정 부분 동참함으로써 언어 단절의 경계를 허물고 소통의 공간을 넓혀 가야 한다. 같은 내용이라도 그들의 언어로 내 생각을 알게 해주어야 세대 간에 말이 통한다. 말이 안 통하면 소도 개도 닭도 다 안 통한다. 올해는 양의 해이지만 양도 안 통한다.

『대산문화』 2015년 봄호

어이, 아베 신조 상, 꿇어!

지난해 12월 대한항공 조현아 전 부사장이 사무장과 승무원을 무릎 꿇리고 마구 혼낸 뒤부터 괜히 내 무릎이 시린 것 같다. 옛날부터 찬바람이 불면 어르신들은 무릎이 시리다고 했는데, 나도 가끔 어르신 소리를 듣게 된 데다 조 씨가 계절과 함께 찬바람을 몰고 왔으니 무릎이 시린 게 당연하시. 재수 없이 누군가에게 잘못 걸려 무릎 꿇고 싹싹 빌어야 할지도 모르잖아?

요즘 이런 우스갯소리가 있다. 대한항공의 기내 안내방송. 〈승객 여러분, 이 비행기에는 조현아 부사장님께서 탑승하지 않으셨으니 안심하시고 즐겁고 편안한 여행을 하시기 바랍니다.〉 조현민 전무가 언니를 위해 〈반드시 복수하겠어〉라고 한 사실이 알려진 뒤에는 이런 말이 추가됐다지, 아마? 〈조현민 전무님도 탑승하지 않았습니다. 다만 저희 항공사는 앞으로 복수 왕복 항공권만 팔기로 했음을 알려드립니다.〉

〈땅콩회항〉 이후 백화점에서, 어린이집에서 손님이 종업원을 무릎 꿇리거나 어린이집 원장이 무릎을 꿇는 〈무릎 사건〉이 잇따라 발생하고 있다. 인천 어린이집의 아이들은 친구가 보육교사에게 맞는 걸 보고 누가 시키지도 않았는데 무릎을 꿇고 조용히 앉아 있었다. 구속된 폭행 교사는 경찰에 끌려갈 때 〈무릎 꿇고 사죄한다〉고 말했다.

시인 이육사는 「절정」이라는 시에서 〈어디다 무릎을 꿇어야 하나 / 한 발 재겨 디딜 곳조차 없다〉고 했다. 피해 갈 수도 없고 도움을 청할 수도 없는 극한적 상황이다. 이 시로 이육사의 무릎은 문학사의 중요한 자산이 됐는데, 무릎을 꿇은 사람들은 바로 그런 처지에 빠진 것이다.

프랑스 영화에 「클레르의 무릎」이라는 게 있다. 외교관이자 작가인 제롬은 결혼을 한 달 앞두고 피서지에서 여성작가 오로라와 재회한다. 그녀가 빌린 집에 머무는 동안 제롬은 집 주인의 두 딸 중 클레르라는 열일곱 살 소녀의 무릎을 만지고 싶다는 욕망을 강하게 느낀다. 어찌어찌해서 결국 무릎을 만지는 데 성공한 제롬은 마음의 안정을 찾아 떠나간다. 〈무릎과 무릎 사이〉에는 별 관심이 없고 무릎만 노리는 참 별난 아저씨의 별 싱거운 이야기 같은데, 하여간 이것도 무릎의 중요성을 알려 준다.

인체 해부학에 무릎 또는 슬관절은 넙다리뼈와 정강이뼈를 잇는 다리 관절이라고 정의돼 있다. 무릎은 인체의 거의 모든 무게를 지탱하는 중요한 부위이고 갑작스러운 상처에 가장 취약한 곳이다. 그런 무릎을 꿇는 것은 항복과 사죄의 표시이다.

빌리 브란트 전 서독 총리는 1970년 12월 7일 폴란드 수도 바르샤바의 유대인 위령탑에 헌화할 때 무릎을 꿇고 묵념하며 제2차 세계 대전 당시 희생된 유대인들에게 사죄했다. 당시 언론은 〈무릎을 꿇은 것은 한 사람이지만 일어선 것은 독일 전체였다〉고 평했다. 세계적으로 유명한 무릎 꿇기였다. 2011년 동일본 대지진 때 아키히토(明仁) 천황은 무릎을 꿇고 피해자들을 위로했다.

아베 신조(安倍晋三) 일본 총리는 19일 이스라엘 예루살렘의 홀로코스트 추모관을 찾아 헌화했다. 그러나 그는 한국인 희생자들은 여전히 외면하고 있다. 과거사 반성에서 독일과 일본은 너무도 판이하다. 빌리 브란트의 무릎을 잘 기억하는 나는 요즘 무릎 꿇는 사건을 지켜보면서 이렇게 말하고 싶어졌다. 〈어이 아베, 아베 신조 상, 꿇어! 광복 70년, 일본인들 말로는 종전 70년이니 무릎을 꿇을 좋은 기회 아닌가? 천황처럼 해봐!〉

『이투데이』 2015. 1. 23.

달려라, 무릎을 긁으면서

피자나 치킨만큼은 안 되지만(이건 순전히 내 생각) 햄버거도 배달시켜 먹는 사람들이 많은가 보다. 배달 근로자들 사이에 맥라이더라는 말이 정착된 걸 보면 그런 생각이 든다. 맥라이더는 맥도날드 햄버거를 오토바이로 배달하는 사람을 가리키는 말이다.

음식 배달앱 〈배달의민족〉은 안전 교육을 수료한 배달원들에게 수료증과 함께 민트라이더 헬멧을 주고 있다. 이래서 〈민트라이더〉라는 새로운 말이 생겼다. 푸른색과 녹색의 중간쯤인 민트색은 연두색과 비슷하지만 우리말로 딱히 무어라고 말하기 어렵다.

최근 어느 인터넷 카페에서 그런 라이더들을 위한 속담 사자성어 풀이를 읽었다. 설상가상이란? 초행길에 기름 떨어져 주유소 찾다가 경부고속도로로 올라가는 것이다. 〈돌다리도 두드려 보고 건너라〉는 〈자주 가는 코너 길이라도 바닥에 엔진 오일 깔려 있을지 모르니 조심하라〉는 뜻이다.

얼른 알아듣기 어려운 속담은 〈맥라이더 3년이면 무릎을 긁는다〉였다. 〈서당개 3년이면 풍월을 읊는다〉는 뜻이라고 한다. 〈식당개 3년이면 라면을 끓인다〉도 같은 말이다.

그런데 긁는다는 게 다친다는 뜻이 아닌가 보네? 가려워서 무릎을 긁는 건 아닌 것 같고, 카드를 긁는 것도 아니고, 아내가 바가지를 긁는 것과는 관계없을 것 같고, IQ 60인 녀석이 등이 가려울 때 벽을 벅벅 긁고는 등을 갖다 대는 건 더욱더 아닌 것 같고…….

인터넷 검색을 했더니 행 오프hang-off라는 말이 눈에 들어왔다. 〈카운터 스티어링으로 바이크를 눕히고 난 뒤에는 힘을 빼라, 일정하게 스로틀만 감아 주면 된다, 상체의 힘만 빼면 바이크는 알아서 돈다, 하체는 단단히 고정해야 된다.〉

무슨 말인지 알기 어렵지만 무릎을 긁는 건 바닥에 거의 무릎을 대고 고속으로 코너를 도는 기술을 말하나 보다. 어떤 바이커는 〈처음 행 오프를 배웠는데 무릎 대는 게 조금 무섭더니 점점 익숙해서 간튜닝이 되더군요〉라고 썼다. 간튜닝이 뭐냐고? 간＋튜닝, 간(肝)을 배 밖에 나오게 하는 튜닝, 그러니까 겁x가리 없이 달린다는 표현이다.

다른 라이더의 글을 보자. 〈무릎을 긁으려면 힘을 빼고 바이크를 믿고 바이크에 의지해 바이크와 하나가 돼야 한다. 남에게 보이자는 쇼가 아니라 마음의 벽을 허무는 것이다. 불안과 두려움으로 막아서는 나 자신을 뛰어넘는 것이다. 새가 더 넓은 세상으로 나오려면 자신이 아는 유일한 세계인 알을 깨야 하는 것처럼.〉 헤르만 헤세의 『데미안』 비슷한 말까지 한 사람은 〈어제 처음으로 무릎을 긁어 보니 세상이 달리 보이더라〉고 썼다. 그 글을 읽으며 나는 무릎을 쳤다. 무릎을 치는 건 감탄의 몸짓이며 깨달음의 표현이다.

중국 송나라 때의 문인 구양수(1007~1072)는 달 밝은 가을밤에 책을 읽다가 무슨 소리인지 들려 아이에게 알아보라고 한다. 아이는 나가 보니 아무것도 없는데 나무 사이에서 무슨 소리가 나더라고 했다. 구양수는 무릎을 치며 〈그게 바로 가을 소리로구나〉라고 한다. 빛나는 명문 「추성부(秋聲賦)」이야기다.

　인간은 뭔가 깨달았을 때 왜 무릎을 칠까. 이유는 잘 모르겠지만 무릎은 달인의 표상이기도 하다. 그렇구나. 사람은 일정한 경지에 오르면 세상이 달리 보이고 안 들리던 소리도 듣게 되는구나. 어느 분야든 숙달되면 다 같구나. 나는 또 한 가지를 배웠다.

『이투데이』 2015. 2. 13.

무릎을 꿇는 낙타처럼

무릎 이야기를 더 하고 싶다. 무릎은 작고 어린 내 자식에게는 보호와 양육의 울타리가 되고, 웃어른과 초월자에게는 몸과 마음을 다한 섬김과 존경을 표현하는 신체 도구가 된다.

나이가 들면 무릎이 시리다지만 나이에 관계없이 〈슬하가 쓸쓸하면 오뉴월에도 무릎이 시리다〉는 속담이 있다. 〈자시도 슬하의 자식〉이라는 말도 있다. 〈슬하에 자녀가 얼마나 됩니까?〉라는 질문도 한다. 이제는 잘 쓰지 않는 말이 된 슬하(膝下)는 무릎 아래라는 뜻이다.

잠시도 가만있지 않고 움직이다가 부딪히고 다치는 아이를 가장 안전하게 기르는 방법은 부모가 다리를 오므려 무릎 안, 곧 슬하에서 놀게 하는 것이다. 그렇게 데리고 기를 때가 자식이지 결혼해 떠나고 나면 남과 같다. 장가간 아들은 〈희미한 옛사랑의 그림자〉, 〈사돈의 8촌〉이라 하지 않던가. 할아버지나 아버지의 무릎에 앉아 논 기억이 있는 사람은 행복한 사람이다.

부모의 무릎을 벗어난 아이는 일어서다가 앞으로 넘어지곤 한다. 『로미오와 줄리엣』에는 줄리엣의 유모가 〈아가, 앞으로 넘어졌니? 철이 들면 뒤로 넘어지겠지〉라고 말하는 대목이 있다. 앞으로 넘어지다가 뒤로 넘어지는 중간에 무릎을 꿇을 줄 알게 되는 게 바로 철드는 게 아닐까.

사막에 사는 낙타는 모래바람을 뚫고 걸을 수 있게 눈썹이 길고, 물 없는 환경에서 살아남기 위해 수분을 생산하는 지방질이 가득한 혹을 등에 지고 다닌다. 또 하나 두드러진 특징은 무릎에 두꺼운 굳은살이 박여 있는 것이다. 사막에 거센 모래폭풍이 휘몰아칠 때 낙타는 조용히 무릎을 꿇고 〈시련〉이 지나가기를 기다린다. 「무릎을 꿇고 앉은 단봉 낙타」라는 19세기 프랑스 유화를 보면 낙타가 경건한 동물을 넘어 현자라는 생각이 들 정도다.

하느님 앞에, 부처님 앞에 간절히 기도할 때 사람은 그렇게 무릎을 꿇는다. 예수의 동생인 「야고보서」의 저자 야고보는 가장 기도를 많이 했던 사람이다. 야고보는 예수의 기도 생활과 부활을 보면서 의심을 버렸다. 그는 〈이러므로 너희 죄를 서로 고하며 병 낫기를 위하여 서로 기도하라. 의인의 간구는 역사하는 힘이 많으니라〉(「야고보서」5장 16절)고 말했다. 다른 성서에는 〈주의 형제 야고보 외에 다른 사도들을 보지 못하였노라〉(「갈라디아서」1장 19절)고 기록돼 있다.

야고보처럼 기도에 열심인 사람을 〈낙타무릎〉이라고 부른다. 기독교인들은 〈머리와 입과 손이 아니라 무릎으로 싸우는 사람들이 돼야 한다〉고 말한다. 이 세상의 악에 대해, 자기 자신에 대해 무릎으로 싸워 기도하라는 것이다. 「낙타무릎」이라는 찬송곡은 〈내 무릎이 다 닳도록 기도할 테니 하늘 문을 열어 응답하소서〉라고 노래한다.

그러니 즐겁게 무릎을 꿇어라. 아니 무릎 꿇을 줄을 알아라. 꼭 하느님 부처님과 같은 초월자나 절대자가 아니라도 존숭하고 경배해야 마땅한 대상 앞에서 무릎을 꿇을 줄 알아야 제대로 된 사람이며 발전할 수 있는 인간이다.

시인 김충규(1965~2012)는 「대나무 앞에 무릎을 꿇어라」는 시를 남겼다.

> 나날이 비우고 비우기 위하여
> 사는 대나무들,
> 비운 만큼 하늘과 가까워진다
> 하늘을 보라, 가득 채워져 있었다면
> 어찌 저토록 당당하게 푸르를 수 있겠는가
> 다 비운 자들만이 죽어 하늘로 간다
> 뭐든 채우려고 버둥거리는 자들은
> 당장, 대나무 앞에 무릎을 꿇어라 (끝 부분 인용)

『이투데이』 2015. 1. 30.

무릎을 모으라, 그리고······

나는 무릎이 약하다. 그 이유에 대해서는 자랄 때 무릎을 자주 꿇는 바람에 발육이 잘 되지 않았기 때문이라고 주장하는 바이다. 어려서 남의 집에 가면 할아버지와 사랑방에서 기거하며 익힌 예법이랍시고 무릎을 꿇고 앉곤 했다. 편히 앉으라고 말해 주기를 기다리며 공손한 척 무릎을 모으고 앉았던 게 지금 생각하면 같잖고 우습다.

옛날엔 어른이나 스승 앞에서 이렇게 무릎을 모으고 옷자락을 바로 하여 단정하게 앉는 게 당연한 예법이었다. 바로 염슬위좌(斂膝危坐)·염슬궤좌(斂膝跪坐)·염슬단좌(斂膝端坐)다. 이른바 수렴신심(收斂身心)의 이런 자세는 스승과 어른의 가르침을 몸 안에 잘 받아들이기 위한 게 아닐는지. 처녀들의 단단하게 모은 무릎이 정절과 순결의 표상인 것처럼.

안동 도산서원의 선비문화수련원은 〈퇴계 종손과의 대화〉라는 수련 시간을 운영하고 있다. 여든을 넘긴 종손은 수련생들을 처음 맞을 때 그 나이에도 큰절을 한 다음 꿇어앉은 자세로 50분가량 대화를 한다고 한다. 이런 앉음새는 예전 선비들에게는 일상적 자세였다.

김병일 선비문화수련원 이사장의 글에 의하면 경(敬)이 핵심인 퇴계 철학이 임진왜란 전후 일본에 전파될 때 이 예법이 함께 건너가 오늘날 일본의 문화 전통이 됐다고 한다. 잘 알다시피 일본인들은 요즘도 무릎을 꿇고 손님을 맞는다. 우리나라의 온돌방과 달리 다다미가 무릎에 부담이 덜한 점도 한 요인일 것 같다.

퇴계의 종손은 무릎 꿇기가 몸에 밴 데다 이 자세가 허리를 꼿꼿하게 해주어 더 좋다며 다른 사람들에게는 편히 앉으라고 한다는데, 요즘 세상에 그 자세가 편한 사람이 얼마나 될까. 등산, 사이클, 마라톤 등을 즐기는 사람들은 무릎에 신경을 많이 쓴다. 스포츠에서는 특히 무릎이 중요하기 때문에 무릎 보호대가 잘 팔릴 것이다. 1만 원대부터 8만 원대까지 값이 천차만별이다.

무릎은 〈가난에 구애되지 않고 평안하게 즐긴다〉는 안빈낙도(安貧樂道)의 표상이기도 하다. 너무 비좁아 겨우 무릎이나 움직일 만한 장소를 용슬(容膝)이라고 한다. 도연명이 「귀거래사」에서 〈남쪽 창에 기대어 거리낌 없이 앉으니 용슬이지만 편안한 걸 잘 알겠네[倚南牕以寄傲 審容膝之易安]〉라고 한 뒤부터 용슬은 안빈낙도의 의미를 갖게 됐다. 용신(容身)도 비슷한 뜻이다.

그렇게 겨우 무릎을 들일 만큼 비좁은 곳에서, 무릎을 맞대고 간담상조(肝膽相照)하는 우정을 기르며 한잔 술에 고담준론(高談峻論)으로 천하의 일과 글을 논하는 삶은 곤궁하지만 멋과 흥이 넘친다. 「귀거래사」 이후 용슬을 시구에 쓰거나 이안(易安)을 당호로 삼은 선비들이 많다.

『삼국지연의』에서 제갈량은 무릎을 껴안고 길게 읊조리다가 친구들에게 〈자네들은 벼슬길에 나가면 자사나 태수쯤은 될 수 있을 걸세〉라고 말한다. 그들이 〈그러면 자네는?〉 하고 되묻자 제갈량은 그저 웃으며 무릎을 쓸면서 길게 읊었다. 『삼국지』의 명장면 중 하나다.

이때 제갈량의 무릎은 천명에 대한 자기인식의 무릎이요 경세제민의 자신감을 담은 무릎이 아니었을까. 제갈량은 결국 그 무릎을 삼고초려의 정성을 다한 유비를 위해 일으켜 세웠고, 그 이후에는 「출사표」라는 명문에 길이 새긴 국궁진췌(鞠躬盡瘁)의 매운 충절로 신명을 다 바쳤다.

사람은 누구나 무릎을 아끼고 성실하게 가꿔야 한다. 그런 무릎을 꿇으라고 남에게 함부로 강요하는 사람은 다 〈나쁜 나라〉다.

『이투데이』 2015. 2. 7.

〈운디드 니〉를 돌아보라

　내 오른쪽 무릎에는 종기를 앓은 자국이 몇 군데 있다. 중학 입시(1964년 당시엔 학교별로 시험을 쳤다) 공부에 집중해야 할 초등학교 6학년 때 갑자기 무릎에 종기가 번져 공부는커녕 제대로 걸을 수도 없었다. 〈종기가 커야 고름이 많다〉는 얄궂은 속담도 있지만, 누런 고름을 싸낼 때의 기분 나쁜 기억을 지울 수 없다.

　한의학자 방성혜의 저서 『조선, 종기와 사투를 벌이다』에 의하면 조선의 왕 27명 중 12명이 종기를 앓았고, 문종, 성종, 정조는 종기 때문에 결국 죽음을 맞았다. 종기는 관절에 고름이 차는 관절염도 되고, 뼈가 썩는 골수염도 되고, 오장육부가 썩는 암도 된다. 요즘엔 잘 안 걸리는 피부병이지만 과거엔 치명적이고 무서운 병이었다.

　무릎의 상처를 보며 조선 16대 왕 인조의 삼궤구고(三跪九叩)를 생각한다. 궤(跪)는 무릎을 꿇는 것, 고(叩)는 머리를 땅에 닿게 하는 것이다. 삼배구고(三拜九叩)라고도 한다. 1637년 1월 병자호란 당시 남한산성에서 나와 항복한 인조는 청태종에게 무릎을 꿇고 양손을 땅에 짚은 뒤 머리가 땅에 닿을 때까지 숙이기를 세 번, 이것을 한 단위로 세 번 되풀이했다. 그 씻을 수 없는 치욕은 인조의 무릎과 조선의 역사에 깊이 새겨졌고, 서울 송파의 삼전도비에 고스란히 남았다.

운디드 니 대학살 사건도 생각한다. 1890년 12월 29일, 미 제 7기병대 500여 명이 수Sioux족 여성과 어린이 등 250여 명의 인디언을 학살했다. 미군은 이들을 무장해제할 때 한 명(귀가 어두운 사람이었다고 한다)이 말을 듣지 않자 무차별 총격을 가했다. 학살 사건이 벌어진 운디드 니 계곡은 라코타족과 크로족이 싸울 때 어떤 유명한 전사가 무릎에 상처를 입었다 해서 붙여진 이름을 영역한 것이다. 그러니까 운디드 니는 인디언 말이 아닌 것이다.

〈수〉라는 이름도 프랑스인들이 붙인 것이다. 수족은 자신들을 라코타 또는 다코타(동맹이라는 뜻)라고 불렀다. 학살당한 부족의 이름은 노스다코타, 사우스다코타라는 주명에 남아 있다.

이 사건으로 미군(미국)과 인디언의 전쟁은 끝났지만, 운디드 니 대학살은 미국사에 씻을 수 없는 오점이자 상처로 남았다. 운디드 니는 그야말로 미국의 〈Wounded Knee(상처 난 무릎)〉이다. 스웨덴 속담에 〈슬픔이 무릎보다 높아지지 않도록 하라〉는 게 있던데, 그 말을 바꾸면 〈수치가 무릎보다 높아지지 않도록 하라〉고 말해야 할 것 같다.

승무원들을 무릎 꿇린 조현아 전 대한항공 부사장의 〈땅콩회항〉 사건을 계기로 무릎에 관한 이야기를 이번까지 다섯 번이나 썼다. 이제 다른 화제로 넘어가면서 마지막으로 슬갑도적(膝甲盜賊) 이야기를 하자. 슬갑은 겨울에 추위를 막기 위해 무릎까지 내려오도록 바지 위에 껴입는 옷이다. 말하자면 부자들의 방한복이다. 그런데 가난한 도둑이 슬갑을 훔친 뒤 이걸 어떻게 쓰는지 몰라 머리에 쓰고 다녔다고 한다. 그래서 다른 사람의 문장이나 학설을 그대로 따르고 표절하면서도 그 뜻을 모르는 경우 슬갑도적이라고 한다. 남의 글을 표절하는 사람이 슬갑도적이다.

인간의 고통과 수치와 불명예를 무릎은 다 기억하고 있다. 사람은 누구나 〈운디드 니〉의 아픔과 상처가 있을 수 있다. 그걸 서로 헤아리고 살펴 주어야 한다. 다섯 번의 무릎 이야기가 부디 슬갑도적의 행태가 아니었기를!

『이투데이』 2015. 2. 7.

슬갑도적과 여성 속곳

남형두(연세대 법학전문대학원) 교수께서 역저를 내놓으셨군요. 평소 공부 많이 하시는 건 잘 알고 있었지만 이렇게 공부가 깊고 열심이신 줄은 몰랐습니다. 『표절론』 출간을 축하드립니다.

이 책의 신간 소개 기사를 어제 마르코글방*에서 읽었습니다. 마침 제가 주 1회 석간 경제신문 『이투데이』에 쓰고 있는 「즐거운 세상」에서 이번에 언급한 슬갑도적(膝甲盜賊) 이야기가 『한겨레』 기자의 기사에도 나와 더 흥미로웠습니다. 저는 슬갑에 대해 〈추위를 막기 위해 무릎까지 내려오도록 껴입는 옷〉이라고 썼는데, 그 기자의 글에는 여자의 속옷이라고 돼 있더군요.

좀 이상하고 의아해서 쉬는 토요일인데도 늦잠도 못 자고(이노무 부起 습관!) 일찍 일어난 김에 여러 자료를 찾아보게 됐습니다. 다른 건 몰라도 슬갑이라면 무릎이 나와야 하는데, 그냥 속옷이라고 하면 맞지 않는 것 같았습니다.

속옷 이야기를 한 글 중 대표적인 것은 2013년 3월 18일 『제민일보』에 실린 오승은 제주대 행정학과 교수·논설위원의 「시론 담론」입니다. 제목은 〈속곳도둑의 죄〉. 다음과 같은 내용입니다.

* 한국일보 출신 언론인 김승웅 씨가 운영하는 온라인글방.

표절자를 이르는 슬갑도적(膝甲盜賊)의 슬갑은 속곳이라는 뜻으로 광해군 때 이수광이 쓴 『지봉유설(芝峯類說)』의 권십육(卷十六) 어언부(語言部) 해학(諧謔)에 나오는데, 도둑이 훔친 속곳의 용도를 몰라 이마에 쓰고 다녔다는 데서 남의 글을 훔쳐다 잘못 쓰는 것을 가리키던 말에서 표절자인 문필도적(文筆盜賊)과 같은 뜻으로 쓰이게 된 것이다. 하필 속곳이 등장하는 이유는, 매우 민망하고 남부끄러운 행위임을 뜻하는 것이리라.

그래서 『지봉유설』의 그 부분을 검색해 보니 이렇게 돼 있었습니다.

昔有儈人膝甲而不知所用 乃貼額上而出 人笑之 故今謂竊取他人文字而誤用者 爲膝甲賊云

(옛날 어떤 도둑이 슬갑을 훔쳤는데 어디에 쓰는 건지 몰라 이마 위에 걸치고 외출하자 사람들이 보고 웃었다. 그리하여 이제는 표절한 문장을 엉뚱한 곳에 사용하는 것을 가리켜 슬갑도적이라고 한다.)

어떤 사람이 이 대목을 번역하면서 슬갑을 바지조끼라고 풀이했던데, 이수광(1563~1628)이 1614년(광해군 6년)에 글을 쓸 당시에는 오늘과 달리 사람들이 슬갑을 잘 알고 있어 따로 설명을 하지 않은 것 같습니다. 어쨌든 오 교수가 말한 속옷, 그것도 여성의 속옷이라는 말은 원전에 없었습니다.

홍만종(洪萬宗)이 1687년(숙종 4년)에 쓴 『순오지(旬五志)』에

도 이 말이 나오지만, 이수광의 말을 받아 글 도둑이라는 속담풀
이를 한 정도입니다.

슬갑과 관련된 말이 가장 먼저 나오는 것은 『시경』소아(小雅)
편으로, 이 말이 여러 군데에 들어 있더군요. 「남유가어지십(南有
嘉魚之什)」의 시구 두 가지를 옮깁니다.

저기 수레 가마를 끄는 네 필의 말은 아름답고, 크고 당당
하게 우리를 압도하나니 붉은 슬갑(膝甲)에 금빛으로 장식한
군화가 돋보이네. 제후들은 동도(東都)를 찾아 끊임없이 모여
든다.*

쓴 나물을 뜯는 사이에
저기 묵밭에서
여기 마을 한복판에서, 그렇게
연모의 정은 넘치고
장군 방숙은
전차 삼천에 찬란한 군기를 휘날리며
그의 통솔 아래
전차 바퀴는 현란하고
멍에 채는 빛을 발하고
여덟 개 방울 소리 낭랑하네
장군복을 입었으니
붉은 무릎 보호대가 휘황하다.

* 駕彼四牡(가피사모) 四牡奕奕(사모혁혁) 赤芾金舃(적불금석) 會同有繹(회동
유역).

군복에 달린 푸른 옥이 청명한 소리를 내고.*

　이 두 시에 나오는 赤芾(적불)과 朱芾(주불)이 바로 슬갑입니다. 더욱이 두 번째 시에 나오는 朱芾斯煌(주불사황)의 朱芾은 천자나 제후의 복색을 말하는 것으로, 주불사황은 뿌리 있는 가문에 태어나 앞으로 제후가 되고 천자가 될 기상이라는 뜻으로 써왔습니다. 사도세자와 그의 비 헌경왕후(獻敬王后)의 사당인 경모궁에서 제사 지낼 때의 의식을 기록한 「경모궁의궤(景慕宮儀軌)」에도 어린 사도세자의 기상을 주불사황이라고 표현한 대목이 나옵니다.

　이긍익(1736~1806)이 지은 『연려실기술(燃藜室記述)』 별집 제13권 『정교전고(政敎典故)』에도 〈군복의 철릭은 곧 슬갑[袴褶]이다. 오늘날 철릭[天翼]이라 부른다〉는 말이 있습니다.

　『일성록(日省錄)』 정조 12년 무신(1788, 건륭 53)에 분도총관(分都摠管) 정술조(1711~?)의 치사(致仕)를 특별히 허락하는 대목에서 정조는 이렇게 말합니다.

　갑진년(1784, 정조 8) 9월에는 『효경(孝經)』 한 책을 진강했다. 붉은 슬갑(膝甲)을 입고 동궁을 위해 예전 모습대로 처음 연석(筵席)을 열던 때가 생각나는데, 그때 창안백발(蒼顔白髮)의 숙유(宿儒)를 얻게 된 것을 기뻐하였다.

---

*　薄言采芑(박언채기) 于彼新田(우피신전) 于此中鄉(우차중향) 方叔涖止(방숙이지) 其車三千(기거삼천) 旂旐央央(기조앙앙) 方叔率止(방숙솔지) 約軧錯衡(약기착형) 八鸞瑲瑲(팔란창창) 服其命服(복기명복) 朱芾斯皇(주불사황) 有瑲葱珩(유창총형).

『승정원일기』 고종 1년 갑자(1864, 동치 3)에는 이런 기술이 있습니다.

『소학(小學)』 제2권을 가지고 강(講)할 때 홍순학이 아뢰기를 〈이는 바로 명륜편(明倫篇)입니다. 윤리에서 어버이를 섬기는 것보다 앞서는 것이 없고, 새벽에 일어나 문안하고 저녁에 잠자리를 봐 드리는 것은 자식으로서 할 직분입니다. 어버이를 섬기는 도리는 반드시 첫닭이 울면 일어나 세수하고 머리를 매만져 정결하게 하고 슬갑을 차고 신끈을 매어 경건하게 하니 효자로서 하나도 빠뜨릴 수 없는 것입니다.

여기에 나온 홍순학(1842~1892)이 1866년(고종 3) 주청사(奏請使)의 서장관으로 청나라에 다녀와서 쓴 시 「연행가(燕行歌)」 중 〈청인(淸人)에 대한 첫인상〉에 슬갑이 있습니다. 청나라 사람들이 이런 옷을 입었다는 거지요.

깃 없는 푸른 두루마기
단추가 여럿이며,
좁은 소매가 손등을 덮어
손이 겨우 드나들고
두루마기 위에 덧저고리 입고
무릎 위에는 슬갑(膝甲)이라

그런데 슬갑의 한자를 膝匣으로 쓴 곳도 있어 헷갈립니다.『숙종실록』에 이렇게 돼 있다네요.

이때에 동의금 정재회가 지평 정호의 상소로 인하여 글을 올려 사직하며 아뢰기를, 〈사불이실이란 네 글자는 법문의 말이요, 장주에서 사람을 논핵하는 데 쓰는 것은 일찍이 보지 못했습니다. 그렇다면 이것은 속담에서 말하는 슬갑(속담에 남의 무릎 가리개를 훔친 자가 쓸 데를 몰라 이마에 붙였다 하여 잘못 쓴 문자를 일컬어 슬갑이라 한다)의 잘못이 아니겠습니까? 사람들이 이 사람에게 기대함이 보통의 사류에 비할 수 없는 것은 그가 명신의 후손으로서 가정이 다른 이들과 다르다는 이유에서입니다〉 하였다.[*]

—『숙종실록』권제26, 62장 뒤쪽, 숙종 20년 윤5월 19일(을유)

이보다 연대가 200여 년 앞서는『성종실록』에는 膝甲이라고 씌어 있습니다.

도원수 허종이 사목을 아뢰기를 〈(중략) 1. 군사들이 입는 의복은 통지하여 고찰하되 모름지기 몸은 짧고 좁은 소매의 갑옷 저고리로 할 것이며, 지금 가는 경차관의 말을 들어 두꺼운 종이를 사용하여 소금물에 4~5번 적셔 사을갑의 목을 두르는 슬갑을 만들도록 하고, 말을 탈 때 앞뒤로 막는 것도 또한 종이를 사용해 위의 것에 의거하여 만들게 하소서. (중략)〉 하였다.[**]

[*] 時同義禁鄭載禧 因持平鄭澔疏 上章辭職曰 詐不以實四字 乃是法文中語 曾所未見於章奏論人之間者 則俗所稱膝匣〈俗諺言有 偸人匣膝之物者 不知其所用 施之於額 故凡誤用文字 謂之膝匣〉之誤耶 人之期待此人 不比尋常士類者 爲其出自名臣之後 而家庭之得異於他人也 (하략)

[**] 都元帥許琮啓師目一 (중략) 一軍士所着衣服 知會考察 須令體短袖窄甲赤古里 則聽今去敬差官之言 用厚紙 潰塩水四五度 做沙乙甲之回項膝甲 騎馬前後遮 亦用紙 依上造作 (하략)

『성종실록』에서 말한 것은 갑옷인데(갑옷저고리를 甲赤古里라고 쓴 게 재미있습니다), 국립중앙박물관 e뮤지엄의 자료는 갑옷을 이렇게 설명하고 있습니다.

갑옷은 처음에는 가죽 등을 이용하였지만 사용 범위가 넓어지면서 점차 종이·포백·록피·쇄자 등으로 재료가 다양해졌다. 갑옷은 상의의 몸체 부분과 하의의 하체 부분을 감싸는 상의 갑과 하의용 군갑과 심장 부분을 보호하기 위해 착용하는 심엄(心掩), 겨드랑이 아래 부분을 보호하기 위해 착용하는 액엄(腋掩) 등이 있고, 무릎 부위를 감싸는 슬갑(膝甲), 어깨 부위에 두르는 견갑(肩甲), 종아리 부분에 착용하는 족갑(足甲) 등이 있다. 갑옷과 투구를 합해 갑주(甲冑)라고 하는데 갑옷과 투구가 따로 된 것과 한데 붙어 있는 것 등이 있다.

이상의 여러 글을 살피건대 슬갑은 천자와 제후의 복장이던 것이 점차 후대로 내려오면서 신분이 그보다 낮은 사람들도 입을 수 있게 일반화한 것 같습니다. 분명한 것은 남성의 옷이지 여성의 옷이라고 볼 수 없다는 점입니다. 사전에 나오는 대로 〈추위를 막기 위하여 바지 위에다 무릎까지 내려오게 껴입는 옷. 앞쪽에 끈을 달아 허리띠에 걸쳐 맨다〉로 알아야 할 것 같습니다. 더욱이 슬갑은 우리 옛말에 〈후시〉라고 돼 있던데, 후시는 팔에 끼는 토시와 서로 어울리는 발음으로 보입니다.

슬갑도적 공부를 하면서 〈天圓子將焉用哉(천원자장언용재)〉라는 재미있는 말도 알게 됐습니다. 한방에서 담(痰)을 치료하는 약재로 쓰이는 천원자는 우리말로 하늘타리라는 다년생 덩굴성 식물입니다. 참외보다 좀 작은 타원형 열매가 황금빛으로 익어 가느다란 줄기에 달리며 뿌리는 고구마처럼 굵다고 합니다.

앞서 인용한 『순오지』에 그 말이 나옵니다. 어떤 사람이 천원자를 얻었으나 용도를 몰라 벽에 걸어 두기만 했습니다. 그 집에 놀러 온 사람이 〈자네는 담을 앓으면서 왜 천원자를 매달아 두고만 있는가?〉 하고 물었습니다. 그러자 주인은 〈이 약초는 어떨 적에 쓰는 건가?〉 하고 되물었다는군요. 천원자를 장차 언제 쓸 것이냐? 뭔지 알아야 제대로 쓰지요. 남의 글을 훔쳐 오더라도 뭔지 알아야 제대로 적절한 곳에 쓸 수 있는 것이지요.

저는 오래전에 최신해(崔臣海) 전 청량리정신병원장의 수필에서 아래와 같은 내용을 읽은 적이 있습니다. 그가 서울에 와 살고 있는 어떤 미국(?) 부인의 집을 찾아갔더니 요강에 담긴 사탕을 주면서 먹으라고 권하더라는 겁니다. 그 여성은 꽃무늬와 색깔이 하도 화려하고 예뻐 시장에서 요강을 샀지만, 그게 어떤 용도로 쓰이는지는 몰랐던 것입니다.

그래서 그 사탕을 먹었다던가, 먹지 않고 그게 오줌 누는 용기라고 알려 주었다던가 잘 기억은 안 나는데, 이런 경우는 뭐라고 말을 만들어 낼 수 있을까요? 砂糖夜壺(사탕야호)? 不知夜壺(부지야호)? 아니면 다른 재미있는 말 없을까요?

그런 건 다음에 더 생각하기로 하고, 앞서 소개한 『일성록』의 글과 정조의 말씀이 정말 아름답고 전아한 문장이라는 말을 덧붙이며 〈이바구 저바구〉를 마칩니다.

마르코글방 2015. 2. 28.

이걸 어째, 초딩 연애 〈상〉

성윤이 할머니는 며느리와 사이가 좋았다. 그러나 어쩌다 수틀리면 〈연애 걸어서 시집온 년〉이라고 소리 질렀다. 다른 사람도 아닌 자기 아들과 연애한 건데도 남들에게 흉을 보고, 며느리에게 대놓고 흠을 잡곤 했다. 1960년대 충청도 어느 산골에서 있었던 일이다.

그 시절에 연애는 바람기 많은 여자들이나 하는 짓이었다. 말을 할 때도 〈연애를 한다〉가 아니라 꼭 〈연애를 건다〉고 했다. 그때와 비교하면 요즘 초등학생 연애 이야기는 놀랍고 기가 막히고 무섭다. 최근 읽은 글 몇 가지를 보자.

장면 1: 여자애가 〈내가 니 깔이야?〉라며 헤어지자고 하고 가자 남자애가 주먹으로 벽을 치면서 〈하 X발, 존나 사랑했는데……〉.

장면 2: 새우버거 사러 갔더니 초딩 5~6학년으로 보이는 아이들이 있었다. 표정이 진지했다. 여자애가 〈이런다고 달라지는 게 뭐가 있어? 집에 갈래, 미안〉 그러는 거야. 그러자 남자애가 슬픈 목소리로 〈하 X발, 사랑한다고. 사랑한다고 병신아!!!〉 그 말에 웃다가 새우버거를 떨어뜨릴 뻔했다.

장면 3: 점심 때 ㅈ초등학교 앞 편의점에 햇반 사러 갔는데 초 딩 커플(4학년 정도)로 보이는 아이들이 있었다. 남자애가 묻기를 〈X발, 그 새끼가 어디가 좋은데?〉 여자애 〈너보다 형이야. 새끼가 뭐냐?〉 그러자 남자애가 〈그래 그 형(난 여기서 빵 터짐)이 먹을 거 사주고 선물 사주고 자꾸 이쁘다고 그러니까 좋냐?〉 〈어.〉 남자애는 진지하다 못해 마음 아픈 목소리로 〈하, 너 이런 여자였냐?〉 그랬다. 난 그 다음이 궁금해 과자를 고르는 척했다. 여자애가 하는 말 〈꼬우면 니가 내 세컨드하든가.〉 알바생과 나는 웃음을 참느라 진짜 죽는 줄 알았다.

한 여고생은 초등 3학년인 여동생이 태권도 학원에서 만난 한 학년 아래 남학생과 매일 톡과 전화를 주고받느라 공부를 하지 않는다고 블로그에 썼다. 그 아이는 동생이 목욕탕에 간 두 시간 사이에 전화 세 통, 키톡, 동영상을 보냈다. 〈누나 나 진짜 좋아하지?〉 〈나 어디가 좋아?〉 이런 걸 수시로 묻고, 아침에 전화 걸어 〈보고 싶어 잠도 못 잤어〉라고 해 결국 휴대폰을 빼앗았다. 하지만 앞으로 이 아이들을 어찌해야 할지 고민이라고 한다.

인터넷에는 초등학생 연애에 관한 글이 많다. 초등 5학년에 벌써 자기가 모쏠(모태솔로)이라는 아이가 남친도 없고 옆구리가 시려워서(!) 크리스마스 때 곰인형을 사려 한다는 글도 쉽게 읽을 수 있다. 초등 3학년이 문방구에서 커플링을 사거나 공원에서 사랑한다며 딥 키스를 하는 걸 보았다는 사람도 있다.

애정 표현이 하도 대담해 선생님들도 당황할 정도다. 1학년 아이들에게 찰흙으로 뭘 만들라고 했더니 반장이라는 녀석이 〈○○아 사랑해〉라고 같은 반 여친의 이름을 작품에 새긴 경우도 있었다. 어느 유치원의 7세반 교사는 남자애가 꼬깃꼬깃 접은 쪽지를 꼭 쥐고 놀이를 하기에 뭔지 보자고 했다가 깜짝 놀랐다. 거기엔 편지가 씌어 있었다. 한 편의 시였다.

현빈에게
사랑해
너랑 나랑 같이 걸어 다녔을 때
두 눈을 감고 걸어갔어
그동안 꽃이 피어났어
희연이가

이런 정도의 시를 쓸 수 있다면 조기 연애도 괜찮고 바람직한 거 아닐까. 번지는 초딩 연애를 보며 〈우리나라 연애계의 전망이 밝다〉고 농담하는 사람도 있지만, 초딩 연애는 세심하게 보살피고 다듬어 주어야 할 중요한 사회 현상이다.

『이투데이』 2015. 4. 3.

이걸 어째, 초딩 연애 〈하〉

　일본 NHK 방송이 지난해 7월 방영한 특집 「요즘 아이들의 연애 사정」에서는 초등학생 4명 중 1명이 연애 중이라는 조사 결과가 발표됐다. 중학생의 경우는 〈40명인 학급에서 연애를 하지 않는 친구는 두 명뿐〉이라고 말하는 학생이 있을 정도로 더 〈활발〉했다.

　우리나라도 비슷할까. 아니 더할지도 모르겠다. 일본 아이들과 비교하면 여성 상위가 확실한 건 똑같다. 여자가 남자에게 〈난 몰라유. 인제 난 어떻게 해유?〉 하던 게 불과 얼마 전인 것 같은데 요즘은 여자애가 남자애에게 〈꼬우면 내 세컨드하든가〉 하는 세상 아닌가. 그러나 우리 아이들이 밥 먹듯 욕을 하는 것은 일본 아이들과 크게 다른 점이다.

　지난번 글에서 초딩 연애를 읽고 놀라워하는 사람들이 많았다. 하지만 실상은 더하다. 아이들은 궁금한 게 많다. 요약하면 〈쉽게 질리지 않는 연애법, 데이트 시간과 장소, 스킨십은 언제부터? 커플반지 맞춰도 되나? 돈을 각자 내야 하나〉 등등.

　3학년 때부터 84명을 사귀었다(이게 참말일까?)는 6학년 남자애의 인터넷 댓글부터 보자. 자칭 연애박사라는 녀석이다. 〈여자들은 로맨틱을 좋아하니 일단 만나자고 해.《나랑 사귀어 줄래?》하고 물으면 당황하겠지? 그때 손을 꼭 잡고 무릎을 꿇으며《안 사귀어도 좋으니 좋아한다는 것만 알아 줘》라고 하고 포옹해. 그러면 학교에서 볼 때마다 눈을 피하겠지만 며칠 뒤 다시 만나자고 해봐. 못 사귀겠다고 하면《내가 무리했나 봐. 하지만 널 사랑한다는 것만은 알아 줘》이렇게 하고, 사귀겠다면 다시 포옹하면서《사랑해. 잘해 줄게》라고 해. 그리고 사랑해♥라고 문자를 보내면 여친 쓰러짐.〉

다음은 6학년 여자아이. 〈나는 지금 105일 되는 남친이 있어. 세 번 정도 헤어졌다가 남친이 잡아 줘서 지금까지 왔는데, 이제 걔 없으면 안 될 것 같아. 비밀 연애는 티를 내면 안 됨. 학교에서는 가볍게 눈웃음만 하고 좀 멀리 가서 데이트해. 남친은 비밀 연애라서 보기 힘드니깐 내가 다니는 학원으로 옮겼어.〉

또 다른 6학년 여자아이. 〈연애는 세 번 해봤는데 무심한 듯 신경 써주는 남자가 진짜 설레더라. 초등학생이니 너무 과한 스킨십은 좋지 않아. 처음부터 과한 스킨십을 하거나 그러면 정떨어지거나 쉽게 질릴 수 있어. ㅠㅠ〉

아이들은 초딩 연애에 관해 토론하거나 신문을 만들기도 하나 보다. 초딩 연애에 부정적인 의견을 알려 달라는 부탁에도 댓글이 많이 붙었다. 초딩 연애의 부정적인 점: 1) 한창 공부할 나이에 연애부터 하면 나중에 커서 잘못된다. 2) 각종 기념일(사귄 지 22일 되는 투투데이, 100일, 생일 등)을 챙기느라 용돈을 마구 쓴다. 3) 외모에 신경 쓰게 되어 화장을 하다 보면 피부가 나빠질 수 있다. 4) 솔로인 친구들에게 폐가 될 수 있다.

『초등학생 심리백과』(신의진)라는 책에 의하면 초딩 연애는 길어야 3개월이라는데, 그렇다고 모른 척하거나 경시하면 안 된다. 알렉 그레븐이라는 미국 아이는 여덟 살 때 『여친에게 말 걸기』라는 책을 냈다. 이 아이에 의하면 데이트란 부모가 따라가지 않고 단 둘이 저녁을 먹으러 가는 거다. 책에는 대부분의 초등 남자애들이 반한 여자애에게 매달리는 기간이 겨우 30일이라거나 예쁜 여자애들은 98퍼센트가 남자를 찬다는 등 〈과학적 조언〉도 많다. 부모나 조부모가 먼저 이런 책을 읽고 티 나지 않게 관심을 기울이며 아이들을 보살펴야 하지 않을까.

『이투데이』 2015. 4. 10.

ㅋㅋ이 잦으면 ㅠㅠ가 된다

이메일은 좀 덜하지만 남의 블로그에 댓글을 달거나 SNS로 메시지를 보낼 때 킥킥거리는 사람들이 많다. 말끝마다 ㅋㅋ을 붙이는 게 습관이 되다 보니 안 그러면 허전하고 뭔가 빠진 것 같은가 보다. ㅋㅋ은 킥킥이거나 킄킄이겠지? 킬킬은 아니고 쿨쿨도 당연히 아니다.

나도 가끔 그렇게 문자를 보내긴 하지만, 경망스러워 보이고 거슬리는 건 사실이다. 최근에 어떤 남녀의 대화를 휴대폰으로 읽었다. 요즘은 이런 우스운 문답이나 오타로 빚어진 사건을 경쟁적으로 올리는 사람들이 참 많다. 일부러 실수를 하는 것처럼 보이기도 한다.

여자: 자꾸 ㅋ 붙이지 마
남자: 알겠엉ㅋ
여자: 아, 하지 말라고
남자: 알겠다고ㅋ

ㅋ의 반복적이고 상습적인 사용은 좋지 않은 인상을 준다. 특히

여자들이 많이 싫어한다. 그럼 어떻게 해야 하나? 쓰고 싶은데. 어떤 여성이 이런 문제에 대해 코치한 글이 재미있다. 반복적으로 사용할 거면 최소한 세 번 이상 ㅋㅋㅋ을 하라는 것이다. 〈내가 세 번이나 눌렀잖아. 그 정도로 네 말이 재미있어〉라는 표시라는 것이다. 사실 ㅋ은 치기도 어렵다. ㅋㅋㅋ를 누르면 컴퓨터 자판이 알아서 ZZZ로 바꾸곤 한다. 한글 자모보다 알파벳이 더 중요하다 이건가?

계속 우는 남자도 호감을 사기 어렵다. ㅠㅠ를 자꾸 쓰는 남자 말이다. 〈밥 먹으러 가자〉 하면 될 걸 〈밥 먹으러 가자ㅠㅠ〉라고 할 필요가 있나? 밥 먹으러 가는데 왜 우는지 정말 모르겠다. 시험을 잘못 봐 망했다면 그런 표기를 하는 게 당연하겠지만.

단답형 남자도 비호감이다. 누가 나가자고 하는 데 대해서 세상만사 귀찮다는 듯 〈걍 쉴래ㅇㅇ〉 이런 대답이나 하는 사람들 말이다. 그냥 쉬면 되는 거지 ㅇㅇ을 왜 붙이냐는 거다. 욕을 하고 허세를 부리는 녀석들도 호감을 사지 못한다. 〈하⋯⋯힘들다〉 이러는 〈의문유도형 허세쟁이〉, 묻지도 않은 걸 계속 설명해 대는 〈오토자랑형 허세쟁이〉도 눈 밖에 났다.

이런 이야기를 죽 나열한 코치녀는 땀을 많이 흘리는 남자도 여성들이 싫어한다고 알려 주고 있다. 그것은 〈응 대박;;;;〉 이런 식으로 ;;; 표시를 많이 하는 사람이다.

그런데 나는 ;;;가 위는 마침표, 아래는 쉼표를 따로 찍은 건 줄 알았다. 이 글을 쓰면서 어떻게 해야 그렇게 표기할 수 있는지 몰라 헤매다가(〈요즘 애들은 재주도 좋아〉 그러면서) 20대 후반인 아들에게 물었더니 한심하다는 듯 빤히 쳐다보다가 〈아부지, 그거 세미콜론이잖유?〉 그랬다.

어쨌든 문제는 다시 ㅋㅋㅋ이다. 휴대폰의 바탕화면을 온통 ㅋ으로 도배한 녀석도 있다. 〈박 과장님 부산으로 발정나셨어요〉 하고 문자를 보낸 회사원은 수정을 한답시고 〈아니 발정〉이라고 했다가 다시 〈아니 발령. 죄송해요〉라고 했다. 그랬더니 저쪽에서 ㅋㅋㅋㅋㅋㅋㅋㅋㅋㅋ 이렇게 열여섯 번인가를 치고 〈미치겠다〉고 써 보냈다. 미칠 것 같은 마음을 대변해 준 건가 보다.

다음은 서울 어느 회사에서 벌어진 이야기.

〈우리 회사에서 일하는 태국인은 한국 사람들이 ㅋㅋ을 많이 쓰는 걸 보고 문장 끝에 늘 넣는 부호로 생각함. 한번은 상사가 경위서를 쓰고 태국인한테 인쇄해서 결재 올리라고 했더니 이 아저씨가 ㅋㅋ이 빠졌다고 문장 끝에 ㅋㅋ을 집어넣음. 그러니까 시말서에 《이러이러한 일로 회사에 손실을 초래했습니다. ㅋㅋㅋㅋㅋㅋㅋㅋ》이렇게 사장에게 결재 서류가 올라감. 실화임. ㅋㅋㅋ〉

『이투데이』 2015. 3. 6.

치맥의 즐거움이여, 슬픔이여!

한여름 저녁, 치맥(치킨과 맥주)과 음악·연극 공연을 즐기는 「2015 대구 핫 페스티벌」이 17~26일 대구 두류공원 일원에서 열린다. 이 중 치맥 페스티벌 개최 기간은 22~26일이다.

치맥 페스티벌에서는 치맥 닭싸움 대회, 치킨 신메뉴·수제맥주 경연 대회 등이 벌어진다. 평화시장 닭똥집골목(아아, 이름도 좋네. 가보고 싶어!), 서부시장 프랜차이즈 특화거리 등과 연계해 축제를 한다. 주최 측은 작년에 벌써 이 축제를 중국에 수출했다. 저장(浙江)성 닝바오(寧波)에서 열린 치맥 페스티벌은 「별그대」가 키운 한류에 힘입어 큰 인기를 끌었다고 한다.

치맥은 튀김닭이 1970년대에 등장한 생맥주의 안주로 각광 받으면서 한국의 젊은 음주 문화로 정착됐다. 특히 2002 한일 월드컵 때 붉은 유니폼을 입고 맥줏집에서 환호하던 응원단이 치맥 확산의 선구자들이다.

그때 어느 날인가(연장에서 이긴 이탈리아와의 16강전인 듯) 승리의 기쁨과 치맥으로 불콰해진 남자가 길거리에서 만난 우리 작은아들과 친구들(중학생이었다)에게 〈야 이놈들아, 맥주 한잔해!〉 하면서 돈을 주었다. 미성년자라 술 마시면 안 된다고 하자

〈그러면 담배 사 피워!〉 그러면서 돈을 주었다고 한다. 지금이라면 〈치맥 한잔 해!〉 이랬을 것이다.

치맥은 치명적인 매력이 있는 게 사실인 것 같다. 소규모 맥주 체인점에선 〈감맥〉(감자튀김 + 맥주)을, 피자업계에선 〈피맥〉(피자 + 맥주)을 띄우기 위해 애를 쓰는데, 아무리 해도 치맥만 못해 보인다. 치킨 산업이 잘돼서 치킨 프랜차이즈 사업이 뜨는 건지, 그 반대인 건지는 잘 모르겠다. 좌우간 시대의 요구(!)와 젊은이들의 감성에 힘입어 치맥이 잘 팔리는 세상이다.

치맥을 좋아하는 사람들이 늘어나면서 별 말이 다 생겼다. 〈치느님〉(치킨 + 하느님), 〈닭을 죽인 자는 미워하되 튀긴 자는 미워하지 말라〉, 〈오늘 먹을 치킨을 내일로 미루지 말라〉 이런 것. 그리고 취중진담이 아니라 치킨을 먹으며 솔직한 이야기를 하는 〈치중진담〉 기타 등등, 기타 등등. 이 말을 하다 보면 영화 「왕과 나」에 나오는 유명한 대사 〈기타 등등, 기타 등등etc, etc〉이 생각난다.

〈치킨〉은 요즘 세상을 푸는 키워드가 돼버렸다. 예를 들면 이런 것들이다. 〈내신 1·2·3등급은 치킨을 시키고, 4·5·6등급은 치킨을 튀기고, 7·8·9등급은 치킨을 배달한다.〉 그러니 느긋하게 치킨을 먹으려면 죽어라 공부를 열심히 하라.

더 나아가 치킨을 소재로, 치킨을 통하여 〈한국 학생들의 진로〉를 설명하는 글도 볼 수 있다. 학생들의 진로는 중학교까지 같다. 문과와 이과로 갈리는 고등학교 졸업 이후 운명이 달라진다. 먼저 문과의 경상계열 대학 졸업자. 그의 삶은 CEO를 하다가 부도가 나서 치킨집을 차리는 걸로 이어진다. 남이 CEO일 때 백수였던 사람은? 아사. 굶어 죽는다. 문과의 인문계열은 백수인 경우 치킨집으로 직행. 작가라면 치킨집 아니면 아사.

그러면 이과 대학 졸업자는? 자연계열이면 바로 아사, 공학계열이면 회사 다닐 때 죽도록 일하다 과로사 하거나 치킨집. 여기서 말하는 치킨집이란 치킨집에 가서 치맥을 즐기는 게 아니라 문과든 이과든, 그리고 무슨 계열이든, 잘났든 못났든 나중엔 치킨집을 차린다는 뜻이다.

아아, 치맥의 즐거움이여, 그리고 치맥의 아픔이여, 치맥의 슬픔이여!

『이투데이』 2015. 7. 17.

잎마다 꽃 되니

긴 추석 연휴에 좋은 말을 많이 만났습니다. 사람들과의 대화가 아니라 책과 글을 통해 알게 된 것들입니다. 대표적인 게 노벨문학상을 받은 『이방인』의 작가 알베르 카뮈의 〈모든 잎이 꽃이 되어 가는 가을은 두 번째 봄이다〉라는 말입니다.

고교 동문 카톡방에서 이 말을 처음 접했을 때 좀 의아했습니다. 감성과 정서가 동양적이고 한시의 세계에 닿은 듯한데 카뮈의 말이라니 의외였습니다. 알고 보니 가을만 되면 사람들이 읊조려 온 명구로, 업소의 간판을 이 말로 만들어 내건 사람들도 있었습니다.

우리말 번역으로는 〈가을은 모든 잎이 꽃이 되는 두 번째 봄이다〉라는 것도 있습니다. 어떻게 말하는 게 더 나은 것일까. 아니, 카뮈의 말은 정확하게 어떻게 돼 있으며 어디에 처음 나온 건지 궁금해졌습니다. 가을이 되자 올해에도 어김없이 〈내 인생에 가을이 오면〉이라는 가짜 〈윤동주 시〉가 나돌아 이것도 그런 경우가 아닌가 싶었습니다.

영어로는 〈Autumn is a second spring when every leaf is a flower〉라고 돼 있더군요. 가장 중요한 것은 프랑스어입니다(카

115

뮈는 〈그렇다. 나에게는 조국이 하나 있다: 프랑스 말〉 이런 글도 쓴 적이 있습니다). 그러나 해독할 능력이 없어 프랑스 전문가에게 부탁했더니 〈L'automne est un deuxième printemps où chaque feuille est une fleur(가을은 모든 잎이 꽃인 두 번째 봄이다)〉로 돼 있다고 알려 왔습니다. 영어와 똑같았습니다.

독일어로는 〈Der Herbst ist ein zweiter Fruehling, wo jedes Blatt zur Bluete wird〉 이렇게 돼 있더군요. 영어, 프랑스어와 뚜렷하게 다른 점은 〈모든 잎〉이라고 하지 않은 것입니다. all이 아니라 every, each의 개념으로 잎이 꽃이 되는 걸 이야기하고 있습니다. 직역하면 〈가을은 잎마다(또는 각각의 잎이) 꽃이 되는 두 번째 봄이다〉라는 뜻이 됩니다.

이 번역이 훨씬 좋습니다. 〈모든 잎〉이라는 획일성과 전체성에서 벗어나 잎에 독지성과 개별성을 부여하는 게 더 옳고 바른 것 같습니다. 유명한 헤르만 헤세의 시 「안개 속에서Im Nebel」에도 all이 아니라 each와 every의 뜻을 담은 Jeder(각자, 저마다)가 나옵니다. 〈기이하여라, 안개 속을 거니는 것은! / 모든 나무 덤불과 돌이 외롭다 / 어떤 나무도 다른 나무를 보지 못한다 / 누구든 혼자이다.〉 이렇게 번역(전영애)돼 있지만 엄밀히 말하면 모든 나무 덤불과 돌이 아니라 각각의 나무 덤불과 돌이 맞습니다. 모두가 혼자인 게 아니라 누구든 혼자인 것입니다.

그런데, 번역은 그렇다 치고 카뮈가 어디에서 한 말인지 출전을 알 수 없었습니다. 여러 사이트를 검색해 봐도 카뮈의 말이라고만 기록돼 있었습니다. 가장 유력한 것은 그가 스물두 살이던 1935년 5월부터 교통사고로 숨지기 며칠 전인 1959년 12월까지 쓴『작가수첩』입니다. 그래서 국내에 번역된『작가수첩』세 권을 다 훑었지만 이 말은 찾을 수 없었습니다.

비슷한 것은 있습니다. 폐결핵 재발로 각혈을 하던 카뮈가 29세 때인 1942년 가을, 요양하러 간 중남프랑스의 도시 샹봉-쉬르-리뇽에서 쓴 글입니다. 〈가을에 이 풍경은 잎새들의 꽃을 피운다. 벗나무는 온통 붉게 물들고 단풍나무는 누렇게 물들고 너도밤나무는 청동빛으로 뒤덮인다. 고원 전체가 또 한 번 봄의 수많은 불꽃으로 뒤덮인다.〉 그보다 좀 뒤에 쓴 글은 이렇습니다. 〈하늘이 파랗기 때문에 강가에서 싸늘한 물 위로 아주 낮게 하얀 가지들을 뻗고 있는 눈 덮인 나무들이 마치 꽃 핀 편도나무들 같다. 이 고장에서는 눈에 보이는 것이 항상 봄과 가을을 혼동하게 만든다.〉

그러나 더 이상은 알 수 없어 이만 포기할까 하는데 다른 프랑스 전문가가 결정적인 도움을 주었습니다. 카뮈가 1944년에 발표한 3막 희곡 『오해』에 이 말이 나온다는 것입니다. 극중에서 여인숙을 운영하는 모녀는 손님들을 살해하고 돈과 귀중품을 빼앗습니다. 어느 날 한 남자가 찾아오자 모녀는 이번에도 살해해 바다에 던지는데, 알고 보니 20여 년 전 집을 나간 아들이었습니다. 저주받은 운명에 어머니는 바다에 투신해 스스로 목숨을 끊고, 여동생도 죽기 위해 여인숙으로 돌아가면서 작품이 마무리됩니다.

이 희곡에서 여동생 마르타가 가을이 뭐냐고 묻자 오빠 장이 〈모든 잎이 꽃과 같은 두 번째 봄Un deuxième printemps, où toutes les feuilles sont comme des fleurs〉이라고 말합니다. 영어로는 〈A second spring, when the leaves are like flowers〉입니다. 큰 주목을 받지 못했던 이 대사(臺詞)는 그 뒤 약간 변형돼 가을과 봄에 관한 유명한 수사(修辭)가 되었습니다.

원전을 찾는 동안 〈글을 쓰는 것은 인간의 마지막 희망〉이라고 했던 카뮈의 글쓰기에 대한 생각을 잘 알 수 있었습니다. 『작가수첩』에는 감성과 성찰이 빛나는 에스프리가 많습니다.

- 나의 직업은 책을 쓰는 일과 나의 가족, 나의 민족의 자유가 위협받을 때 싸우는 일이다. 그것이 전부다.
- 나는 작가다. 내가 아니라 붓이 생각하고 기억하고 혹은 발견한다.
- 다시 쓸 생각을 하지 않는 것은 더 빨리 두각을 나타내고 싶어서인 것이다. 못된 버릇이다. 다시 시작할 것.
- 산다는 것은 확인한다는 것이다.
- 작가가 배워야 할 가장 중요한 것은 자신이 느끼는 바를 남들에게 느끼게 하고 싶은 것으로 옮겨 놓는 기술이다. 처음 얼마 동안은 우연 덕분에 그렇게 할 수 있다. 그러나 나중에는 재능이 우연을 대신할 수 있어야 한다. 이처럼 천재의 뿌리에는 행운의 몫이 없지 않다.

카뮈는 너무 일찍(1957년 44세 때) 노벨문학상을 받아서인지 〈모든 완성은 속박이다. 그것은 더 높은 완성을 강요한다〉는 말도 했습니다. 그가 더 살았더라면 어떤 글을 썼을지 알 수 없지만, 어떤 사람이든 천재는 죽을 때 죽는다는 생각을 하게 됩니다.

카뮈의 그 글을 나는 〈잎마다 꽃 되니 가을은 두 번째 봄〉, 이렇게 줄이고 싶습니다. 〈꽃 되니〉가 좋을지 〈꽃이 되니〉가 좋을지 고심했지만 역시 토씨가 없는 게 나아 보입니다.

한 가지 강조하고 싶은 것은 무슨 글이든 원전을 중시해야 하며 출전을 밝혀 알게 해야 한다는 점입니다. 그것은 다른 사람들의 저작물에 대한 존중이며 표절에 대한 경계입니다. 카톡으로, 이메일로, 문자 메시지로 매일같이 유포·전파되는 〈피가 되고 살이 되는〉 좋은 말, 멋진 문장 중에는 엉터리나 가짜가 아주 많습니다. 멋지고 좋은 말이라면 일단 의심부터 하고 보니 이건 나 자신의 고질적인 병통이겠지만 말입니다.

『자유칼럼』 2017. 10. 11.

아재개그여, 쫄지 마시라

나이가 든 사람은 이 세상에 무슨 기여를 할 수 있는 것일까? 그저 그 자리를 지키고 앉아 있는 것만으로도 남들에게 안심이 되고, 부표나 좌표, 방향을 알리는 화살표 구실을 할 수 있는 것일까? 하찮아 보이는 사람도 각자 나름대로 장기나 슬기를 지니고 있다는 노마지지(老馬之智)라는 말이 과언 지금도 유효한 것일까?

급변하는 세상에 적응하기가 어렵고 인공지능이라는 것까지 나와 인간의 일과 미래를 위협하는 시대에, 나이가 든 사람들은 무력감과 상실감에 휩싸이기 쉽습니다. 예순도 안 돼 자기 의사와 관계없이 은퇴를 당하고 아무 할 일이 없어 산으로 들로 헤매고 사는 사람들이 많은데, 인간에 의해 만들어진 기계가 인간의 생존까지 위협하는 상황이 됐습니다.

내가 아는 사람은 지공(지하철 공짜)거사가 되는 올해 가을에 40년 가까이 해온 직장생활을 스스로 접어야겠다고 생각하고 있습니다. 그 나이에 회사에 다니는 것도 대단한 일이니 더 하라고 다들 말리지만 본인 생각은 다릅니다. 후배나 부하 직원들의 설명을 얼른얼른 알아듣지 못하는 경우가 있고, 내가 회사에 무슨 도움이 되는가, 오히려 걸림돌이 되는 게 아닌가 하는 생각을 자꾸 하게 된다고 합니다. 젊은 시절에 〈저 사람은 일도 잘 하지 못하면서 왜 아직도 회사에 다니지?〉 하고 생각했던 선배보다 이미 더 많은 나이가 됐습니다.

교직생활 30년이 넘은 교사는 가끔 멍해지는 경우가 있다고 합니다. 가만있어 봐, 내가 지금 뭘 하고 있었지? 애들 중간고사 시험문제 낼 때 어떻게 했더라? 늘 익숙하게 해오던 일이 갑자기 생소해지고 그래서 옆자리의 또래 교사와 비슷한 실수나 착각 경험을 이야기하면서 함께 웃지만 마음은 편하지 않습니다. 나이 든 교사에 대한 학생들의 거부감과 비호감에도 갈수록 신경이 쓰인다고 합니다.

또 어떤 이는 아침에 출근하면서 〈지금 이 건물에서 내가 나이가 제일 많지〉 하는 생각을 하게 되는 경우가 많다고 합니다. 그러면 갑자기 등골이 서늘해지고 한겨울에 모자를 뺏긴 듯 머리가 시려지면서 행동에 더 조심을 하게 된다고 합니다. 어느 조직이든 뭔가 상의할 수 있고 때로는 투정과 응석을 부릴 수 있는 선배가 있으면 그는 다행스럽고 행복한 사람입니다.

조선 명종-선조 연간의 선비 최전(崔澱, 1567~1588)의 시에 이런 게 있습니다.

늙은 말 솔뿌리 베고	老馬枕松根
천리 길을 꿈꾸다가	夢行千里路
가을바람 낙엽 소리에	秋風落葉聲
놀라 일어나니 해 기우는 석양	驚起斜陽暮

겨우 여덟 살에 이런 시를 썼다니 그가 스무 살을 갓 넘겨 요절한 것도 전혀 이상하지 않지만, 나이 든 사람들의 마음과 정서가 잘 드러나는 시 아닙니까? 유행가의 가사처럼 해는 져서 어두운데 찾아오는 이는 없습니다. 내가 쓸모 있는 존재인가 아닌가 그 생각만 곱씹는 사람들이 많습니다.

그런데 베스트셀러 『사피엔스』의 저자 유발 하라리가 나이 든 사람들의 마음을 더 불편하게 해주었습니다. 이제 겨우 마흔 살, 이스라엘의 예루살렘 히브리대 교수인 그는 26일 내한 강연회에서 〈인류에게 가장 큰 위협이 되는 기술은 인공지능〉이라며 〈30년 후에는 인공지능이 거의 모든 직업에서 인간을 밀어낼 것〉이라고 내다봤습니다. 또 〈지금 아이들은 선생님이나 연장자에게서 배운 지식으로 인생을 준비해 나가는 게 불가능한 첫 세대가 될지도 모른다〉며 〈배우는 시기와 배운 걸 써먹는 시기로 인생이 나뉘던 시대는 지났다〉고 말했습니다.

그러면서 그는 〈앞으로 인류는 계속해서 스스로를 만들어 가야 한다〉고 덧붙였습니다. 현재의 교육과정은 산업 시대에 적응하도록 맞춰져 있는데, 2050년이 됐을 때 세상이 어떻게 달라져 있을지는 아무도 모른다는 것입니다. 그러므로 미래에는 50세도 15세 학생처럼 자기계발에 나서야 한다는 것이지요. 나이 든 사람들의 경험은 별로 쓸모가 없으니 그런 것에 기대거나 기대하지 말고 스스로 자신을 만들어 가야 한다는 말과 같지 않습니까? 늙은 말은 쓸모가 없습니다.

이렇게 〈늙은 말〉을 생각하다 보면 요즘 갑자기 번진 〈아재개그〉를 함께 떠올리게 됩니다. 아재개그는 별로 우습지 않지만 웃어 주려는 선의나 마지못해 호응하는 선심에서 만들어진 말입니다. 사회적 약자인 여성과 젊은이들이 자신들을 방어하기 위한 심리적 반작용에서 권력을 휘두르는 중년 남성들에 대해 드러내는 혐오의 감정이 담겨 있다고 분석한 사람도 있습니다.

사실은 처음 듣는 이야기이고 재미있는 농담인데도 〈아, 아재 개그 하시네요〉 그러면 그 자리가 정리돼 버리고 맙니다. 나도 몇 번 그런 경험을 당했습니다. 조금 있으면 〈할배개그〉라는 말도 나올 텐데, 거의 황혼연설과 비슷한 의미를 담게 될 것 같습니다.

그런데, 나이가 든 사람의 능력 중 가장 두드러지는 것은 자신을 객관화할 수 있는 여유와 국량입니다. 그런 것이 언어로 드러나는 것이 유머이며 개그일 것입니다. 자신을 타자화해서 바라볼 수 있는 능력, 그것이 주위에 밝고 긍정적인 힘으로 작용한다면 더없이 좋은 일이겠지요.

조조의 대표적인 시 「보출하문행(步出夏門行)」 중 네 번째 작품 「귀수수(龜雖壽)」에 이런 대목이 있습니다.

늙은 천리마는 마구간에 엎드려 있어도	老驥伏櫪
마음은 천리를 달리고	志在千里
열사는 늙어도	烈士暮年
웅심은 꺾이지 않네	壯心不已

장하고 원대한 마음은 나이가 든다고 해서 사라지는 게 아닙니다.

사실 늙으면 생각이 낡아지고 모든 점에서 묽어집니다. 그렇기에 오히려 더욱더 맑음과 밝음을 지향하게 됩니다. 젊음은 어떤가요? 말장난 같지만 젊음은 닮고 싶은 삶과 앎의 멘토를 찾는 시기이고, 아파서 곪는 상처를 경험하는 시기입니다. 젊은 시기를 거쳐야 늙은 삶이 옵니다. 삶에는 월반과 추월이 없습니다. 인생은 ㄻ에서 ㄺ으로 가는 과정인 것 같습니다. 세상에는 〈젊은이〉도 있고 〈늙은이〉도 많습니다. 늙은 말을 가치 없는 존재로만 생각하면 안 됩니다.

『자유칼럼』 2016. 4. 28.

3

피로는 회복하지 마세요

참 이상한 접객어

13일 아침, 회사에서 실시하는 정기 건강검진을 받기 위해 서울 용두동의 한국건강관리협회 건강증진의원에 다녀왔습니다. 내가 또 틀림없이 짜증을 낼 텐데 그러면서 갔는데 역시 걱정하던 대로였습니다. 처음에는 좀 참았지만 남녀 가릴 것 없이 안내하는 직원마다 〈이리 오실게요〉, 〈슬리퍼 벗고 올라서실게요〉 하도 그래서 도저히 더 참지 못하고 〈도대체 말을 왜 그렇게 하느냐?〉 〈그게 어느 나라 말이냐?〉고 따졌습니다.

눈이 동그래진 여직원이 그게 잘못된 말이냐고 묻기에 〈그냥 《이리 오세요》, 《슬리퍼 벗고 올라서세요》라고 하면 된다〉고 알려 주었습니다. 그렇게 이상하게 말하는 이유를 묻자 나처럼 말하면 너무 명령투이거나 강압적일 것 같아서 그런다는 것이었습니다. 친절하려고 애쓰고 잘 도와주려고 하는 건 좋지만, 어울리지 않는 공손은 불쾌하고 어색한 일일 뿐입니다. 딸내미뻘인 한 여직원은 건강검진 받으러 온 사람을 무슨 중병에나 걸린 어린이 환자 다루듯, 내가 걷다가 금세 넘어지기라도 할 듯 어깨를 감싸며 〈이리 오실게요〉라고 했습니다. 초음파 촬영을 하는 여직원은 유치원 아이 다루듯 노래 부르듯 〈웃옷 걷어 올리실게요〉, 〈좀 더 내려 누우

실게요〉그랬습니다. 결국 나는 씩씩거리며 〈여기 대표에게 언어 교육 좀 잘하라고 해야겠다〉는 말을 하고 나왔지만, 요즘은 어딜 가나 다 그런 식입니다.

입담 좋고 유쾌한 소설가 성석제 씨가 최근에 낸 산문집『칼과 황홀』에도 〈~실게요〉어법에 관한 이야기가 나옵니다. 〈맛깔 나는 천하 유람기〉라는 부제가 붙은 이 책은 음식을 통해 세상을 이야기하고 있는데, 내가 가장 반갑게 읽은 글은「불만 없으실게요」입니다. 커피 전문점에서 카라멜 마키아토가 있느냐고 하자 〈있으세요〉하더니 곧이어 〈카라멜 마키아토 나오셨어요, 아버님〉이라고 하고, 스스로 잘 가고 있는데도 〈이쪽으로 오실게요〉, 〈계산 도와드릴게요〉라고 하는 말투가 마음에 들지 않는다는 겁니다. 성 씨는 〈어디서 발원하는지 알 수 없지만 서비스업 전반에 퍼져 있는 득수한 언어의 일종이 분명하다〉고 말했습니다.

『칼과 황홀』은 출판사 문학동네의 온라인 카페에 올해 3월부터 7월까지 연재한 글을 모은 책입니다. 그런데 나는 이미 2008년 6월 23일에「자, 우리 빨리 가실게요」라는『자유칼럼』의 글을 통해서 이런 말투를 실컷 욕하고 비꼰 바 있습니다. 그러니까 한참 먼저 이 문제를 지적했다는 게 자랑스러우면서도, 성 씨보다 유명하지 못해서 나의 중요한 선구적 작업이 덜 알려진 게 유감스러우면서도, 그 글이 반가웠던 것입니다.

13일『자유칼럼』은 바로 이 문제를 다룬 김홍묵 공동대표의 「말에도 향기가 있다」는 글을 배달했습니다. 그런데도 또다시 내가 이 문제를 언급하는 이유는 접객업소 종사자나 감정 노동자들의 이상한 접객어가 사라지기는커녕 더 널리 널리 퍼져 날로 씀에 아무 문제나 불편함이 없어지는 것처럼 보이기 때문입니다. 〈도

도히 밀려오는 망국의 탁류〉, 조지훈의 「지조론」에는 이런 표현이 나오지만, 이 도도히 밀려오는 〈~실게요〉의 탁류를 다 같이 몸 바쳐 막지 않으면 안 되겠다는 사명감과 책임감을 느끼게 됩니다. 이상한 접객어의 유포 확산 전파 보급을 한사코 막아야 한다고 생각합니다.

〈~실게요〉만이 아닙니다. 이상한 말투는 또 있습니다. 2년 전 회사 일로 일본 출장을 갈 때 아시아나 항공의 여승무원은 점심 식사 주문을 받더니 〈비빔밥으로 준비해 드리겠습니다〉 하고 갔습니다. 그러고는 비빔밥을 가져와 내 앞에 놓으면서 〈비빔밥으로 준비해 드리겠습니다〉라고 똑같은 말을 했습니다. 내가 왜 그렇게 이상하게 말하느냐, 비빔밥을 이미 가져오지 않았느냐고 묻자 그 승무원은 얼굴이 빨개져서 〈그럼 어떻게 말해야 되나요?〉 하고 되물었습니다. 그 말이 왜 이상한지 전혀 모르는 것 같았습니다.

그보다 전에 프레지던트 호텔에서 열린 어느 모임에서도 똑같은 일을 겪었습니다. 음식을 이미 가져와 놓으면서도 준비해 드리겠다고 하니 그놈의 준비는 대체 언제 끝나는 것일까 싶습니다. 그 준비 중이라는 음식을 먹어도 되는 건지 헷갈릴 정도입니다. 지난주 토요일, 가족들과 함께 워커힐 호텔의 피자힐에서 저녁을 먹을 때 스파게티를 가져온 여종업원도 마찬가지였습니다. 〈크림 스파게티로 준비해 드리겠습니다〉가 음식 접시를 내려놓으면서 그 여종업원이 한 말입니다.

이렇게 일부러 내가 갔던 곳들의 이름을 밝히는 이유는 글로써 망신을 주자는 게 아니며 이름을 밝힌 곳들만 그렇다는 것도 아닙니다. 이 글을 읽거든 그곳의 대표나 접객 부문의 우두머리가 공손하면서도 정확한 어법으로 말을 하도록 종사자들을 교육하라는 취지입니다. 그리고 우리의 어문생활에 관한 일을 총괄하는 문화체육관광부와 국립국어원에도 주문하고자 합니다. 표준이 될 만한 접객어를 개발하거나 다듬어 널리 보급해 주기 바랍니다. 특히 국립국어원 사람들도 이런 이상한 말을 가는 곳마다 수없이 들었을 것 아닙니까? 설마 이런 말들을 처음 듣는 건 아니겠지요?

『자유칼럼』 2011. 10. 14.

피로는 회복하는 게 아니올시다

봄도 아닌데 왜 이렇게 나른하고 피곤한 걸까? 밤에는 1~2시 간마다 잠에서 깨고, 회사에 출근하면 그때부터 졸리고, 낮이든 밤이든 술 마시면 취하고(!), 설단(舌端) 현상이라나 뭐라나, 아는 말인데도 혀끝에서만 맴돌다 누군가 작은 힌트라도 줘야 기억나 고……이거 뭔가 크게 잘못돼 가는 게 아닐까?

그러다가 박근혜 대통령의 말이 생각났다. 1월 1일 청와대 출입기자들에게 한 말이다. 〈그런데 그거를 어떤 죄를 지은 것도 아니고, 아 이거 내가 잘못된 건가 그렇게 할 일은 안 하는데 그런 거를 일일이 이런 병이 있으니까 이렇게 치료했지, 이건 이런 식으로 했지, 그런 식으로 얘기한다는 것 자체가 굉장히 잘못된 것 아닌가, (중략) 그리고 또 피곤해 가지고, 특히 순방하고 이럴 때는 시차 적응을 못 하면서 일정이 굉장히 빡빡하기 때문에 나중에 굉장히 힘들 때가 있어요.〉

원래 박 대통령의 말은 온 우주의 기운을 모아야 알아들을 수 있다지만 골자는 심신이 피곤하다는 것이다. 근데 나는 해외 순방 도 하지 않았고 시차 적응도 필요 없는데 왜 이 모양 이 꼴이지? 결국 박 대통령의 다음 말에서 답을 찾기에 이르렀다.

〈그러면 피곤하니까 또 다음 날 일찍 일을 해야 되니까 피로를 회복할 수 있는 영양주사도 놔줄 수가 있는 건데 그걸 큰 죄가 되는 것같이 한다면 대통령이 움직일 수 있는 공간이 뭐냐, 제가 한 발짝 한 발짝 움직일 때마다 다 기록을 해가지고, 주사를 무슨 영양주사나 너무 피곤해서 이렇게 할 때에도 그건 의사가 알아서 처방하는 거지 거기에 뭐가 들어가는지 어떻게 환자가 알겠습니까?〉

맞다. 나는 영양주사는 맞지 않았지만 피로가 바로 회복되곤 했기 때문에 계속 피로한 것이다. 도대체 피로를 왜 회복하나? 해소하거나 제거해도 시원찮을 판에. 그런데 우리나라 사람들은 박카스가 나온 이후 한결같고 줄기차게 피로를 회복하고 있다.

말도 안 돼. 또 혼자서 지적질을 하다가 피로 회복을 영어로는 뭐라 하는지 궁금해 찾아보니 〈fatigue recovery〉였다. 제대로 된 영어로는 〈fatigue solution〉이나 〈fatigue settlement〉일 텐데 우리말 표현이 틀리니 번역도 엉터리일 수밖에. 물리학에서는 고체 재료가 작은 힘을 반복해서 받는 바람에 틈, 균열이 생겨 마침내 파괴되는 현상이 피로다. 『천자문』에는 마음이 불안하면 신기가 불편하다는 심동신피(心動身疲)가 나온다.

최순실은 최순실대로 국정 농단을 하느라 피로가 누적됐던지 공황장애를 공항장애라고 하더니 청문회 불출석 사유서에 〈심신이 회폐하다〉고 썼다. 사람들이 비웃었지만 피폐를 말한 건지도 모른다. 아니면 훼손돼 없어지거나 기능을 하지 못하는 훼폐(毀廢)인가?(이 말을 쓰려다가 잠깐 잘못 표기한 거라면 언어 수준이 대단하다고 봐야 한다).

에이 시시해. 겨우 〈피로 회복〉 이런 거나 시비 걸어 글을 쓰다니. 그런데 이 글을 쓰다가 피마불외편추(疲馬不畏鞭箠)라는 말을 알게 됐다. 지친 말은 채찍을 두려워하지 않는다, 궁지에 빠지면 엄벌을 각오하고라도 범죄를 저지른다는 뜻이라니 아아, 절묘하구나. 박 대통령은 역시 지친 말인가 보다.

우리는 지금 박 대통령 때문에 피로가 심하다. 〈대통령 피로 현상〉이다. 건강은 건강할 때 지켜야 하듯이 피로는 피로할 때 바로 해소해야 한다. 회복하지 말고!

『이투데이』 2017. 1. 13.

⟨일해라 절해라 하지 마!⟩

강왕운이라는 사람이 있다. 한자로는 ⟨姜旺運⟩일 것이다. 왕성한 운수라는 뜻이니 참 좋은데, 이름을 문자 메시지로 보낼 때 맨날 틀린다고 한다. 가와운, 가와문, 가왕문, 기와문 등 가지가지다. 며칠 전에는 강와문이라고 또 새로운 작명을 했기에 ⟨강왕운 씨죠?⟩라고 했더니 ⟨이젠 내 이름도 까먹었나 봅니다. 큰일이네요. 강왕운⟩이라고 매우 슬퍼하며 정확한 이름을 써 보내왔다. 휴대폰 자판의 오묘한 장난을 잘 모르는 눈치였다.

대학 교수인 내 친구는 ⟨문자를 보니 망한 듯 반갑워⟩라는 답을 보내왔다. ⟨망한 듯⟩이 ⟨만난 듯⟩의 잘못인 건 바로 알았지만 어떻게 이런 오타를 내는지는 알 수 없었다. 연습해 봐도 그렇게 되지 않았다. 내가 망하는 꼴을 보고 싶어 그랬나?

이런 건 다 우스운 오타 사례이지만 말을 잘 몰라서 틀리는 경우는 대책이 없다. 최근 인터넷에서 본 맞춤법 오류 사례에는 ⟨환장적⟩이고 포복절도할 게 많았다. 우선 ⟨나보고 일해라 절해라 하지 마⟩. 재미있는 말이다. 사람이라면 마땅히 일과 절을 해야 하지만, 무엇이든 자발적으로 하는 게 중요하다. 자꾸 일해라 절해라 그러면 마음적으로 우러나서 하고 싶겠어?

〈멘토로 삶기 좋은 인물〉이라는 무서운 말도 있었다. 이제는 멘토도 삶아 먹는 세상인가 보다. 김수환 추기경이 〈삶은 계란〉이라고 농담을 했다던데, 〈삶과 고인의 명복을 빈다〉는 말은 무슨 뜻일까?

말뜻을 정확하게 알지 못해 잘못 쓴 경우는 이런 것들이다. 회계머니(헤게모니), 덮집회의(더치페이), 임신공격(인신공격), 골이따분한 성격, 나물할 때 없는 맛며느리감, 에어컨 시래기(실외기), 힘들면 시험시험 해, 수박겁탈기…… 꽃샘추위를 잘못 쓴 곱셈추위는 나름대로 의미가 있는 거 같다. 〈미모가 일치얼짱〉, 〈마마 잃은 중천공〉은 〈일취월장〉, 〈남아일언중천금〉이라는 말을 몰라서 저지른 무식의 소치다. 〈죄인은 오랄을 받아라!〉는 성적 농담 같기도 한데, 미운 놈한테 떡 하나 더 주자는 건지 뭔지?

〈요즘 젊은이들이 자주 틀리는 맞춤법을 모아서 쓴 소설〉이라는 것도 있다. 이건 웃기려고 일부러 틀린 게 아니라 인터넷 SNS 등 온라인에 오른 글을 모아서 짜깁기한 연애소설이다. 그야말로 어이가 없다. 요약하면 다음과 같다.

〈4월의 화사한 벚꽃같은 임옥굽이의 그애만 생각하면 왜간장이 탔다. 그애는 김에김씨였다. 혼자인 게 낳다며, 분비는 곳을 싫어하던 너…… 사소한 오예의 발단은 이랬다. 따르릉 전화가 왔다. 여보세요??? 너 괴자번호가 뭐니?? 괴자번호를 불러주자 알았다며 끈었다. 얼마 후 백만 원이 입금됐다. 어의가 없다. 늦은 밤, 신뢰를 무릎쓰고 전화를 걸었다. 내가 언제 돈 달라고 했니?! 그애가 버럭 화를 냈다. 무슨 회개망칙한 예기야? 잠깐 괴자번호 빌린 건데 백만 원 다시 돌려줘. 그리고 다신 내 눈에 뛰지마라. 그게니 한 개다. 권투를 빈다…모든 게 숲으로 돌아갔다.〉

다음은 이번 글의 결론. 이것도 비슷한 곳에서 퍼온 남의 글이다. 〈글을 쓸 때 맞춤법이 틀리지 않게 쓰는 여자는 아무리 가르쳐주어도 맞춤법 자주 틀리는 남친에게 정나미가 떨어질 가능성이 농후하고 글을 쓸 때 맞춤법 많이 틀리게 쓰는 여자는 남친이 맞춤법 자주 틀리게 써도 전혀 상관하지 않는다. 그거슨 질리!〉 맞는 말씀 같다. 그런데 질리? 어떤 질리? 설마 베니아미노 질리?

『이투데이』 2015. 4. 24.

영화 제목 좀 알기 쉽게

「카쓰므」라는 영화가 있었다. 1967년 국내 개봉된 이 작품은 이집트(배후에 영국이 있지만)의 지배를 받고 있는 아프리카 수단 사람들의 독립투쟁을 다룬 70mm 대작 전쟁영화다. 그러나 찰턴 헤스턴, 로렌스 올리비에라는 걸출한 배우들이 주연을 맡았는데도 흥행에는 실패했다. 3년 뒤 비디오테이프로 다시 나왔을 때의 제목은 「카슘 공방전」이었다.

카쓰므는 뭐고 카슘 공방전은 뭔가? 수단의 수도 하르툼 Khartoum을 이렇게 이상하게 표기한 것이다. 하르툼은 백나일(白 Nile)과 청나일(靑Nile)이 만나는 교통 요충지로 1824년에 이집트에서 건설했다. 아라비아 고무의 집산지이며, 수단 공화국의 수도이다.

그런데 일본에서 먼저 개봉된 탓인지, 카쓰므라고 일본식으로 표기했고 그게 좀 거슬렸던지, 아니면 제목을 고쳐야 흥행이 되겠다 싶었던지 기껏 바꾼 게 카슘이었다. 지금도 하르툼에 대해서는 카르툼이라는 표기가 엇갈리는데, 국립국어원의 외래어 표기 목록에 수록돼 있는 건 하르툼이다. 나는 이 영화를 고등학교 때 보았는데, 내용은 잘 생각나지 않고 제목이 정말 이상하다는 것만 기억 속에 뚜렷하게 새겨져 있다.

「카쓰므」 이야기를 꺼낸 것은 영화 제목에 대한 불만 때문이다. 첫째로 거슬리는 것은 외래어 남발이다. 라이프 오브 파이, 저지 드레드, 아워 이디엇 브라더, 나우 이즈 굿, 클라우드 아틀라스, 아임 낫 데어, 어게인스트, 컨빅션, 딥 블루 시, 유주얼 서스펙트…….. 수도 없이 많다.

「업 클로즈 앤 퍼스널」의 원제는 〈Up Close And Personal〉인데 영어를 웬만큼 하는 사람들도 정확한 의미를 알기 어렵다. 〈밀착 취재〉라는 뜻의 미국 속어이기 때문이다. 이에 비하면 「2다이4」라는 영화는 〈To die for〉라고 짐작할 수 있으니 그래도 좀 낫다고 해야 하나?

알랭 들롱이 주연한 프랑스 영화 「트루아 옴므 아 아바트르」 즉 〈제거해야 할 세 남자〉의 경우 국내 개봉 당시 〈호메스〉라는 괴상한 제목을 얻었다. 프랑스어로 된 긴 제목에서 거두절미하고 남자라는 뜻의 옴므hommes만 떼어 내어 보이는 대로 호메스라고 썼으니 무지의 극치였다고 할 수밖에.

그런데 외국 영화만 그렇게 하는 게 아니다. 국내에서 제작된 영화인데도 마치 외국 영화인 것처럼 제목을 붙인 것도 부지기수다. 투캅스, 런어웨이, 블랙잭, 고스트맘마, 인샬라, 본투킬, 리베라 메, 부킹 쏘나타, 알바트로스, 2002 로스트 메모리즈, 내추럴시티, 마들렌, ing, 튜브, 후아유, 투가이즈, 호텔 코코넛. 이루 헤아릴 수 없이 많다.

그렇게 해야 뭔가 있어 보이고 국제화 감각에 맞는 것처럼 보이지만 우리말과 글에 대한 사랑과 지식이 모자라는 탓이다. 반드시 원어 그대로만 번역하는 게 최고는 아니다. 유령이나 귀신이라는 뜻의 〈The Ghost〉를 「사랑과 영혼」이라고 해 공전의 흥행을 기록한 게 좋은 예다. 〈세 번째 남자The Third Man〉를 「제3의 사나이」라고 한 것도 좋은 번역이었다. 「우리에게 내일은 없다Bonnie & Clyde」, 「젊은이의 양지A Place In The Sun」, 「이보다 더 좋을 수는 없다As Good As It Gets」처럼 작품 내용을 잘 드러내 주는 우리말 제목을 붙이면 더 관객들을 끌어들일 수 있을 것이다.

외래어 남발과 함께 지적할 수 있는 또 하나의 문제점은 헷갈리는 이름이다. 최근 제작된 영화 중에서만 살펴보더라도 정확하게 무슨 뜻인지 알 수 없는 것들이 많다. 「군도」라는 작품은 워낙 독일 극작가 프리드리히 실러의 『군도』, 즉 도적떼라는 말이 익숙해서 오해의 여지가 없다고 할지 모른다. 더욱이 이 영화에는 〈민란의 시대〉라는 부제도 붙어 있다. 하지만 실러의 작품을 모르고 부제에도 관심이 없는 사람들은 군도(群盜)를 군도(軍刀)나 군도(群島)로 알 수도 있다.

「경주」라는 작품도 그렇다. 이것은 신라의 수도인 경북 경주를 말하는 거지만 한글로만 볼 때 경주(競走)라는 뜻인지 아니면 사람의 이름인지 얼른 알 수 없다. 이순신 장군의 마지막 전쟁을 다룬 「명량」은 명량해전(1597년)의 준말인데, 역사에 어두운 사람들이 얼른 알아들을지 잘 모르겠다.

사실은 영화 제목만 그런 것도 아니다. 모차르트의 오페라 「마적」의 뜻을 학교 다닐 때 정확하게 알고 있었던 사람이 얼마나 될까. 그것은 마적(馬賊)으로 알기 십상이지만 정확한 뜻은 마적(魔笛)이다. 이것을 마술피리라고 번역한 다음부터 뜻이 분명해지게 됐다. 또 독일 작곡가 칼 마리아 폰 베버의 오페라 「마탄의 사수」는 무슨 뜻인가. 사수는 그렇다고 치고 마탄이 魔彈인지 얼른 알기 어렵다.

한여름 철에는 피서를 겸해 영화감상을 하는 사람들이 많다. 이른바 공포 납량영화가 많이 선보이는 계절이다. 그런데 금년 여름에는 이런 영화보다 규모가 큰 사극을 비롯한 쫀쫀한 작품들이 많이 나왔다. 한국 영화의 발전을 위해 반가운 현상이지만 제목에 좀 더 신경을 써주면 좋겠다. 영화의 제목 서체가 서로 너무 비슷하다는 기사도 나왔던데, 이런 점에도 더 독창성을 발휘해 주기 바란다.

정책브리핑 2014. 7. 24.

〈디바이스가 곧 꺼집니다〉

송철의 국립국어원장이 최근 기자 간담회를 통해 「쉽고 편한 우리말 가꾸기」 계획을 발표했습니다. 이에 대해 나는 〈쉽고 편한 우리말 가꾸기〉보다 〈쉽고 바른 우리말 가꾸기〉를 해야 한다는 글을 신문(『이투데이』 7월 14일 자)에 쓴 바 있습니다. 지나치게 언중(言衆)의 시류에 영합하는 듯한 표준어 인정 행정을 경계하고 비판하는 내용이었습니다.

이번엔 좀 다른 이야기를 하고자 합니다. 공적 조직의 공공언어와 민간의 안내말에 관한 내용입니다. 언어는 논리와 문법을 떠나 유행을 좇아서 수시로 변합니다. 행정기관의 힘이나 노력으로 언어의 물길을 돌리거나 물을 막고 품을 수 없습니다. 그러나 쉽고 바른 언어생활의 유지와 발전을 위해 할 수 있는 한껏 노력은 해야 합니다.

먼저 공공언어 문제입니다. 공공언어는 행정부와 지자체, 그 산하 공공기관 등이 일반 국민을 대상으로 공공의 목적을 위해 사용하는 언어(문어)입니다. 그런데 공공기관이 앞장서서 문법을 해체하고 우리말을 파괴하는 일이 비일비재합니다. 보건복지부 블로그의 이름은 〈따스아리〉인데, 〈따스하다〉라는 형용사와 〈메아리〉라는 명사를 합쳐 만든 말이라고 합니다. 듣기 좋고 보기 좋고 멋진가요? 나는 영 아니라고 생각합니다만. 서울경찰청이 운행하는 경찰차에는 〈안전은 지키GO 사고는 줄이GO〉라고 씌어 있던데, 경찰은 이게 재치 있는 표기라고 생각하나 봅니다.

또 〈무엇무엇을 하실게요〉라는 표현을 도처에서 발견할 수 있습니다. 〈잠시만요! 옛 충남도청사 대전 근현대사 전시관에 들렀다 가실게요~!〉 이런 식입니다. 〈~하실게요〉라는 어법은 주체 높임형 선어말어미 〈시〉와 약속형 종결어미 〈~ㄹ게〉가 함께 쓰인, 잘못된 표현입니다. 상대방에게 어떤 행동을 해줄 것을 청유하는 경우라면 〈~하세요〉, 〈~해주세요〉라고 하면 그만입니다. 그런데 TV 개그 프로그램이 이 잘못된 말을 유행어로 정착시키자 유행에 뒤질세라 공공기관이 그걸 받아 전파하고 있으니 한심한 일이지요.

공공언어를 바르고 분명하게 사용하라고 막연하게 권유해서는 안 됩니다. 감사원이 각 부처의 행정 사무를 감사하는 것과 마찬가지로 국립국어원은 각 부처의 언어와 어문생활을 주시하면서 개별 사례를 들어 잘못을 구체적으로 지적하고 시정을 촉구해야 합니다. 재빨리 유행을 쓸어 담고, 젊은이들의 감각과 정서에 맞추는 것이 친절하고 시대에 맞는 행정이 아니라는 것을 알려 줘야 합니다.

다음은 안내말입니다. 몇 년 전 휴대폰을 끄는데, 〈디바이스가 곧 꺼집니다〉라는 문구가 뜨기에 〈디바이스가 뭐지? 내가 뭘 가지고 있나?〉 하고 주위를 둘러본 일이 있습니다. 전화기가 꺼진다는 예고를 내가 바보 같아서 잠시 못 알아듣고 헷갈린 것이지만 전화기가 꺼진다고 하면 어디가 어때서?

얼마 전에는 이동통신 문제로 상담원과 통화를 하는데, 〈기타 요금제를 사용하시는 분들은 초대 건당 문자 발송 금액이 과금됩니다〉라고 하더군요. 하도 녹음된 기계처럼 빠르고 인간미 없게 말을 해 짜증이 나던 판인데, 이 말을 들으니 더 짜증이 났습니다. 글을 그렇게 써 놓고 외워서 읽게 한 업체가 문제이지만, 그 안내원은 과금된다는 게 무슨 뜻인지 분명하게 알고 있을까 싶었습니다.

내비게이터의 안내말도 어색하기 짝이 없습니다. 〈전방 300미터에 오른쪽 출구입니다〉, 〈교통 변화를 탐색 중입니다. 기존 경로로 계속 안내합니다〉, 이게 무슨 말인지 다들 아시나요? 바꿔 말하면 〈300미터를 더 가서 오른쪽 출구로 나가십시오〉, 〈지금 가는 길로 계속 가세요〉 그 뜻입니다. 다 아는데 나만 모르는 것 같다고요? 그럴 수도 있겠지만 얼마든지 알아듣기 쉽게 할 수 있는 말을 왜 그리 어렵고 애매하게 하는지 모르겠습니다.

먼저 사업체나 의료기관의 장들이 이런 문제에 신경을 써서 쉽고 분명한 말을 하도록 직원들을 이끌어야 합니다. 조직의 우두머리인 그들은 고객들이 안내말을 잘 알아듣게 해주어야 할 책임이 있습니다. 국립국어원도 할 일이 있습니다. 민간의 어문생활까지 다 관리할 수는 없겠지만 잘못된 것, 불분명하고 애매한 것의 유행과 확산에 대해서는 나름대로 방파제 역할을 해주어야 합니다. 그런 일을 하기 위한 방도를 찾으면 얼마든지 있을 것입니다.

국립국어원은 2012년에 『표준 언어 예절』을 낸 바 있습니다. 지칭어, 인사말, 경어 등의 올바른 쓰임새를 알려 주고 잘못 쓰는 언어를 바로잡아 주는 권고의 의미를 담은 언어 규범입니다. 그런데 이게 1992년에 발간한 『표준 화법 해설』을 개정한 것이니

20년 만에야 개정판이 나온 셈입니다. 어문생활에 도움이 될 규범집을 더 자주 내고, 위에서 말한 안내말에 대해서도 지침이 될 수 있는 자료를 만들면 좋겠습니다.

『자유칼럼』 2016. 7. 17.

그만 좀 전하고, 바로 말해!

　요즘 트로트 가수 이애란의 「백세인생」이 대단한 인기를 끌고 있다. 〈60세에 저세상에서 날 데리러 오거든 아직은 젊어서 못 간다고 전해라. 70세에 저세상에서 날 데리러 오거든 할 일이 아직 남아 못 간다고 전해라. 80세에 저세상에서 날 데리러 오거든 아직은 쓸 만해서 못 간다고 전해라. 90세에 저세상에서 날 데리러 오거든 알아서 갈 테니 재촉 말라 전해라. 100세에 저세상에서 날 데리러 오거든 좋은 날 좋은 시에 간다고 전해라.〉

　가사가 쉽고 재미있고 곡조도 귀에 쏙 들어오는 노래다. 2015년 말 짤방(짤림 방지)에 가사가 뜨면서 유행을 타기 시작했다고 한다. 이애란은 25년이라는 긴 무명생활 끝에 히트가수가 됐지만 쉰셋밖에 되지 않았는데 나이가 훨씬 더 들어 보인다. 그동안의 간난과 신고를 읽을 수 있는 얼굴이다. 세련되지 않은 노래와 평범한 외모가 친숙함을 불러일으킨다. 건강 장수의 꿈을 부추기는 이 노래는 거절의 말을 잘 하지 못하는 현대인들의 공감을 사고 있다.

　그래서 수많은 패러디 가사가 유행하고 있다. 100세가 아니라 150세까지 살겠다는 것도 있다. 〈60세에 저세상에서 날 데리러 오거든 아파트 분양받아 못 간다고 전해라. 70세에 저세상에서 날 데리러 오거든 개발지에 토지 사서 못 간다고 전해라. (중략) 100세에 저세상에서 날 데리러 오거든 잔금 받아 갈 테니 재촉 말라 전해라. 150세에 저세상에서 날 데리러 오거든 상속 재산 정리 중이니 기다리라 전해라.〉

신문에 소개하기가 부적절한 에로 심술 버전도 있다. 맨 마지막 대목만 옮기면 이렇다. 〈100세에 저세상에서 날 데리러 오거든 마지막으로 한 번 더 하고 간다고 전해라.〉

저세상에서 나를 데리러 온 저승사자에게는 옥황상제나 하느님에게 내 말을 전해 달라고 하는 표현이 옳다. 그런데 사람들은 그렇지 않은 경우에도 이 말을 너무나 많이 쓴다. 바로 자기 앞에 있는 사람에게도 전한다고 하는 것은 어울리지 않는다.

몇 년 전 민간의 문화 활동을 많이 지원한 어느 대기업의 회장님이 국제적으로 유명한 상을 받고 호텔에서 화려하고 거창한 자축연을 열었다. 그는 인사말을 하면서 〈이런 상을 받았다고 해서 앞으로 내가 거룩해지지 않았으면 좋겠다〉고 소감을 밝혔다. 〈그거 참 괜찮은 말이네. 나도 한번 써먹을 수 있으면 좋겠구나〉 했는데, 그다음 말에 바로 실망하게 됐다. 가족들이 다 나와 객석에 앉아 있는데 그가 〈가족들에게도 고마움을 전한다〉고 말한 것이다.

그런 것은 참 많다. 밸런타인데이나 무슨 명절 같은 때 〈○○○으로 연인에게 사랑을 전하세요〉라고 물건을 파는 광고 문안도 거슬린다. 〈사랑을 표현(또는 표시)하세요〉, 〈사랑을 알리세요〉 이러면 되지 않나?

〈장학금 전달식〉이라는 행사 이름도 적확하지 않은 경우가 많다. 자기가 돈을 내서 자기가 장학금을 학생들에게 나눠주는데 그게 왜 전달이지? 전달이 아니라 수여, 기부, 증정, 기탁 등으로 바꿔 써야 맞는 경우가 많다. 대통령이 수여하는 훈장을 장관이 부처 직원들에게 주는 행사라면 그야 당연히 전달이 맞지.

그런데 잘 따져 보지도 않고 〈전해라〉라는 말을 유행어로 쓰는 사람들이 이애란의 노래 때문에 점점 더 늘어나고 있다. 즐겁지 않은 일이다.

『이투데이』 2016. 1. 15.

페이스북아, 나 이런 생각한다

페이스북에는 재미있는 글과 사진이 많이 올라온다. 내가 아는 사람의 아는 사람의 아는 사람의 아는 사람들이 하고 있는 일까지 다 알게 된다.

페이스북을 열면 이놈이 맨 먼저 〈무슨 생각을 하고 계신가요?〉 하고 묻는다. 그러면 괜히 나쁜 짓 하다 들킨 것처럼 찔린다. 그렇게 아무 생각 없이 살면 안 된다고 혼나는 기분도 든다. 아니, 그걸 왜 물어? 내가 무슨 생각을 하는지 지가 알아서 뭐해? 남이야 전신주로 이빨을 쑤시든 말든, 뒷간에서 낚시질을 하든 말든, 멍석 말아 담배를 피우든 말든 무슨 상관이야?

이렇게 속으로 투덜거리다가도 〈내가 요즘 뭘 하고 있지? 무슨 생각을 하고 있었지?〉 하고 돌아보게 된다. 그래서 생각을 뒤져 보니 요즘 나는 계속 부모-자식 생각을 했던 것 같다.

이런 글을 읽었다.

오늘은 아들의 첫 출근일. 애써 무심한 척 보냈지만, 긴 세월 공들여 만든 작품 하나 조심스레 세상에 선보이는 느낌. 이름 있는 기업보다는 제가 하고 싶은 분야의 작고 탄탄한 회사를 고른 것부터 대견했다. 뒷모습을 내려다보며 마음으로 기원했다. 너로 인해서 주변이 행복해지는 그런 사람이 되길……. 20여 년 전 초등학교 입학 때 귀여운 등굣길을 내려다보던 그 베란다에서.

또 이런 글을 읽었다.

　금일봉 위에 한라봉! 한라봉 위에 천혜향!
　15년 전쯤 일이다. 아이들이 기특한 일을 해서(아마 분리수거를 착하게 했던 듯), 칭찬하는 뜻으로 〈아빠가 금일봉을 하사하겠다〉고 하자 아들 녀석이 하는 말씀…… 〈한라봉보다 맛있나요?〉 칭찬도 칭찬이지만 아이들의 어휘 실력이 과연 그 정도인가 해서 실망스러웠던 기억이 있다. 오빠는 그 정도에 그쳤지만, 딸아이는 멀뚱히 듣고만 있더니 한마디 툭 던진다. 〈아빠, 나 한라봉 무지 맛있어요!〉 그러던 딸이었다. 이제 그 딸이 인턴인가 뭔가, 정규직도 아니면서, 첫 월급을 타서 아빠에게 금일봉을 건넨다. 〈아빠, 드디어 생애 첫 월급을 받게 됐어요. 비록 적은 액수지만 조금이나마 감사함을 표합니다. 맛있는 거 사드세용 — 솔이가.〉 겉봉에 쓴 글귀에서, 아빠에 대한 사랑과 기꺼움을 읽었다면 과한 부녀지정의 표현일런가.

딸 이야기를 한 사람은 이런 말도 덧붙였다.

　3년 전쯤 가족이 식사하는 자리에서 나중에 효도를 어찌하려는지 물었다. 딸은 거침없이 〈한 100평짜리 아파트나 빌라를 사서 잘 모실게요). 「대지 100평? 건평 100평?」 「당근 건평 100평이죠!」 아들은 그래도 한 1분쯤 말이 없었다. 아비와 어미의 눈빛 야유를 견디다 못한 아들 왈, 〈저는 생일날 페라리를 한 대 사드릴게요〉. 아들아, 80 노인이 되면 페라리 몰고 못 다닌다, 창피해서. 그래서 결국 아들딸에게 주는 우리 집 가훈은 〈약속을 꼭 지키는 사람이 되자!〉이다.

출근하는 아들의 뒷모습을 보며 글을 쓴 사람은 아들이 해병대에 입대하기 전에 제주 올레길을 함께 걸으며 부자 대화를 한 적도 있다(는 걸 내가 알고 있다). 딸 자랑을 한 사람은 평소에도 딸 사랑이 대단한 아버지다.

나는 그런 딸도 없고, 아들과 단둘이 길을 걸어 본 일도 없다. 그래서 부럽다. 하지만 세상 모든 일은 다 뿌린 대로 거두는 것이다. 페이스북아, 나 요새 이런 생각 자꾸 하고 있다. 어때, 됐나? 이제 그만 물어라.

『이투데이』 2016. 7. 15.

우스워라, 서울시의 〈소녀 행정〉

　2016년 새해를 맞아 〈올해는 당신입니다〉라고 했던 서울시청 꿈새김판이 지금은 〈나를 잊으셨나요?〉라고 묻고 있다. 독립운동의 달 3월에, 빈 의자 하나 옆에 두고 앉아 있는 평화의 소녀상과 함께 등장한 〈나를 잊으셨나요?〉는 일본군 위안부 피해자 길원옥 할머니(89)의 필체를 그대로 옮긴 것이다.

　2013년 6월 첫선을 보인 꿈새김판은 2014년 4월 세월호 사고가 나자 〈마지막 한 분까지 세월호 실종자 모두 가족 품으로 돌아오길 간절히 기원합니다〉라고 빌었다. 연말에는 〈토닥토닥〉 네 글자로 시민들을 위로했다. 지난해에는 메르스로 인한 슬픔과 극복 의지(6.18~7.19), 광복 70주년의 환희(8.1~8.31)를 말하기도 했다.

　그러나 때로는 지나치게 비현실적이고 소녀적이다. 꿈이란 원래 그런 거라면 할 말이 없지만, 행정 기관이 군이 이런 말까지 해야 할까 싶다. 세월호 사고가 나기 전에 내걸렸던 〈보고 싶다. 오늘은 꼭 먼저 연락할게〉는 누가 누구에게 하는 말일까. 문안은 시민들의 응모작 중에서 선정한다지만, 지난해 9월의 〈보이니, 네 안의 눈부심〉도 감성적이거나 감상적이고 소녀적이다.

이런 게시판의 원조인 교보생명의 광화문글판(1991년에 시작했다)에는 지금 〈봄이 부서질까 봐 / 조심조심 속삭였다 / 아무도 모르게 작은 소리로〉라는 최하림의 시 「봄」이 걸려 있다. 2009년 11월부터 운영 중인 우리은행 본점 글판은 두 달마다 글을 바꾼다. 올해에는 피천득의 〈새해는 새로워라 아침같이 새로워라〉에 이어 〈솜사탕처럼 벙그는 / 살구꽃같이 / 나도 좀 꿈에 젖어 / 부풀어 봐야지〉라는 권영상의 시 「4월이 오면」을 소개하고 있다.

수원에는 AK플라자 수원점 건물에 〈수원희망글판〉이 있다. 수원시가 2012년 10월부터 운영하는 글판에는 현재 〈꽃씨 속에 숨어 있는 / 꽃을 보려면 / 들에 나가 먼저 봄이 되어라〉(정호승의 시 「꽃을 보려면」에서 발췌)가 걸려 있다.

감수성을 자극하는 〈거리의 문장〉은 너무 많을 정도다. 그런데 서울시와 같은 행정 기관까지 뛰어들어 민간과 감수성을 겨루고 다퉈야 할까. 감성은 감상과 통하며 꿈은 현실을 비현실화한다. 꿈의 현실화를 위해 노력해야 하는 행정 기관이 거꾸로 현실을 꿈으로 바꾸고 있다. 글판의 성격도 애매하다. 〈나를 잊으셨나요?〉와 〈전화할게〉는 메시지의 성격과 결이 판이하다.

그렇게 소녀 같은 소리를 하느니 의미 있는 읽을거리를 제공하면 어떨까. 역대 서울시장이나 한성판윤에 관한 정보, 서울의 하루에 관한 통계, 함께 기억해야 할 의사자(義死者) 등 의미 있는 자료가 많을 것이다. 요컨대 글판의 성격을 명확히 하는 한편, 가볍고 감성에 치우친 〈소녀 행정〉을 지양하고 지성적이고 진지한 〈어른 행정〉을 하라는 뜻이다.

수원시의 경우 겨울 추위가 닥쳤는데도 〈가을 크다. 가을은 올

시간보다 가버린 시간이 더 크다〉는 문구를 그대로 두는 〈늑장 행정〉으로 비난을 산 일도 있다. 서울시야 그러지 않겠지만.

『이투데이』 2016. 3. 11.

니 구두 내 구두, 하우 두 유 두?

영어 인사를 우리말로 옮기는 건 재미있는 일이다. 나처럼 만날 엉뚱한 생각만 하는 사람들에게나 해당되는 일이겠지만, 엉뚱한 사람이 아니더라도 대부분 잘 알고 있는 이야기부터 복습해 볼까.

How are you? = 니가 하우냐?(또는 〈어떻게 너냐?〉)
I'm fine = (어?) 난 화인인데요.
I'm glad. Nice to meet you. = 난 글래드야. 너 잘 만났다.
See you later. = 두고 보자(확 그냥!).

이런 것은 영어를 우리말로 〈잘〉 번역한 경우다. 우리말을 영어로 잘 만들어서 다시 우리말로 잘 번역한 경우도 있다. 예컨대 이런 것들.

What is how and how? = 뭐가 어쩌고 어째?
You are here. = 너 여기서 꼼짝 마.

영어 인사 중에서 〈How are you?〉는 아는 사람끼리 쓰는 말이며 〈How do you do?〉는 처음 만나는 사람에게 건네는 인사라고 배웠다. 앞에서 소개한 대로 〈How are you?〉가 〈니가 하우냐?〉라면 〈How do you do?〉는 〈니가 어떻게 (나한테) 이럴 수 있어?〉라는 뜻으로 풀이할 수 있다.

이런 건 그냥 억지로 만든 농담이 아니다. 김영삼 전 대통령이 클린턴 전 미국 대통령을 만났을 때 〈How are you?〉라고 하지 않고 〈Who are you?〉라고 하고는 경상도 사람들은 반가운 사람을 만나면 〈이 누꼬?〉라고 한다고 말했다지 않나? 농담이 아니라 실화라던데, 일본의 모리 요시로(森喜朗) 전 총리나 독일의 헬무트 콜 전 총리도 그렇게 했다는 농담이 있다.

그런데 나는 언제부턴가 〈How do you do?〉라는 인사에 do가 두 번 나오는 걸 이용해 〈니 구두 내 구두 하우 두 유 두?〉라는 인사말을 만들어 썼다(아닌가? 남이 가르쳐 주었던가?). 이번 글은 바로 그 니 구두, 내 구두에 관한 이야기다.

열흘 전, 인사동 어느 술집에서 일본 정종과 소곡주 소주를 원없이 창쾌하게 들이켜고, 2차로 맥줏집에 가서 맥주와 소주를 잘 섞어 마셨다. 그런데 다음 날 출근하려고 보니 난생처음 보는 구두가 있었다. 나는 분명 끈이 달리고 앞부분이 각진 걸 신고 나갔는데, 현관에 있는 구두는 끈이 없고 코 부분이 둥글었다. 솔직하게 말하면 그날 아침엔 술이 덜 깨어 구두가 바뀐 것도 모르고 출근했다가 슬리퍼로 갈아 신다 보니 생면부지의 물건이었다.

그 구두는 원래 내 것보다 조금 크고 약간 새것이었다. 혹시 두 아들 중 한 녀석의 신발인가 싶어 저녁에 집에 들어가 눈치를 살피고 살금살금 여기저기 다 뒤져 보았지만, 이상한 낌새도 없었고 내가 원래 신던 구두도 없었다.

내가 갔던 술집에 그다음 날 전화를 해보았지만 구두가 바뀌었다는 손님이 없었다고 한다. 술자리가 파했을 때는 우리 일행밖에 없었으니 먼저 나간 다른 손님이 내 걸 신고 간 게 분명한데, 구두를 찾는 이가 없다니 대체 어떻게 된 일일까? 생전 닦지도 않아 지저분한 내 구두가 그리도 좋던가? 궁금하고 찝찝한 채로 나는 남의 구두를 신고 다니고 있다.

그러나 누가 구두를 내놓으라고 해도 안 바꿔 줄 참이다. 구두가 바뀐 건 5월인데, 지금은 벌써 6월 초 아닌가? 혹시 바꿔 준다 해도 맨입으로는 안 되겠다. 누가 신고 다니는지 몰라도 내 구두는 〈하우 두 유 두〉겠지?

『이투데이』 2016. 6. 3.

아아니, 소주를 팔지 말라구?

　서울중앙지법 민사합의50부가 지난 15일 소주 판매를 금지해 달라는 가처분 신청을 기각한 것은 마땅하고 옳은 일이다. 알코올 중독 피해자 26명이 주류 회사 4곳과 한국주류산업협회 등을 대상으로 가처분 신청과 손해 배상 청구 소송을 낸 것은 지난해 12월. 이들은 〈주류 회사들이 과도한 음주로 일어날 수 있는 일에 대해 경고를 소홀히 했고, 소주를 판매해 알코올 중독과 간 질환 등 심각한 피해를 입게 했다〉고 주장했다.

　재판부는 석 달 만에(나라면 하루 만에 끝낼 텐데) 〈신청을 받아들일 이유가 없다〉고 가처분을 기각했다. 알코올 피해자가 손해 배상은 청구할 수 있겠지만 주류 판매 금지까지 요구할 권리는 없다는 취지였다. 1억 2000만 원 상당의 손해 배상 청구 소송은 서울중앙지법 민사합의21부에서 진행 중이다.

　인터넷에는 비꼬고 비난하고 비판하고 비아냥거리는 댓글이 마구마구 붙었다. 〈지들이 조절 못 해 중독된 게 왜 술 탓이야?〉, 〈아직 술이 덜 깼구먼〉, 〈병원에 입원하세요〉, 〈이해가 되는 반면에 개소리로 들리는 이유는 뭘까?〉, 〈어이없네. 소주 안 팔면 술을 끊을 것 같냐?〉, 〈공부하기 힘들어요, 학교 없애 주세요. 살쪄요,

식당 영업 중지!!〉, 〈그러지 말고 우리 낮술이나 한잔 합시다. 헐헐헐.〉

주정뱅이, 술꾼 등 주폭(酒暴)의 횡포에 시달려 온 사람들의 말도 들어 볼까? 물론 이쪽은 소수다. 〈이참에 한 병에 30만 원 이상으로 올려라〉, 〈술 취해서 타인에게 피해를 주는 자는 때려 죽여도 죄를 묻지 말아야〉, 〈담배는 금연 광고하지? 술 먹고 살인도 하는데 왜 술 광고는 계속하나?〉, 〈술로 인한 범죄 날로 증가. 소주 판매 금지하라〉 등등.

나는 그 기사를 처음 봤을 때 어리둥절 어리벙벙하다 못해 어이없고 어처구니가 없었다. 〈아아니, 소주를 팔지 말라구? 이게 무슨 개떡 같은 소리인가?〉가 솔직한 내 감정이었다.

이번 소송에서 주목되는 건 판매 금지가 아니다. 상식적으로 말이 안 되니까. 주목되는 건 방송에 주류 판매 광고와 음주 장면 상영을 금지하고 〈알코올을 남용할 경우 정상적인 사회생활을 할 수 없으며 음주자 본인뿐만 아니라 가족에게도 우울증 등 정신적인 질환을 유발할 수 있다〉는 경고 문구를 넣어 달라는 요구다. 진지하게 따져 봐야 할 문제다.

그런데 나는 소주 회사에 유감이 많다. 내가 아는 한 작년 2014년은 우리나라에 상업 소주가 첫선을 보인 해다. 소주의 대명사였던 〈眞露(진로)〉는 장학엽이 1924년 10월 평남 용강군에 세운 진천양조상회가 생산한 술이다. 6·25 때 남하한 장 씨는 부산을 거쳐 1954년 서울 영등포구 신길동에 정착하면서 두꺼비 상표를 붙이고 진로 생산을 본격화했다.

그러니까 2014년은 소주 탄생 90년, 아니면 60년이 되는 역사적이고 기념비적인 해였다. 그런데 소주 회사들은 아무것도 하지 않고 넘어갔다. M&A 같은 거만 신경 쓰지 말고 합심협력 대동단결하여 국민을 즐겁게 해줄 방도를 찾았어야 했다. 가령 전 국민에게 소주 한 병씩 기념으로 준다든지, 성인의 날에 소주 기부를 한다든지…… 재미있고 의미 있게 할 일이 얼마든지 많았을 텐데 좋은 홍보거리를 흘리고 말았다.

매일 투병 생활을 지향하는 나처럼 덜 떨어진 사람으로서는 도저히 이해할 수 없는 일이다. 투병은 two 병(瓶)을 말한다. 덜 떨어진 사람은 알코올 도수가 덜 낮아진 소주를 좋아하는 사람이다.

『이투데이』 2015. 3. 20.

〈한 마리의 소시민〉이 되어

소설 『할리우드 키드의 생애』, 『은마는 오지 않는다』를 발표한 안정효 씨는 원래 『코리아타임스』 기자이며 탁월한 영어 번역자였다. 그를 기자로만 알았다가 소설을 읽고 깊은 내공에 놀란 일이 있다. 그는 『한 마리의 소시민』(1977)이라는 장편 에세이도 냈다. 도시인의 비루하고 서글픈 삶과, 일상의 애환을 다룬 글이다.

그 제목을 알고부터 내가 한 마리의 소시민임을 실감하는 일이 더 많아졌다. 주로 대중교통 수단을 이용하거나 거리를 보행할 때다. 특히 횡단보도를 가득 점령하다시피 무질서하게 정차한 버스 사이를 비집고 길을 건널 때 그런 기분이 든다.

요즘 나는 지하철로 여의도역까지 와서 마을버스로 갈아타고 출근을 한다. 매일 접하는 버스 정거장의 교통 시스템은 정말 대단하다. 몇 번 버스가 몇 분 후에 오는지, 주변에 무슨 시설이 어디에 있는지 다 알 수 있고, 눈이 어두운 사람들을 위해 안내판의 글자를 키우거나 색깔을 바꿔 볼 수도 있게 해놓았다.

그렇게 훌륭한 교통 정보 시스템과 반대로 나는 나날이 소시민 →소소시민→소소소시민이 돼가는 기분이다. 버스 기사들은 승객을 별로 배려하지 않는다. 정거장에는 차를 세우는 위치가 그려져 있지만 지키는 기사는 거의 없다. 먼저 온 버스가 뒤차를 배려하지 않고 적당히 미리 서버리는데, 승객들은 서둘러 타려고 저 뒤에 선 버스까지 우르르 뛰어간다.

기사들이 앞차가 떠날 때를 기다려 정거장 맨 앞까지 와서 문을 열어 주면 좋겠지만, 이리 닫고 저리 뛰는 승객들도 문제다. 어디까지나 시민의 품위를 지켜 버스가 제자리에 와 설 때까지 기다리면 어디 덧나나? 나는 오기가 생겨 차가 더 앞에 오기를 기다리다가 그냥 가버리는 바람에 버스를 놓친 적이 몇 번 있다.

버스에 탄 뒤에는 더 문제다. 승객이 자리에 앉거나 말거나 버스는 내달린다. 흔들리는 몸을 겨우 가누며 자리에 앉다 보면 나도 이렇게 어지러운데 더 나이 드신 분들은 오죽할까 하는 생각이 저절로 든다. 기사들은 그렇게 해도 승객들이 다 잘 적응하고, 사고도 나지 않는다고 확신하는 것 같다. 그들은 왜 승객 수나 안전에 관심이 없을까? 운행 시간에 쫓기나? 아마 승객이 많건 적건 매달 일정한 월급을 받기 때문인 것 같다. 손님을 더 많이 태울 필요도 없고 안전에 신경 쓸 겨를도 없다.

젊었을 때는 기사에게 따지거나 천천히 가라고 하고, 〈시민 여러분!〉 그러면서 〈선동〉하는 글도 썼지만 이제 그러는 것도 싫다. 확실하게 소시민이 되어 가는 중이다.

버스 차내에는 기사 모집 광고가 붙어 있는 경우가 많다. 그런데 모집 인원이 〈0명〉이다. 〈○명〉이라고 기호로 표시해야 할 곳에 아라비아 숫자를 써놓은 것이다. 우리 사회가 아직도 한자를 많이 사용할 때에는 약간 명을 모집한다고 〈若干名〉으로 써놓곤 했다. 그런데 〈若干名〉으로 잘못 쓰는 바람에 약 천 명이나 모집

하는 게 됐다는 만화를 본 적이 있다(그게 아니던가? 한자를 잘 모르는 구직자, 요즘 말로 취준생이 지 멋대로 약 천 명을 모집한다고 읽었던가?).

하여간 그 구인 광고를 보면서 나는 〈흥, 0명을 모집하는데 누가 지원하겠어?〉 하고 속으로 비웃는다. 그러나 혼자 흥보고 트집이나 잡을 뿐 대놓고 말은 하지 않는다. 한 마리의 소시민답게.

『이투데이』 2015. 11. 27.

어머니들의 서러운 이름

나는 신문의 부음/부고란과 인사란은 빼놓지 않고 늘 봅니다. 누가 세상을 떠났는지, 누가 어느 자리 어느 직위에서 어디로 옮겼는지 등등을 제때 알지 못하면 사회생활 하면서 실례를 하거나 요즘 돌아가는 세상에 어둡게 됩니다. 이런 걸 모아서 싣는 사람들 페이지(이른바 피플면)는 신문에서 늘 잊지 말고 봐야 합니다.

그런데 이번 여름부터는 왜 그런지 부고란의 여성 이름에 주목하게 됐습니다. 요즘 신문은 대개 망인(亡人)과 상주(喪主)들의 이름을 함께 알려 주지만, 얼마 전까지만 해도 망인이 무명이면 그 이름은 생략하고 유명 인사인 아들딸의 모친상이라고 싣곤 했습니다. 나도 그게 익숙해서 망인보다 상주의 이름을 더 먼저 찾아보게 됩니다. 상주가 여럿이면 내가 아는 사람의 이름을 놓치는 경우도 있습니다.

최근 몇 달 동안 신문에 실린 부고의 이름을 살펴보려 합니다.

(1) 양금임(7월 초). 어떤 법무법인 대표 변호사의 어머니. 사망 당시 몇 살인지 모르지만, 가문을 일으키고 시집가서 잘 살라는 원망(願望)이 이름에 담겨 있습니다. 아들을 법대에 보내려고 노심초사하며 살아온 삶이 이름을 통해 읽힙니다. 금임의 금은 金인

지 錦인지, 동생은 은임인지 궁금합니다. 8월 하순에 세상을 떠난 임복임 씨의 이름에도 같은 바람이 담겨 있는 것 같습니다.

(2) 김음전(8월 하순). 네 아들의 어머니입니다. 〈음전〉은 말이나 행동이 곱고 우아하다는 뜻입니다. 부모가 딸에게 바라는 모습이 음전입니다. 음전하게 살림 잘하고 시집 잘 가서 애 많이 낳고 남편과 시부모의 사랑 받고 현모양처로 존경 받고……. 박완서의 소설 『도시의 흉년』에는 〈구닥다리 장롱과 반닫이와 고리짝과 횃 댓보와 놋요강이 쓸쓸하고도 음전한 분위기를 만들고 있었다〉는 말이 나옵니다.

(3) 유거복(8월 하순). 3남 1녀 자녀를 뒤로하고 남편보다 먼저 떠난 분입니다. 누구나 짐작하듯이 거복은 巨福, 크게 복을 받으라는 뜻입니다. 그게 아니면 오래 산다는 거북이라는 말이 거복으로 잘못 기록된 경우일 수도 있겠지요. 박경리의 소설 『토지』에서 주인공 서희의 아버지 최치수를 살해하고 처형당한 김평산의 큰 아들이 거복입니다. 그는 나쁜 짓을 했지만, 부모가 이름을 줄 때에는 스스로 복을 받고 세상에 복이 되는 사람이 되라는 마음이었을 것입니다.

이런 이름은 한자나 작명 배경을 잘 몰라도 대체로 의미를 파악할 수 있습니다. 그런데 박염례·김묘저·박분놈·윤사분, 이미 고인이 된 이분들의 이름은 대체 무슨 뜻일까요? 요즘은 한자를 전혀 쓰지 않아 무슨 뜻인지 알기 어렵습니다. 묘저라면 妙姐, 妙齡(묘령)의 소녀가 생각나는데 분놈은 뭐지? 전혀 짐작하지 못하겠습니다. 좀 의아하게 생각한 이름 중에는 김일생도 있지만 그건 굳이 따져 보지 않아도 의미를 알 것 같습니다.

최근 본 부고에서는 유호초라는 이름이 눈에 띄었습니다. 아들과 사위가 다들 엽렵하던데, 호초라면 음식과 조리에 필요한 후추, 그러니까 호초(胡椒)를 말하는 걸까요? 후추처럼 살림에 꼭 필요한 사람이 되라는 뜻이 아닌지.

여성의 이름을 챙기다 보니 얼마 지나지 않으면 이런 이름이 다 사라질 거라는 생각이 듭니다. 순자·명자·숙자·영자·길자·정자 이런 이름을 지어 주는 부모도 없습니다. 요즘 부모들이 딸 이름으로 선호하는 민서·서현·지안·지유·지아·수아·하윤·서연·서윤, 이런 이름만 남을 것 같습니다. ㅇ으로 부드럽게 끝나는 이름이 대세입니다. 시대의 큰 변화입니다.

딸 이름을 지을 때는 성씨(姓氏)와 발음이 잘 어울리게 하고, 우리말의 아름다움을 잘 살리면서 시대감각에 맞게 해야 합니다. 여성은 이름도 없이 살던 시대, 딸을 낳으면 싫어하고 미워하고, 이름을 지어 준다 해도 내다 버리듯 비하하던 시대의 유풍이 내가 앞에서 소개한 이름에 담겨 있습니다. 그런 특이한 이름과 만날 때마다 무슨 뜻인지 전화 걸어 취재하고 싶었지만 그러지는 않았습니다.

여성으로서 고난과 역경의 시대를 어렵게 살아오면서 가정을 꾸리고, 내 한 몸 아끼지 않고 피땀으로 아들딸을 기르고 키운 어머니들의 이름이 이제 점차 사라져 가고 있습니다. 그런 이름의 의미는 자녀들이나 겨우 알겠지요. 이름이 사라진다 해도 가족을 위하는 애틋한 여성의 마음씨와, 여성의 삶과 고난은 잊지 말아야 합니다.

『자유칼럼』 2017. 11. 8.

4

남의 책 시비 거는 사람

피눈물 흘리면서 책을 버리다

아, 진짜 책이라면 이가 갈린다. 나는 그동안 1만 권 장서자, 5천 권 서재 주인, 이런 이름을 스스로 붙인 사람들을 부러워하며 살았다. 그런데 최근 이사를 하고 보니 말짱 쓸데없는 헛소리라는 걸 뼈에 사무치게, 아니 정확하게 말하면 허리 부러질 만큼 아프게 잘 알았다.

처음 이사를 계획했을 때 내 딴에는 버릴 책과 팔 책을 구분해서 상자에 따로 담아 놓았다. 헌책 사고파는 곳을 알아보기도 했다. 그러나 한 달이 넘도록 내가 한 짓은 아무것도 없다. 팔기도 아깝고(몇 푼이나 받겠어?) 버리기는 더 아까워 나중에 어떻게 되겠지 하다가 이사 날을 맞게 됐다. 이삿짐 인부들이 투덜거렸다. 책이 우체국 박스 6호짜리로 300개가 넘는다는 것이었다.

미안하기는 했지만, 그래도 책 많은 게 무슨 자랑이랍시고 그대로 다 싣고 갔다. 문제는 집은 더 커졌는데 전에 살던 곳보다 서가가 줄어든 것이었다. 그 전에도 두 겹 세 겹씩 책을 꽂아 두고 있었기에 이번에도 그렇게 해보았지만 절대적으로 공간이 부족했다.

내가 그동안 책을 아주 안 버린 건 아니다. 하지만 버렸다가 도로 들고 오거나 남이 버린 책들을 얼씨구나 하고 주워 오기도 했으니 사실은 별로 줄어들지 않았다. 그렇게 주워 온 책을 다 읽었느냐, 아니 조금이라도 읽었느냐 하면 그것도 아니다. 그냥 데리고 있었던 것뿐이다.

소동파가 이렇게 말했다. 〈사람의 이목을 즐겁게 하면서 쓰기에도 적절하고 써도 닳지 않으며 취(取)해도 고갈되지 않고 똑똑한 자나 불초한 자나 그를 통해 얻는 바가 각기 재능에 따르고, 어진 사람이나 지혜로운 사람이나 그를 통해 보는 바가 각기 분수에 따르되 무엇이든 구하여 얻지 못할 게 없는 것은 오직 책뿐이다.〉 그렇다. 그러니 책을 어떻게 버리겠는가.

하지만 그래 봤자 소용없다. 책을 쌓아 둘 공간이 없으니 그걸 어떻게 하지 않으면 집 안이 정리가 되지 않게 생겼다. 제에발 책 좀 버리라는 아내의 회유 공갈 협박에(말을 안 들었다간 대판 부부싸움이 나게 생겼다) 사나이 모진 마음 굳세게 먹고 이사 온 지 1주일 된 날부터 본격적으로 책을 버리기 시작했다. 인부들이 상자째로 쌓아 둔 채 가버린 게 많아 무슨 책이 어디에 들어 있는지도 잘 알 수 없었다. 다 헤집고 들여다보아 분류하며 책을 꽂으면서 버릴 걸 고르려니 시간이 많이 걸릴 수밖에. 버릴까 말까 던졌다 꽂았다…… 허리도 무지 아팠다.

그냥 버리기 아까워 지역 도서관에 찾아가 헌책도 받느냐고 물어보기도 했다. 2011년 이후 출판된 것만 받는다고 했다. 〈와서 가져갈 수 있느냐?〉고 했더니 그렇게는 못 한다고 했다. 좀 기분이 상했지만, 그래도 갖다 주려 하다가 결국 한 권도 기부하지 못하고 그냥 내다 버리고 말았다. 아파트의 쓰레기 처리장에 마구마구 책을 버리고는(열 상자도 넘는다) 먼발치에서 누가 책을 가져

가나 살피기도 했다. 그러나 아무도 관심이 없는 것 같았다.

아아, 내 책이 몽땅 저렇게 쓰레기가 되는구나. 이럴 거면 진작 버리고 올 것이지 돈 처들여 이삿짐으로 싣고 와서 여기에 버릴 건 대체 뭐람? 내가 이러려고 책을 아끼고 사고 그랬던가? 피눈물이 난다는 게 무슨 말인지 알 것 같았다. 아직도 책 정리는 다 끝나지 않았다. 〈피눈무으를 흘리며언서〉(「굳세어라 금순아」의 가사 일부) 이번 주말에도 책과 씨름해야 할 것 같다. 그러다 보면 2016년이 간다.

『이투데이』 2016. 12. 30.

낭독은 힘이 세다

글을 소리 내어 읽으면 즐겁다. 무슨 글이든지 어느덧 자신도 모르게 그 나름의 리듬을 넣어 읽게 된다. 그리고 대화가 나오는 곳이면 자신도 모르게 연극 공연을 하는 것처럼 목소리를 바꾸어 읽게 된다.

글을 읽을 때 머리와 몸을 흔들며 노래하듯이 읊는 것은 저절로 흥이 생기기 때문일 것이다. 흥도 흥이지만 소리 내어 읽으면 시각과 청각이 결합돼 학습 효과가 높아진다. 그래서 서당에서는 크게 소리 내어 읽게 한 것일 테고, 초등학교에 들어가면 일어나서 교과서를 낭독하게 시키는 것이리라. 낭독은 말하기, 듣기, 받아쓰기 등과 마찬가지로 언어 교육의 중요한 분야이다.

의미는 소리를 따라오기 마련이다. 어떤 사람은 소리를 내서 읽어 보면 좋은 글인지 나쁜 글인지를 금세 알 수 있다고 말한다. 좋은 글은 글자 하나하나가 빳빳이 살아 있는 반면, 나쁜 글은 비실비실 힘이 없어서 읽어도 소리가 붙지 않는다는 것이다.

나는 초등학교 입학 전에 할아버지로부터 한문을 배웠는데, 동네 친구들이 몰려다니며 놀 때 사랑방에 혼자 앉아 글을 읽었다. 일종의 왕따인 셈이었지만 집 앞을 지나가는 아이들이 내 책 읽는 소리를 흉내 내면서 놀릴 때 나는 오히려 자랑스러웠다. 이게 혼자서 한 낭독의 첫 경험이었다.

그러나 전통 시대에 당연시돼 온 낭독은 근대가 되면서 힘을 잃고, 소리 내지 않고 책을 읽는 묵독이 미덕인 것처럼 인식되기 시작했다. 근대 이전에는 낭독을 하는 것이 관례였으나 개인의 인권이 신장되고 사적 영역이 커지면서 소리를 내어 읽는 것은 다른 사람들을 방해하는 교양 없는 일로 치부되기에 이르렀다.

다만 그런 상황에서도 시 낭송 대회나 동화 구연 대회가 열리고 책 읽기를 좋아하는 사람들 중심으로 독서회가 활발하게 운영되는 것은 반가운 일이다. 낭독의 형식으로는 혼자서 읽는 것, 여러 사람이 다 같이 읽는 것, 몇 사람이 분담해서 차례차례 읽는 것, 배역을 정해 희곡을 읽는 것 등이 있는데, 이런 군독(群讀)은 효과적 표현 기술을 익히기에 매우 좋다.

낭독의 중요성이나 효과에 대해서는 누구든 이의를 제기하지 못할 것이다. 별로 평판이 좋은 사람이 아니었지만 국정원장이었던 분이 언젠가 낭독의 중요성을 설파하는 말을 듣고 나는 좀 놀랐다. 이런 일을 저 사람이 어떻게 알까, 하는 기분이었다. 그는 신문 사설을 예로 들면서 자기는 언제나 큰 소리로 낭독을 한다고 했다. 그렇게 하면 더 빨리, 더 분명하게 글이 머리에 들어온다는 것이었다. 매일 사설을 생산하던 나도 하지 않는 일을 그가 하고 있었던 것이다.

낭독에 관한 것으로 주목할 만한 책이 최근에 두 권 나왔다. 하나는 『낭독은 입문학이다』, 또 하나는 『고래와 수증기』라는 시집이다. 『낭독은 입문학이다』는 삼성경제연구소 트렌드 포럼을 운영하며 각종 매체에 칼럼을 기고해 온 김보경 씨의 자전적 인문학

성찰기이자 낭독의 자기 혁명 효과에 관한 독서 비평서다. 김 씨는 2009년 6월부터 혼자 읽기 어려운 책을 함께 낭독하는 독서 클럽 〈북코러스〉를 운영하는 한편 조회 수 60만이 넘는 〈트렌드아카데미〉 블로그를 운영 중이다. 국립중앙도서관이 발행하는 『오늘의 도서관』에 2년간 독서 칼럼을 연재했고, 2013년 12월에는 서울 신촌역 옆에 〈문학다방 봄봄〉이라는 문학 마니아 아지트 겸 카페를 차렸다.

그는 어느 인터뷰에서 독서의 즐거움에 대해 〈책 속의 작가가 체험하고 생각한 일들이 고스란히 담긴 세상을 함께 느끼고 영감에 탄복하면서 상상의 세계를 공유하는 것〉이라고 말했다. 작가의 감상과 의지를 좀 더 체감하고 싶다면 여럿이 함께하는 낭독이 제격이다. 낭독이야말로 인문학자, 문학인, 평생 독서인, 교양인이 되는 가장 쉽고 편한 방법이며, 낭독을 하면서 사는 인생이 이험한 세상에서 우리가 택할 가장 편리한 행복이라는 것이다.

네 번째 시집 『고래와 수증기』를 낸 시인 김경주 씨는 한 인터뷰에서 〈시의 고유성을 되찾는 방법은 소리의 회복〉이라고 말했다. 국내 시인 중에서 가장 옛 시인에 가까운 작업을 하는 그는 시가 노래이자 극이고 철학이었던 그 옛날처럼 시를 쓰고 음악을 하며 극을 쓴다. 첫 시집 『나는 이 세상에 없는 계절이다』를 내기도 전인 2000년대 초부터 낭독 운동을 펼쳤다. 『고래와 수증기』에 담긴 시도 모두 낭독회에서 먼저 공개한 작품들이다.

시를 쓸 때마다 혼자 중얼거릴 공간을 찾는다는 그는 지난해 말 제주도의 한 폐가에서 지내며 시집에 수록할 시들을 입술과 혀끝이 만들어 내는 소리로 손질하며 복기했다. 입김, 구름, 물보라, 안개 등 시집에는 금세 형체가 사라지는 것들이 자주 등장한다.

제목의 『고래와 수증기』도 마찬가지다. 그는 〈금방 나타났다가 사라져 가는 것들이 얼마나 소중한 것인가를 묻는 게 내게 중요한 질문이었다〉고 설명했다.

자신이 시를 읽으며 느꼈던 매혹과 설렘을 대중과 독자들에게 전달하는 방법이 뭘까 고민한 끝에 시를 회복할 수 있는 방법은 소리의 회복이라고 생각했다고 한다. 그의 말을 더 인용해 본다. 〈시가 동시대성 안에서 어떤 역할을 할 수 있을까 질문하며 센 소리가 아니라도 시로 보여 줄 수 있는 목소리가 필요하다고 생각합니다. 온전한 서사로 쓰지 않아도, 부족한 은유와 덜 응축된 언어로도 전달할 수 있는 게 시라고 생각합니다.〉

그렇다. 시는 힘이 세고 낭독도 힘이 세다. 낭독을 즐기는 사람들이 모이면 더욱 힘이 세진다. 낭독이 생활화하도록 되살려야 한다. 옛 어른들은 아이들 밥 먹는 소리와 함께 글 읽는 소리를 가장 듣기 좋은 소리라고 꼽았다. 「賦得山北讀書聲」(부득산북독서성, 득산 북쪽의 글 읽는 소리에)이라는 다산 정약용의 시를 옮겨 본다.

天地何聲第一淸(천지하성제일청) 이 세상에서 무슨 소리가 가장 맑을꼬
雪山深處讀書聲(설산심처독서성) 눈 쌓인 깊은 산속의 글 읽는 소리로세
仙官玉佩雲端步(선관옥패운단보) 신선이 패옥 차고 구름 끝을 거니는 듯
帝女瑤絃月下鳴(제녀요현월하명) 천녀가 달 아래 거문고를 퉁기는 듯

不可人家容暫絶(불가인가용잠절) 사람 집에 잠시라도 끊겨
서는 안 되는 것
故應世道與相成(고응세도여상성) 당연히 세상 형편과 함께
이룩될 일이지
北崦甕牖云誰屋(북엄옹유운수옥) 북쪽 산등성이 오막살이
그 뉘 집인고
樵客忘歸解送情(초객망귀해송정) 나무꾼도 돌아가길 잊고
정 보낼 줄 아네.

중국 송나라 때의 학자 문절공(文節公) 예사(倪思)는 세상의 아
름다운 소리를 이렇게 나열했다. 〈솔바람 소리, 시냇물 흐르는 소
리, 산새 지저귀는 소리, 풀벌레 우는 소리, 학이 우는 소리, 거문
고 뜯는 소리, 바둑 두는 소리, 비가 섬돌에 똑똑 떨어지는 소리,
하얀 눈이 창밖을 두드리는 소리, 차 끓이는 소리, 그러나 가장 아
름다운 소리는 낭랑하게 글 읽는 소리, 즉 독서성이요, 그중에서
도 아이들의 글 읽는 소리가 으뜸이라.〉
혼히 하는 표현대로 〈병에서 물이 쏟아지듯〉 시원하고 유창하
게 글을 읽는 소리는 얼마나 상쾌한가. 낭독의 힘과 중요성을 잘
알았기에 문화부도 2012년 독서의 해에 〈책 읽는 소리, 대한민국
을 흔든다〉라는 캐치프레이즈를 내세웠던 것이리라. 낭독이 더
활발해져야 한다.

정책브리핑 2014. 3. 18.

〈깃동〉과 〈문주반생기〉

　자칭 〈국보〉 무애(无涯) 양주동(梁柱東, 1903~1977)의 『문주반생기(文酒半生記)』는 수주(樹州) 변영로(卞榮魯, 1897~1961)의 『명정(酩酊)40년』과 함께 젊어서부터 즐겨 읽던 책입니다. 술과 흥과 희대의 실수가 어우러진 두 분의 책은 해학과 풍류로 멋지게 진설(陳設)한 한바탕 글 잔칫상입니다.

　그중에서도 무애의 글은 한학을 바탕으로 한 고풍스러운 말투로 인해 읽는 재미가 있기도 하고 어렵기도 합니다. 책을 처음 접한 대학 시절 이후 지금까지도 출전과 의미를 모르는 성구와 한시가 있고, 무애가 친구와 주고받은 선시(禪詩)는 물론 일상적 용어도 주석과 풀이가 없어 알기 어려운 경우가 많습니다. 우리말인데도 뜻을 모를 것도 있습니다. 무애가 빌려온 당시(唐詩)의 표현대로 물환성이(物換星移), 세상이 바뀌고 세월이 흐른 탓이겠지요.

　가령 무애가 즐겨 쓴 〈깃동〉은 무슨 말일까? 명사라면 〈저고리나 웃옷의 목둘레에 둘러대는 다른 색동〉이지만 무애의 깃동은 어디까지나 부사입니다. 다음과 같은 문장에 나옵니다(『문주반생기』 외의 다른 글에 나온 것 포함).

① 내가 깃동 마산 수재에게 一步(일보)를 사양할 리가 없다.

② 깃동 구구한 개인적인 〈구걸〉이나 허허실실의 육영 장학금은 운동해 무엇하리?

③ 깃동 중국식 관념의 〈효도〉란 구구한 형식적, 윤리적 생각에서 이르는 것이 아니다.

④ 또 깃동 〈가르치는 취미와 열성〉쯤은 該書(해서, 그 책)에……언급이 없으니.

⑤ 아내의 무사 귀환만이 나의 전적인 소망이었고 깃동 서권쯤의 애완물, 한껏 귀중한 문화재야 안중에 차라리 원망스럽던, 시들풍한 〈물건〉이었다.

무애의 글에서 맨 처음 만난 ①의 깃동은 노산 이은상과의 기억력 겨루기에 나오는데, 사전에 없기에 대충 짐작하고 그냥 넘어갔습니다. 나머지 깃동도 알아보지 않고 40년 넘게 살다가 ()최측의농간이라는 출판사가 최근 새로 편집 발간한『문주반생기』를 읽으면서 여러 용례를 살핀 끝에 드디어 의미를 터득하게 됐습니다. 그것은 〈기껏해야, 고작, 그까짓〉 이런 뜻이었습니다. 40여 년 만에 독서백편의자현(讀書百遍義自見)을 한 셈이니 그동안 얼마나 언어에 무관심하고 불성실했는지 스스로 부끄러웠습니다.

이번에 『문주반생기』를 새로 낸 출판사 ()최측의농간은 이름이 하도 이상망측해 물어보니 나중에 주식회사가 됐을 때 괄호 안에 (주)를 넣어 〈주최측의농간〉으로 회사명을 완성할 계획이라고 하더군요. 〈출판이 장난인가, 왜 이런 이름을 지었지〉 싶었는데 책을 읽으면서 그 생각이 더 짙어졌습니다.

독서백편의자현(讀書百遍義自見)은 〈책이나 글을 백 번 읽으면 그 뜻이 저절로 이해된다〉는 뜻으로 무애가 즐겨 쓰던 숙어입니다. 그런데 〈최측의농간〉은 〈독서백편의자견〉이라고 독음을 붙였습니다. 그런 게 많았습니다. 오호(嗚呼)를 명호(鳴呼)라고 하고, 인몰(湮沒)을 연몰(煙沒)이라고 하고, 저 유명한 소동파 「적벽부(赤壁賦)」의 첫머리 임술지추(壬戌之秋)를 임수지추라고 잘못 읽고, 도화(圖畫)를 도서(圖書)로 바꾸어 놓고, 『삼국지』에 나오는 제갈량의 친구 석광원(石廣元)을 우(右로 본 탓)광원이라고 표기했습니다.

　문장에서 필요한 부분만 인용하거나 자기 본위로 해석하여 쓴다는 뜻인 단장취의(斷章取義)를 〈짧은 토막글의 뜻을 취함〉이라고 풀이한 걸 보면 短章으로 잘못 안 것 같습니다. 또 반소사음수(飯疏食飲水)를 반소식음수라고 하고, 이두문(吏讀文)을 사독문(史讀文)이라고 썼을 정도이니 한문과 동양 고전에 대한 기초 교양이 거의 없는 사람들이 자전도 찾아보지 않은 채 책을 냈다는 의심을 사기에 충분합니다. 한문이나 한자는 그렇다 치고 우리말 토씨를 틀리거나 글자를 빠뜨린 곳도 허다했습니다.

　거의 페이지마다 잘못된 게 있어 200건(전체 건수가 아니라 페이지 수 기준)도 넘는 오류, 오탈자를 메일로 알려주었더니 고맙다고 하면서도 전문학자의 충실한 주해에 의한 정본의 성립을 목표로 한 게 아니며 〈최측의농간〉 구성원들이 이 책의 초판을 함께 독해한 과정을 기록한 걸로 이해해 달라는 답장(실은 다 머리말에 쓴 내용)이 왔습니다. 『문주반생기』라는 책과 양주동이라는 학자를 전혀 몰랐던 자신들과 같은 젊은 세대들과 함께 읽어 보고 싶은 마음에서 출간하게 됐다는 것입니다.

　그 말을 들으니 〈월드컵은 경험하는 자리가 아니라 증명하는 자리〉라고 갈파했던 이영표 축구 해설위원의 말이 생각났습니다. 출판은 연습이 아니며 경험 쌓기도 아닙니다. 이 출판사의 대표는 〈원고의 맛을 해치지 않는 범위에서 한자를 한글로 바꾸거나 병기, 초판에 없던 1,996개의 각주를 보충했다〉고 말했습니다. 이 말을 그대로 받아 〈자전과 사전을 비롯해 참고도서 수백 권과 인터넷 아카이브를 뒤져 가며 꼼꼼히 해독하느라 품과 시간이 들었던 것. 그런 노력은 이번 책에 달린 1,996개 각주가 증명한다〉고 보도한 신문도 있던데, 책을 조금만 찬찬히 살펴봤더라면 이런 칭찬은 감히 하지 못했을 것입니다. 出陳(출진)은 물품을 내놓아 진열한다는 뜻입니다. 그런데 이걸 出陣으로 잘못 보고 〈싸움터로 나아감〉이라고 각주를 달았는데도 자전과 사전을 뒤져 꼼꼼히 해독한 책이라고 말할 수 있나요?

『문주반생기』 초판은 1960년에 나왔습니다. 그때도 무애의 글을 다 해독하지 못하는 사람이 많았겠지만, 지금처럼 거의 삼국시대 문서로 받아들이는 정도는 아니었을 것입니다. 불과 반세기 조금 더 지난 시대의 글인데도 이렇게 불통이 될 정도로 어문생활은 변해 왔고, 어문교육의 전통이 단절됐다는 생각을 하게 됩니다. 또 사회 전반의 지식량이 감퇴되거나 왜소해진다는 우려와 함께, 한자 교육의 필요성을 새삼 절감하게 됐습니다. 지식의 축적과 전승에 기여해야 할 출판의 엄정함과 진지성이 갈수록 떨어지고 가벼워지는 경향도 걱정하게 됐습니다.

그들은 얼마나 답답했겠습니까? 무애가 남긴 것과 같은 금세기의 고전을 또래들과 함께 읽고 싶다는 〈발원(發願)〉을 현실화할 만한 어문 실력이 없는 것은 정말 안타까운 일입니다. 할아버지-아버지 세대, 조금 내려와 형님 세대의 어문전통은 이미 단절돼 없어졌습니다. 이것이 오로지 그들만의 책임은 아닐 것입니다.

　이런 점에서 그들이 안타깝고 출판사의 실명을 밝힌 게 미안하지만, 그래도 끝내 하고 싶은 말이 있습니다. 어쨌든 틀리면 안 됩니다. 장 피에르 세르(1926년생)라는 프랑스 수학자는 〈명백하게 틀린 말을 듣거나 보면 그것이 강연이든 책에 적혀 있는 것이든 나는 참을 수 없어서 실제로 몸이 아플 정도가 된다〉고 말했습니다. 나도 그 수학자를 닮아 가는지 틀린 것 때문에 자꾸 몸이 아프려 하고 병색(病色)이 짙어져 가는 것 같습니다.

『자유칼럼』 2018. 1. 17.

남의 책 시비 거는 사람

한문학자인 심경호 고려대 교수의 글에 「자기 책 몰래 고치는 사람」이라는 게 있다. 책과 제목이 같은 이 글이 다룬 것은 책을 낼 때 겪는 오자와의 싸움이다. 오자는 저자 자신이 잘못 쓰거나 출판사 측이 저자의 요구를 제대로 반영하지 못해 생긴다. 심 교수는 어떤 경우든 오자는 결국 저자 책임이라고 말한다.

심 교수는 책을 여러 권 내다 보니 자기 책의 오자를 어떻게든 고쳐야겠다는 강박관념을 갖게 됐다고 한다. 재판 삼판을 찍으면 자연스럽게 오자를 바로잡을 수 있지만 문제는 그렇지 못한 경우다. 학술 서적을 재판 이상 찍는다는 건 쉽지 않은 일이다.

그래서 심 교수는 이미 나온 자기 책에 가필을 하는 행각을 벌이게 됐다고 한다. 다른 연구실에 들렀을 때 증정본이 눈에 띄면 꺼내서 가필을 한다. 심지어 공공 도서관이나 학교 도서관에서도 자기 책이 보이면 몰래 고치곤 한다는 것이다. 심 교수는 글의 말미에 〈여러분은 자기 책 몰래 고치는 사람을 가련히 여기시고, 뒷날 경솔하게 책을 내는 사람을 경계하는 자료로 삼아 주시기 바란다〉고 말했다.

심 교수는 가련하다고 치부해 버리고 말 사람일까? 그렇지 않다. 오히려 본받아야 할 사람이다. 남의 책이나 새 책에 몰래 가필을 하는 게 좋은 방법인지는 몰라도 그만큼 틀린 걸 바로잡으려고 노력하는 게 대단하지 않은가.

그런 분을 떠올리면서 책을 읽다 보면 엉터리 문장이나 주어 술어도 맞지 않는 번역, 맞춤법 띄어쓰기가 엉망인 경우 참기가 어렵다. 2년 전의 일이다. 1974년 초판을 낸 이후 30년 가까이 팔린 번역 에세이집을 읽다가 첫 페이지부터 틀린 걸 발견했다. 내가 가진 책은 제6판 1쇄였는데, 우리말이 안 되고 틀린 게 허다한데도 어떻게 그렇게 오랫동안 책을 계속 찍었는지 이해할 수 없었다.

오자만이 아니라 번역 자료로 삼은 원문에 관한 역자 후기도 납득하기 어려워 고쳐야 할 곳 스물아홉 군데를 적시한 메일을 역자와 출판사에 동시에 보냈다. 이 스테디셀러의 잘못된 점을 그동안 독자들 중 아무도 지적하지 않은 것도 이해하기 어려웠다.

메일을 받은 출판사와 역자는 비상이 걸렸다. 출판사 대표는 편집 간부를 내게 보내 사과했고, 역자도 젊은 날의 오류와 실수를 솔직하게 인정하는 메일을 보내왔다. 출판사 측은 그동안 판형이 여러 번 달라지고 편집 담당자도 바뀌는 바람에 그렇게 틀린 게 많은 것을 몰랐다면서 500부 정도 남은 책을 전량 폐기하고 원전에 충실한 번역으로 새로 찍겠다고 약속했다. 평소 호감을 갖고 있던 출판사여서 그 약속을 믿기로 했다. 그러나 아직 새 책을 내지는 못한 것 같다.

몇 달 전에는 번역 시집을 읽다가 집어던지고 싶은 충동을 느낄 정도로 기분이 나빠졌다. 그 분야의 전문가라는 사람이 2008년에 낸 이 시집은 같은 시를 중복 게재하면서 번역을 다르게 한 경우가 두 개나 되고, 앞뒤가 통하지 않는 비문(非文)도 숱하게 많았다. 혹시 대학 교수인 그 편역자가 이름만 자기를 내세우고 제자들을 시켜 일을 한 건지도 모르겠다. 그렇다 해도 초등학생 수준의 그 많은 오류를 납득할 수 없었다.

실망을 넘어 분노가 치밀어 이번에도 도저히 참지 못하고 출판사와 편역자에게 메일을 보냈다. 편역자는 깨끗이 잘못을 인정하고 그러잖아도 다시 찍으려 했으나 사정이 여의치 않다고 말했다. 출판사는 편역자보다 먼저 답신을 보내왔으나 공허한 대답이었다. 누구라고 밝히지도 않고 〈편집부〉라고만 쓴 메일은 오자를 잡아 준 독자에게 고마움을 표하고 사과하면서 다음에 책을 찍을 때 알려 주신 잘못을 꼭 바로잡겠다고 약속하는 내용이었다.

하지만 그 책을 새로 찍을 가능성은 없어 보이며 저자와 협의를 거친 답변도 아니었다. 뻔한 겉치레 인사라고 지적했더니 출판사는 그 뒤 더 이상 메일을 보내오지 않았다.

몇 년 전에는 한 원로 시인이 구술했다는 자서전을 읽다가 잘못된 곳이 많아 출판사에 알려 준 일이 있다. 책이 나온 지 1년쯤 뒤에 그분은 타계했는데, 판매가 영 부진했는지 출판사는 책을 더 찍지 않았다. 책에 틀린 게 많아 유족들도 아쉬워는 하고 있지만 어떻게 해서든 책을 다시 낼 생각은 하지 못하는 것 같았다.

최근에는 베스트셀러인 소설을 읽어 보라고 어떤 출판사가 책을 보내주었기에 즐겁게 읽기 시작했다. 그러다가 나도 모르게 또 그놈의 〈교정 본능〉이 살아나 틀린 곳을 표시하게 됐고, 읽고 난 뒤 고쳐야 할 곳을 출판사에 알려 주었다. 그랬더니 고맙다면서 다른 소설을 한 권 보내왔다. 지금 그 소설도 거의 다 읽었는데, 먼저 보내준 책과 비슷한 정도의 오자가 눈에 띄었다. 이걸 알려 주면 또 다른 책을 보내주려나? 책을 내는 사람들은 왜 그렇게도 틀린 게 많은데도 모를까?

하기야 남의 눈의 티끌은 잘 보이고 제 눈의 들보는 안 보이는 법이다. 나도 요즘 숱하게 틀리고 있다. 교정 본능을 잊고 내용에만 푹 빠져들 수 있는 그런 책을 자주 만나고 싶다. 이런 식의 지적질로 책을 얻게 되는 건 나도 더 이상 바라지 않는다.

정책브리핑 2014. 10. 2.

출판물에 〈교열 실명제〉를

이문구(1941~2003)는 참 정감이 가는 작가다. 그의 글은 읽은 것이라도 다시 읽고 싶어진다. 아무도 흉내 낼 수 없는 독창적인 문체와 말투, 한학의 교양과 어우러진 충청도 사투리의 구수하고 은근한 맛이 읽은 글을 또 찾게 만든다.

소설가 김동리는 이문구의 문학청년 시절에 〈내가 아니면 네 문장을 못 읽는다〉며 원고를 가져오게 해 1965년 『현대문학』(당시는 월간)에 추천해 주었다. 이문구는 그로부터 40년 가까이 글을 쓴 셈이다. 그가 글재주와 달리 오래 사는 복은 타고나지 못해 불과 62세로 타계한 이후 『그리운 이문구』 등 그를 추모하고 회고하는 글과, 작가 자신이 쓴 글이 간헐적으로 출판돼 왔다. 달포쯤 전에도 그의 문학 에세이를 모은 『외람된 희망』이라는 책이 나왔다.

대부분 읽은 글인데도 다시 보고 싶고 어떻게 편집했는지도 궁금해 바로 그 책을 사서 읽었다. 그런데 진도가 잘 나가지 않았다. 나도 충청도 출신이지만 내가 모를 충청도 사투리와 말투에 여전히 익숙하지 못하기 때문이었다.

하지만 더 결정적인 이유는 틀린 곳이 많기 때문이었다. 맨 앞에 실린 글은 200자 원고지로 12매 남짓해 보였는데, 〈그대로 안은 채〉가 〈그래도 안은 채〉로 돼 있고, 〈나이 오십 줄〉이 〈나의 오십 줄〉, 〈앉을 새〉가 〈앉은 새〉로 돼 있는 등 다섯 군데나 틀리거나 띄어쓰기, 쉼표 사용에 문제가 있었다. 다른 글에서는 〈박봄(복)함〉, 〈지렁이 한 마리도 까닭 없이 밝(밟)은 적이 없고〉 이런 것들이 눈에 띄었다. 〈걸음이 드믄(드문) 덤불〉 〈인적 드믄(문) 중에〉라는 대목을 보면서 이 책의 교열 담당자는 〈드믈다〉를 표준어로 잘못 알고 있는 것 같다는 의심이 생겼다.

또 대부분, 대체로라는 뜻의 〈대개〉를 〈대게〉라고 표기한 곳이 두 군데 있었다. 〈대게 천 년을 찾아 쉰 명절〉, 〈대게 50m에 한 사람꼴〉이 대체 무슨 뜻인가? 정말 내가 모르는 대게라는 말이 있나? 일부러를 일부로라고 한 건 일부러 그런 걸까? 설령 작가가 그렇게 썼더라도 대화나 인용이 아닌 한 맞춤법에 맞게 고쳐야 했다.

의재(毅齋) 허백련을 의제(毅齊)라고 해놓거나 문강공(文康公) 이지함을 문간공이라고 표기한 것은 아마도 한자를 모르거나 착각 때문인 것 같았다. 최종률 전 중앙일보 편집국장은 한자로 崔鍾律인데 鍾을 種으로 써놓았다. 저자가 틀렸을 수도 있겠지만, 인명에 種을 쓰는 경우는 그리 많지 않으니 제대로 된 교열 담당자라면 이것도 확인했어야 한다. 머리말과 차례 등을 빼고 본문만 330여 쪽인 책에서 맞춤법 띄어쓰기가 틀렸다고 내가 표시한 곳은 100군데가 넘는다. 참 무성의하고 실력이 없구나 하는 생각이 들었다.

나는 지금 이문구의 에세이집을 이야기하고 있지만, 다른 책에서도 무수한 오류와 오자가 눈에 띈다. 여름휴가 때 터키 여행을 앞두고 사서 읽은 터키 역사서 역시 마찬가지였다. 저자가 신문기자 출신이라기에 많은 터키 소개서 중에서 일부러 그의 책을 골랐지만, 틀리고 잘못된 곳이 너무 많아 읽는 내내 짜증스러웠다.

광복 이후 70년 동안 우리의 어문생활은 크게 달라져 왔다. 외래어 외국어의 남용, 유행어 은어의 범람과 급변 외에 특히 지적하고 싶은 것은 교열 기능의 약화다. 30~40년 전만 해도 언론사나 출판사의 교열 기능은 대단했다. 어법, 맞춤법 등에 자신이 없을 경우 교열부에 물으면 의문과 논란이 해소됐다. 교열 담당자들은 박식하고 정확하고 권위가 있었다.

지금은 그런 전문가나 〈터미네이터〉가 없다. 출판 관계자들은 흔히 믿고 일을 맡길 만한 교열 전문가가 없다고 말한다. 그런데 교열은 아무나 하는 것이고 싼값에 아르바이트를 주어 해치울 수 있는 하찮은 일로 생각하는 사람들이 많다. 신문, 잡지, 서적 등 인쇄매체는 물론 전파매체도 오자·오류투성이인 게 오늘의 현실이다.

거의 모든 책이 지은이, 펴낸이, 편집, 디자인, 관리, 영업 담당자 등의 이름은 써놓지만 누가 교열을 했는지는 밝히지 않는다. 유수한 출판사가 낸 번역서를 일부러 살펴보았다. A사가 표기한 것은 지은이, 그린이, 옮긴이, 감수자, 펴낸이, 기획, 책임편집, 편집, 독자모니터, 디자인, 저작권, 마케팅, 온라인 마케팅, 제작, 제작처, 펴낸 곳 외에 그 출판사의 카페, 트위터, ISBN 등 내용이 다양했다. B사의 책에는 지은이, 옮긴이, 펴낸이, 편집, 마케팅, 펴낸 곳, 디자인, 출력, 종이, 인쇄 및 제본, 라미네이팅(신분증이나 인쇄물의 표면에 필름을 입혀 코팅 처리함으로써 광택을 내고 수명을 길게 하는 기법), ISBN이 있었다. 그러나 교열을 누가 했는지는 알 수 없었다.

국내 저자의 책은 좀 다를까. 편저자, 펴낸이, 펴낸 곳 외에 주간, 실장, 편집, 디자인, 관리·영업 담당자, 인쇄처, 제본처를 표시한 곳이 있었다. 다른 곳은 기획·편집, 전산, 마케팅 및 제작, 경영기획, 관리 담당자 외에 CTP 출력·인쇄·제본 업체를 표시했다.

그렇게 여러 책을 뒤지다가 교열 담당자를 표기한 책을 찾아냈다. 웅진지식하우스의 『세계도서관 기행』은 국회 도서관장을 역임한 유종필 관악구청장이 2010년에 낸 책인데, 편집주간, 편집, 표지디자인, 본문디자인 담당자 외에 〈교정 이원희〉라고 표시돼있었다. 웅진이 낸 다른 책 『환관과 궁녀』에서는 〈교정 오효순〉, 『평유란 자서전』에서는 〈교정교열 임미영〉이라는 이름이 눈에 띄었다. 이 출판사의 홈페이지에는 오탈자 신고를 받는 곳도 있었다.

와이즈베리가 펴낸 마이클 샌델의 『돈으로 살 수 없는 것들』에도 편집진행, 디자인, 제작 담당자와 함께 〈교정교열 정진숙〉이라는 이름이 있었다. 이렇게 이름을 밝힌 책들이 오자나 오류가 하나도 없는지는 다 확인하지 못했지만, 교열 담당자를 명기한 것만으로도 호감과 신뢰가 간다.

교열에 대한 인식을 바꿔야 한다. 우수한 교열 인력을 양성하는 것은 물론 제대로 고용/활용을 해야 한다. 아울러 모든 출판물에 교열 담당자를 명기하는 게 좋겠다. 다리를 놓고 건물을 지은 다음에는 설계자·시공자 외에 감리를 맡은 회사와 사람의 이름도 동판에 새겨 남기지 않는가.

마찬가지로 출판물에는 저자나 편자, 번역자, 출판사 대표 외에 교열 담당자의 이름을 명기해야 한다. 그래야 교열을 정확하게 하게 되고, 교열의 중요성을 잘 인식하게 될 것이다. 사람은 이름이 남으면 더 열심히 일하게 된다. 출판물에 〈교열 실명제〉를 실시하자.

정책브리핑 2015. 11. 9.

편집자들에게

　프랑스 작가 마르셀 프루스트(1871~1922)는 『잃어버린 시간을 찾아서』라는 작품 하나만으로도 세계문학사에 빛나는 별이 되었다. 질이나 양에서 20세기 전반기 최고의 소설로 꼽히는 작품이다. 그러나 1912년에 완성한 이 소설의 제1권 「스완네 집 쪽으로」는 출판하기도 어려웠다. 프루스트는 몇몇 출판사에 원고를 보냈지만 모두 거절당하고 할 수 없이 자비로 책을 냈다.

　프루스트에 대한 평가는 책이 나온 뒤 180도 달라졌다. 유력 출판사의 편집장이었던 문단의 실력자 앙드레 지드(1869~1951)도 출판을 거부한 것을 사과하기에 이르렀다. 훨씬 뒤의 일이지만 노벨문학상을 수상(1947년)한 작가조차 프루스트를 알아보지 못한 것이다. 출판사들은 첫 권에 이어 나올 책을 잡기 위해 경쟁하는 처지가 돼버렸다.

　그 반대의 경우도 물론 많다. 작가 자신이 모르는 작품의 문학사적 의미와 가치를 알아채고 출판함으로써 작가로 데뷔시킨 경우 말이다. 출판의 전통과 위력이 대단한 나라에서 출판사의 편집장은 작가를 만들어 내는 막강한 문화 권력자로서 기능하고 군림한다.

주로 신춘문예나 문학잡지를 통해 작가를 배출해 온 우리나라의 경우도 이제는 문단 진출의 통로가 다양해졌다. 문학 외의 다른 분야 저서는 말할 것도 없다. 자연히 문학적으로 가치가 있는 원고인지, 잘 팔릴 수 있는 책이 될 건지를 감식해 내는 편집자들의 안목이 훨씬 중요해졌다. 날카롭고 정밀한 감식안은 유능한 편집자들의 필수 요건이다.

소설가 황석영이 세상에 이름을 널리 알린 것은 대하소설『장길산』이후이다. 1974년 한국일보에 연재를 시작한 황석영은 우여곡절 끝에 10년 만인 1984년에야 겨우 작품을 완성했다. 그러나 이 소설이 처음부터 한국일보를 통해 발표하기로 돼 있었던 것은 아니다. 문학 월간지에 싣기로 한 작품이었는데, 그 문학지의 편집장과 친분이 깊던 한국일보의 문화부장이 끈질기게 조른 끝에 가져간 것이다.

당시 황석영은 31세의 야심만만한 작가였지만 아직은 널리 알려진 사람도 아니었다. 그런데도 오늘날과 같은 문학적 장래를 예견하고, 이야기만 들은 작품을 싣기로 한 그 감각이 놀랍지 않은가. 신문사 데스크를 거친 사람으로서 이 사례를 생각할 때마다 나의 어둡고 거친 감식 능력에 실망하게 된다.

나는 그동안 원고 청탁을 받고 많은 글을 써왔다. 그 과정에서 알았거나 만난 편집자들 중 위에서 언급한 정도의 감식안을 가진 사람은 없었다. 이것은 내 글에 대한 이야기가 아니라 전반적인 업무 처리 자세나 능력에 관한 이야기다. 내 글은 감식안 운운할 정도의 내용이나 종류가 되지 못한다.

편집자들에 대해서는 오히려 불쾌한 기억이 더 많다. 첫 번째 사례는 특수 집단의 사람들이 보는 신문에 정기적으로 칼럼을 쓸 때의 일이다. 담당 편집자는 여성이었는데, 어느 날 내 글을 멋대로 고치고 제목도 임의로 변경해 버렸다. 이유를 묻자 매체의 성격상 그런 표현은 안 된다는 것이었다. 내 상식으로는 너무 고루하고 완맹(頑盲)한 논리여서 이해가 되지 않았지만 그녀는 요지부동이었다. 미리 알리지 않고 멋대로 글을 고친 데 대해서도 별로 미안해하지 않았다. 늘 그렇게 해온 것 같았다.

글을 그만 쓰겠다고 알리고 그녀의 상사인 편집장에게 전후 사정을 설명했더니 그제사 미안하다고 사과를 했지만, 고자질을 한 나에 대해 감정이 좋을 리 없었다. 집필을 재개했다가 얼마 후 서둘러 끝내고 말았다. 그 매체는 다시 돌아보지도 않았다. 나를 돌아보지 않는 것은 그쪽도 마찬가지지만.

최근에는 글을 통째로 개작 당하는 수난을 겪었다. 아는 사람이 나를 필자로 추천했다며 어떤 계간 에세이지가 글을 청탁해 왔다. 2013년 겨울호 특집에 싣는다기에 마감 날짜에 맞춰 글을 보냈다. 그런데 12월 초가 됐는데도 잡지가 나왔는지, 글이 제대로 실렸는지 아무 말이 없었다. 여성 편집장은 메일을 주고받을 때마다 너무도 깍듯하고 단정하게 인사를 해 나름대로 호감을 갖고 있었다.

그런데 책이 나왔는지 궁금하다는 메일에 대해 편집장은 사정상 내 글에 〈약간의 편집을 가했다〉고 답해 왔다. 무엇을 어떻게 편집했는지 알려 달라는 요구를 받고 편집장이 보내온 글은 내가 쓴 게 아니었다. 처음부터 끝까지 완전히 달라져 있었다. 누군가 내 글을 가지고 실컷 자기가 하고 싶은 말을 한 꼴이었다.

불같이 화가 나서 원문대로 하지 않을 거면 내 글을 싣지 말라, 원고료는 내 글을 고친 자에게 주라고 했다. 그러자 실토하기를 자기네 잡지에는 외부 인사들로 구성된 자문위원들이 있고 그들이 글을 고친다고 했다. 무엇을 하기 위해 구성한 자문위원단인지 모르지만 고쳐진 내 글에는 문장이 안 되거나 어색한 곳도 있었다. 편집장도 말만 편집장인지 실제로 글을 다루고 싶는 것은 그 사람들이 다 한다는 것이었다.

마감 시간을 넘기지도 않았고, 고쳐야 할 대목을 알려 주면 조치하겠다는 말(사실은 글을 함부로 고치지 말라는 뜻이었지만)까지 했는데도 멋대로 글을 개작한 것에 나는 놀라고 흥분했다. 다른 분에 비해 원고가 넘치는 데다 제작 시간에 쫓겨 그렇게 됐다는 게 편집장의 변명이었다. 고친 글을 원문과 대조해 보니 200자 정도 줄어 있었다. 내 글이 긴 게 아니라 남들의 글이 짧았던 것이다.

나에게 알리지 않고 그냥 책을 찍어 냈다면 어떻게 됐을까? 나는 격렬하게 항의하고 따졌겠지만 책은 나와 버렸으니 어쩌겠나? 그거 가지고 소송을 하겠나? 편집장이 〈약간 편집을 가한〉 사실을 알려 준 것은 스스로도 그렇게 하면 안 될 거라는 생각을 했기 때문이었을 것이다. 그런 곡절 끝에 글은 결국 원문대로 싣게 됐고, 예상보다 훨씬 늦게 책이 배달돼 왔다. 특집에 참여한 사람마다 네 쪽에 걸쳐 삽화를 곁들인 글이 실려 있었다. 글이 200자 정도 넘치거나 적더라도 얼마든지 소화해 낼 수 있는 편집이었다. 편집장은 자문위원이 좌지우지해 온 제도를 내 글 사건을 계기로 전면 쇄신키로 했다고 알려왔는데, 그 뒤 잘 됐는지 여부는 모른다.

세 번째 사례는 몇 년 전 책을 낼 때 일어난 일이다. 나로서는 처음 책을 내는 건데 편집장(이번엔 남자다)은 내가 초교 재교를 볼 때까지도 아무 말이 없었다. 그 출판사가 쓰는 인용부호나 용어 등이 내 원고와 다른 점에 대해 어떻게 처리되는 건지 궁금해 물었지만 걱정하지 말라고만 했다. 그런데 최종 3교를 본 다음 무엇을 어떻게 고쳤는지 저자에게는 보여 주지도 않고 책을 찍어 버렸다.

배달돼 온 책을 보니 정말 기가 막히고 어이가 없었다. 내 시대의 나의 말을 어떤 교정을 보는 녀석이 자기 시대의 자기 말로 몽땅 바꿔 놓았다. 나는 대학교 서클을 이야기했는데, 그 녀석은 모두 동아리라는 말로 고쳤다. 내가 대학에 다닐 때는 동아리라는 말이 쓰이지 않을 때다. 설사가 날 거 같아서 옹기족 옹기족 걸어갔다고 쓴 것을 엉기적 엉기적이라고 바꾸고(옹기족 옹기족이라는 표현은 사전에 없다는 뜻이겠지), 일부러 한자 위주로 쓴 글을 철저하게 한글 위주로 뜯어고쳐 놓았다. 모욕감을 이루 말할 수 없었다.

알고 보니 편집장은 외부 아르바이트꾼에게 교정 작업을 맡기고 제대로 챙기지도 않은 것이었다. 내 항의를 받은 그는 잘못을 인정하고 글을 다시 고쳐서 책을 더 찍기로 했다. 그러니까 내 책은 잘 팔려서 2판 3판을 찍은 게 아니다. 이 사건으로 나는 그 출판사에 대해서 막대한 실망을 하게 됐다. 지금도 생각하면 불쾌하고 똥물을 뒤집어쓴 기분이다.

이상의 사례를 통해서 편집자들에게 말하고자 하는 것은 다음과 같다. 어느 경우든 남의 글을 소중히 다루라는 것이다. 함부로 고치지 말라. 고쳐야 할 이유가 있으면 먼저 알리고 필자와 협의하라. 글의 제목도 필자가 붙인 게 적확하지 않거나 불충분하다면 더 좋은 것을 제시하고 상의해서 고쳐라.

특히 잊지 말아야 할 것은 글을 싣거나 책을 내주는 것을 선심이나 은혜를 베푸는 일로 생각하지 말라는 것이다. 글을 쓰고 싶은 사람은 얼마든지 많고 책을 내고 싶은 사람은 언제나 넘치니 자연히 갑을관계가 형성되고 편집자는 일종의 문화권력이 되기 마련이다. 그럴수록 더 겸손하고 글과 필자에 대한 예의를 잃지 말아야 한다. 그런데 아직도 글을 고쳐야만 생색이 나고 중요한 일을 하는 것이라고 생각하는 사람들이 있는 것 같다.

편집자에게 중요한 것은 감식안이지 개칠을 하는 능력이 아니다. 내가 인정받고 남들이 알아주는 것이 매체 덕분인지 나 자신의 능력 덕분인지 늘 스스로 점검해야 한다.

정책브리핑 2014. 2. 4.

선능역인가 설릉역인가

서울 지하철 2호선 선릉역의 이름은 인근에 있는 선릉에서 따온 것입니다. 선릉은 조선 제9대 왕 성종과 계비 정현왕후 윤씨의 무덤입니다. 왕릉과 왕비릉이 서로 다른 언덕에 있는 동원이강릉(同原異岡陵)이며 한자로는 宣陵이라고 씁니다.

그런데 나는 〈이번 역은 설릉, 설릉역입니다〉라는 안내 방송을 들을 때마다 거부감을 느낍니다. 왜 설릉이라고 할까, 선능이라고 읽어야 맞지 않을까 하는 생각 때문입니다.

설릉으로 발음하는 근거는 자음동화현상 중 유음화입니다. 유음(流音)이란 혀끝을 잇몸에 가볍게 대었다가 떼거나, 혀끝을 잇몸에 댄 채 날숨을 양옆으로 흘려보내면서 내는 소리라고 합니다. ㄴ과 ㄹ이 만나면 앞의 ㄴ을 ㄹ로 발음하는 것을 자음동화라고 하고, 비음(鼻音)인 ㄴ이 유음인 ㄹ이 되는 것을 유음화라고 합니다. 앞의 자음이 바뀌었으니 역행 동화라고도 하고, 변해서 같은 자음으로 발음되니 완전 동화라고도 합니다. 신라는 실라, 대관령은 대괄령, 물난리는 물랄리, 할는지는 할른지……이런 게 그 예입니다.

하지만 잘 납득이 되지 않습니다. 설릉이라는 말을 들으면 〈여기 혀 무덤이 있나?〉 하게 됩니다. 舌陵으로 들리기 때문입니다. 귀 무덤[耳塚(이총)] 코 무덤[鼻塚(비총)]은 들어 봤지만 혀 무덤은 금시초문입니다. 그 발음은 雪陵으로 오해될 수도 있습니다. 눈을 묻은 무덤이 아니라 눈 덮인 언덕 말입니다. 그런 뜻이라면 낭만이나 있겠지요.

ㄴ과 ㄹ의 이어 바뀌는 발음의 근거는 표준어 규정의 표준발음법 20항입니다. 〈ㄴ은 ㄹ의 앞이나 뒤에서 ㄹ로 발음한다〉는 내용입니다. 그런데 그 20항에는 아래와 같은 예외가 제시돼 있습니다. ㄹ을 ㄴ으로 발음하는 경우입니다. 임진란[임:진난] 생산량[생산냥] 입원료[이붠뇨] 결단력[결딴녁] 동원령[동:원녕] 횡단로[횡단노] 상견례[상견녜], 이런 것들입니다. 이런 말들처럼 선릉도 설릉이 아니라 선능으로 발음해야 한다는 게 내 주장입니다.

경기도 화성시에 있는 융건릉(隆健陵)은 사도세자 혜경궁 홍씨의 합장무덤인 융릉과, 정조-효의왕후의 합장무덤인 건릉을 뭉뚱그려 부르는 이름입니다. 그런데 이곳을 융건능이 아니라 융걸릉이라고 발음하는 사람은 보지 못했습니다. 걸레·걸인·걸귀, 이런 게 연상돼서 그런지 〈걸〉은 어감도 좋지 않습니다.

조선 태조 이성계의 무덤인 건원릉(健元陵)은 경기도 구리시에 있는 동구릉(東九陵) 중 하나입니다. 이 건원릉을 건월릉이라고 읽는 사람은 없습니다. 태종의 헌릉과 순조의 인릉이 있는 헌인릉(獻仁陵)을 헌일릉, 영조의 원릉(元陵)을 월릉으로 읽는 경우도 보지 못했습니다.

또 서대문로→신문로→새문안길로 명칭이 바뀌어 온 거리를 지금도 신문로(新門路)라고 표기하는 사람이 있지만, 이걸 〈신물로〉라고 읽어야 맞겠습니까? 요즘 한창 이름이 오르내리는 유진

룡(劉震龍) 전 문화부 장관을 유질룡이라고 부르는 걸 들어 본 적이 없습니다. 또 세계에서 가장 큰 섬 덴마크의 그린란드Greenland를 그릴란드로 읽지는 않습니다. on-line을 올라인, Henry를 헬리로 읽으면 완전히 다른 말이 됩니다.

언어학자 이현복 서울대 명예교수의 『한국어 표준발음사전』 (2002)에 선릉은 선능으로 발음한다고 나와 있습니다. 표준어 규정의 표준발음법 20항의 예외에 해당된다는 것입니다. 또 서울대 언어학과 이호영 교수의 『국어음성학』(2008)은 〈다음의 합성어들은 화자에 따라 ㄹ이 ㄴ으로 발음되기도 하고 ㄹ로 발음되기도 하는데, ㄴ으로 발음되는 것이 표준으로 인정된다〉고 기술하고 있습니다. 그러면서 제시한 예로 음운론, 이원론, 상견례 등과 함께 선릉, 신문로가 나옵니다. 아나운서로 오래 일한 바 있는 전영우 수원대 명예교수의 글 제목은 아예 「선릉의 발음은 [설릉]이 아니다」(1997)입니다. 전 교수의 『표준 한국어발음사전』(2007)에도 선능으로 발음한다고 돼 있습니다.

표준발음법 20항의 예외에 대해 국립국어원은 「붙임」이라는 해설을 통해 〈한자어에서 ㄴ과 ㄹ이 결합하면서도 [ㄹㄹ]로 발음되지 않고 [ㄴㄴ]으로 발음되는 예들을 보인 것〉이라고 설명하고 있습니다. 〈권력은 궐력으로 읽지만 공권력은 공꿘녁이 되니 [ㄴㄴ]으로 발음하는 단어와 [ㄹㄹ]로 발음하는 단어는 개별적으로 정하여 사전에 그 발음을 표시하여야 한다〉고 기술하고 있습니다.

그런데 똑같은 ㄴ + ㄹ인데도 왜 삼천리(三千里)는 삼철리, 진리(眞理)는 질리라고 발음하는 데 아무런 거부감이 생기지 않을까? 왜 문래(文來)역 신림(新林)역은 문내가 아니라 물래, 신님이 아니라 실림으로 읽는 게 당연하게 느껴질까? 그것은 ㄹ로 된 단어를 앞에 쓸 때 ㄴ으로 표기할 수 있느냐 없느냐가 초점인 것으로 보입니다. 陵은 능, 路는 노로 표기할 수 있지만 里나 理는 니, 林은 님으로 표기할 수 없습니다. 龍도 농으로 표기할 수 없지요. ㄴ으로 표기할 수 없는 단어일 경우 ㄹ로 읽는 게 옳다는 거지요.

하지만 신라의 羅는 앞에 올 때 나로 쓰는데도 신나가 아니라 실라로 읽어야 하니 정말 헷갈립니다. 곤란(困難)의 難도 난으로 쓸 수 있는데 곤란으로 읽습니다. 도대체 무슨 법칙, 어떤 원칙으로 이런 걸 똑 부러지게 설명할 수 있나요?

선릉역의 발음 표기는 한 번 바뀐 것입니다. 1982년 12월 영업을 개시한 선릉역은 처음엔 선능이라고 했다가 잘못된 발음이라는 지적에 따라 설릉역으로 변경했습니다. 그렇게 바꾼 뒤인 1997년 국립국어연구원(지금은 국립국어원)이 4대째 서울에 살고 있는 토박이 30명을 대상으로 조사한 결과 30명 전원이 〈설릉〉 발음은 잘못이라고 지적했습니다. 〈선능〉으로 발음해야 한다는 거지요.

그런데도 설릉은 유지되고 있습니다. 지하철 안내 방송을 녹음한 성우는 발음이 헷갈려 국어학자에게 자문도 했다던데, 결국 선능 설릉 두 가지로 녹음을 한 뒤 듣기 좋은 쪽을 택했다고 하니(『경향신문』 1996. 9. 17. 「안내 방송인」 기사) 우스운 일이 아닐 수 없습니다.

이 역의 영어 표기는 Seolleung이므로 영어권 사람들은 설릉으로 읽지만, 일본어 표기는 ソンヌン[son-nung]이니 손능이 됩니다. 일본인들이 선능이나 설릉으로 읽기를 바라는 것은 무리입니다. 내국인들도 헷갈리고 외국인들도 혼란스럽습니다.

국립국어원 「온라인 가나다」에는 선릉역 발음에 관한 질문이 수시로 올라옵니다. 가장 최근의 질문(2014년 10월)은 〈주변 사람 20명을 조사했는데 설릉이라고 발음한 사람은 2명뿐이었다〉며 〈선능을 표준발음으로 규정할 생각이 없느냐?〉는 것이었습니다. 이에 대한 국립국어원의 답변은 〈설릉 발음이 맞다. 개정 여부는 명확한 답변을 드리기 어렵다〉였습니다.

내가 만약 서울지하철 운영 책임자이거나 선릉역장이라면 역 구내에 이런 발음 문제에 관한 자료를 게시하고, 이용자들이 의견을 표시할 수 있게 참여를 유도함으로써 선릉역에 새로운 이야기를 만들어 내겠습니다. 문화유산 선릉만 생각하는 역이 아니라 한국어 발음을 생각하는 역이 되도록 말입니다.

국립국어원은 이런 이벤트와는 별도로 선릉역 발음에 대한 전면적이고 심층적인 연구와 조사를 통해 서둘러 혼란을 해소해 주어야 한다고 생각합니다.

「자유칼럼」 2014. 12. 9.

남북 합의문에 이의 있음

준전시 상태로 대치하던 남북의 긴장 상황이 해소된 것은 정말 다행이다. 43시간의 끈질긴 협상 끝에 극적인 타결을 이룬 박근혜 정부의 노력을 높이 평가한다. 앞으로도 환영 받을 일을 많이 해주었으면 좋겠다. 그런데, 좀 미안하지만 남북 합의문에 대해 할 말이 있다. 세 군네가 마음에 들지 않는다. 내가 합의문 작성에 관여할 수 있었다면 그렇게 쓰지 않거나 그렇게 쓰지 못하게 했을 것이다.

우선 제1항 〈당국회담을 빠른 시일 내에 개최해 여러 분야의 대화와 협상을 진행한다〉는 말부터 적확하지 않다. 〈빠른 시일 내에〉는 〈이른 시일 내에〉라고 써야 맞다. 빠르다는 속도에 관한 말이다. 빠르다의 반대는 느리다이다. 취지는 가능한 한 일찍 대화와 협상을 하자는 것이므로 시기에 관한 말인 〈이르다〉를 써야 한다. 이르다의 반대는 늦다다. 〈빠른 시일 내에〉 대신 〈빨리〉라고 쓰는 것은 무방하다. 〈이른 시일 내에〉보다 더 강한 표현이 되겠지만.

그다음 제2항, 군사분계선 비무장지대 남측 지역에서 발생한 지뢰 폭발로 남측 군인들이 부상을 당한 것에 대해 북측이 유감을 표시했다는 대목도 거슬린다. 부상은 몸에 상처를 입은 것을 말한다. 부상(負傷)의 負라는 글자에 이미 지다, 짐 지다, 떠맡다, 빚지다, 힘입다, 이런 뜻이 있다. 부상을 입었다, 부상을 당했다는 말은 역전앞과 같이 중복된 표현이다. 그냥 부상했다고 써야 한다. 아니면 알기 쉽게 순우리말로 다쳤다고 하거나.

제5항은 특히 어색하다. 〈남과 북은 올해 추석을 계기로 이산가족 상봉을 진행하고, 앞으로 계속하기로 했으며 이를 위해 적십자 실무접촉을 9월 초 가지기로 했다〉고 돼 있다. 실무접촉은 하면 그만이다. 가지기는 뭘 가져? 언제부턴가 be 동사 have 동사를 이용한 영어식 표현이 범람하고 있다. 〈많이 이용해 주십시오〉라고 하면 그만인 것을 〈많은 이용 있으시기 바랍니다〉라고 하고, 회의나 회담, 행사는 무조건 〈갖고〉라고 표현하는 식이다.

우리말에 민감한 북측이 이런 표현에 동의한 게 의아하다. 연예인들이 사귀기 시작하면 무조건 〈열애(熱愛) 중〉이라고 하고, 언론에 알리지 않고 뭘 하면 〈비밀리에〉나 〈비공개로〉가 아니라 〈극비리에〉라고 쓰는 기자들부터가 잘못이다. 언론이 그런다 해도 국가의 중요 문서나 외교 서류를 다루는 사람들은 자구 하나하나에 더 치밀해야 한다.

이것은 다른 이야기이지만 중앙선관위의 대통령 당선증에도 할 말이 있다. 2012년 12월 20일 박근혜 대통령 당선인이 받은 당선증은 이렇게 돼 있다. 〈귀하는 2012년 12월 19일 실시한 제18대 대통령선거에 있어서 당선인으로 결정되었으므로 당선증을 드립니다.〉 이 경우 〈실시한〉이 맞는가, 〈실시된〉이 맞는가. 〈대통령선거에 있어서〉도 〈있어서〉라는 말이 굳이 필요한가. 〈대통령선거에서〉라고 하면 글자 수도 줄고 훨씬 간명하지 않을까. 김대중 전 대통령 당선증은 생년월일이 적혀 있는 점, 〈이 당선증을 수여합니다〉라고 돼 있는 점 말고는 현행 당선증과 똑같다.

　그런데 중앙선관위는 〈증 제1호〉라는 국가 중요 문서인 대통령 당선증을 가다듬을 생각이 전혀 없나 보다. 노무현 전 대통령 때 지금처럼 달라지긴 했지만, 형태와 재질, 그리고 문안이 거의 초등학생 표창장 수준으로 보이는 이 당선증을 언제까지 계속 쓸 것인가.

『이투데이』 2015. 8. 28.

혼찌검, 손찌검, 말찌검

설 연휴에 모처럼 대중목욕탕에 다녀왔다. 완전 만원이었다. 특히 아이를 데리고 온 아버지들이 많았다. 서로 등을 밀어 주는 모습이 보기에는 좋았지만, 자리를 차지하고 앉기가 어려울 정도였다.

간단히 샤워를 한 뒤 온탕 열탕에 번갈아 들어가 몸을 한껏 불리고 다락처럼 만들어진 수면실에 누워 땀을 제법 흘렸다. 그러고 나서 오랜만에 때를 밀었는데 국수발은 아니지만 꽤 굵고 긴 때가 마구 밀려 나왔다(윽, 더러워!). 이건 送舊迎新(송구영신)이 아니라 送垢迎新(송구영신)이네, 하고 〈유식한〉 생각을 했다. 垢는 〈때 구〉자니까.

그런데, 아이들이 너무 많아 정신이 하나도 없었다. 특히 풀장처럼 만들어 놓은 미지근한 수탕은 완전 〈개구락지 운동장〉이었다. 아이들이 물장구 치고 소리 지르고 수건을 서로 던지고 노는 바람에 잠시도 조용할 틈이 없었다. 안경을 쓴 초등학생 녀석 두 명이 안반뒤지기를 하다가 안경이 벗겨져 물속에 빠지자 〈잠수!〉를 외치더니 안경을 찾느라 난리법석을 떨기도 했다.

아이들이 하도 시끄럽게 굴자 어른 하나가 〈조용히 해!〉 하고 소리를 질렀다. 아이들은 잠시 조심하는 것 같더니 금세 다시 난리를 치기 시작했다. 그러자 그 아저씨는 제일 설치는 녀석을 불러 세우고 〈너 혼 좀 나볼래?〉라고 손찌검이라도 할 듯이 팔을 쳐들며 겁을 주었다. 아이 아버지가 지켜보고 있을 텐데 하는 생각이 들어 조마조마했는데, 발가벗은 어른끼리 싸우는 불상사는 다행히 없었다.

1시간쯤 지나 탕에서 나와 옷을 갈아입는 동안 TV를 보게 됐다. 「나 혼자 산다」는 프로그램이었다. 나로서는 처음 보는 디자이너 황재근의 삶과 일을 보여 주고 있었는데, 알고 보니 1월 30일에 나간 프로그램의 재방송이었다. 좌우간 그 디자이너는 일할 때 깐깐하고 프로다운 모습을 보였고, 직원들이 물건을 제대로 만들지 않으면 〈지적질〉을 해댔다.

출연지 중 한 명이 〈직원들 손찌검은 안 하죠?〉라고 문자 황재근은 〈어휴, 손찌검은 안 하죠. 말찌검 수준입니다〉라고 말해 웃음을 자아냈다. 말찌검이라, 그거 참 재미있는 말이네. 아까 목욕탕에서는 혼찌검에 이어 손찌검까지 하려던 사람을 봤는데.

그런데 찌검이 대체 뭐지? 한 번도 생각해 보지 않았던 말에 부딪힌 나는 집에 돌아오자마자 사전을 뒤졌다. 두 가지 풀이가 있었다. 1) 비듬의 경북지방 방언. 비듬은 살가죽에 생기는 회백색 잔비늘을 말함. 2) 작은 모래나 흙이 묻어 있는 음식 등을 씹을 때 입에 걸리는 상태. 두 가지 다 내가 원하는 답이 아니었다.

손찌검은 뭐지? 손으로 남을 때리는 게 손찌검이다. 중국말로는 〈動手打人〉, 손을 움직여 남을 때린다는 말이니 우리말과 같다. 오케이, 알았어. 그러면 발로 때리면 발찌검, 입으로 때리면 입찌검, 코로 때리면 코찌검, 귀로 때리면 귀찌검일 수 있겠네?

설과 같은 명절에 가족 간의 싸움과 가정폭력이 갈수록 늘어나고 있는데, 손찌검 발찌검 입찌검 수준이면 다행이지만 칼부림까지 일어나니 문제 아닌가. 가족 간에 기분 나쁜 일이 있더라도 혼찌검 정도로 그치도록 해야 하지 않겠는가? 그런데 도대체 찌검이 뭐지?

『이투데이』 2016. 2. 12

살풍경 공화국

가을이다. 그 뜨겁던 여름이 지나가고 날씨가 서늘해지니 좀 살 것 같다. 하지만 편해진 건 날씨밖에 없는 것 같다. 북한의 핵실험과 영남지방의 지진이 불안을 키우고, 각종 비리 의혹과 갈등, 쟁투는 오히려 더 심해지는 느낌이다.

그래서 살풍경(殺風景)이라는 말을 생각하게 됐다. 아주 보잘것없는 풍경, 흥을 깨뜨리는 광경이 살풍경이다. 당의 시인 이상은(李商隱)이 『의산잡찬(義山雜纂)』에서 처음 쓴 말이다. 좋은 경치를 파괴하거나 도덕적인 기본 질서를 무시하는 꼴불견 행태도 살풍경이다.

그가 말한 살풍경은 여섯 가지가 많이 알려져 있다. 청천탁족(淸泉濯足, 맑은 샘물에 발을 씻음), 화상쇄곤(花上晒褌, 꽃 위에 잠방이를 말림), 배산기루(背山起樓, 산을 등지고 건물을 지어 산세를 못 보는 것), 소금자학(燒琴煮鶴, 거문고를 때서 학을 삶아 먹는 것), 대화철차(對花啜茶, 꽃을 마주해 차를 후루룩 마심), 송하갈도(松下喝道, 소나무 숲에서 쉬는데 〈쉬, 물렀거라〉 하며 사또 지나가는 소리). 참 멋없고 흥을 깨는 일이다.

다른 게 더 있다. 조금씩 표현이 다른 것도 있다. 간화누하(看花

淚下, 꽃을 보며 눈물 흘림), 태상포석(苔上鋪席, 이끼 위에 돗자리를 폄), 작각수양(斫却垂楊, 수양버드나무를 찍어 없앰), 화하쇄곤(花下曬褌, 꽃 아래에서 잠방이를 말림), 유춘중재(遊春重載, 봄놀이를 가면서 먹을 걸 잔뜩 싣고 감), 월하파화(月下把火, 달 아래에서 불을 지핌), 석순계마(石筍繫馬, 석순에 말을 매어 둠), 기연설속사(妓筵說俗事, 기생하고 놀면서 속세의 일을 말함), 과원종채(果園種菜, 과수원에 채소를 심음), 화가하양계압(花架下養鷄鴨, 꽃시렁 아래에서 닭과 오리를 침), 선승비응(禪僧飛鷹, 참선하는 중이 매를 날림) 등이다.

그가 말한 살풍경이 정확하게 몇 가지인지 원문을 보지 못해 알기 어렵다. 어떤 자료는 여섯 가지라고 하고, 다른 자료는 열두 가지 또는 열세 가지라고 하니 헷갈린다.

살풍경을 보탠 사람도 있다. 명나라의 문인 황윤교(黃允交)는 고취유산(鼓吹遊山, 북 치고 나발 불며 산놀이를 함), 청가설가무(聽歌說家務, 노래를 들으며 집안일을 말함), 송림작측(松林作厠, 솔밭에 뒷간을 만듦), 명산벽상제시(名山壁上題詩, 명산의 바위 벽에 시를 지어 새김) 이런 걸 살풍경이라고 했다.

목은 이색의 「군수 이공(李公)의 방문에 감사하며[謝郡守李公來訪]」라는 시에는 이런 대목이 있다.

주인인 내가 꽃을 마주하여 차를 마시니 이 곧 살풍경이라.[主人啜茶殺風景]
천치 같은 늙은이 이 지경 되었으니 어찌할꼬.[老癡至此何爲哉]

꽃을 마주하여 차를 마시는 게 왜 살풍경인가. 차 대신 술을 마시라는 건지, 채신머리없이 후루룩 마시는 게 살풍경이라는 건지.

지금 우리의 살풍경은 어떤 것들일까? 미르재단 등의 비리 의혹이 제기되자 사회 불안 운운하거나 일고의 가치도 없다고 말하는 대통령과 청와대 수석, 지진이 일어날 경우 환경부 장·차관에게는 〈가능한〉(가능한 한이 맞다!) 심야시간에 전화하지 말고 다음 날 아침에 보고하라고 한 기상청의 매뉴얼, 이런 게 살풍경 아닐까? 국사에 지쳐 주무시는 분들은 깨우지 말라는 거겠지?

2016년 대한민국의 살풍경은 수도 없이 많을 것이다. 각자 일삼아 꼽아 보시도록!

『이투데이』 2016. 9. 23.

은행을 밟으면서

어느 날 술에 취해 아파트 현관문을 들어서는데 무언지 내 뒤에서 툭 떨어지는 소리가 났다. 한밤중에 무슨 소리일까. 몸을 돌이키지 않은 채 가만히 귀를 기울였더니 또 툭 떨어지는 소리가 들렸다. 뭔가 일깨워 주려는 듯 느낌표 하나가 하늘에서 떨어져 내려오는 것 같았다.

왠지 〈너, 그러면 안 돼〉 하는 소리로 들렸다. 릴케의 시 「고대 아폴로의 토르소」 마지막 행에 〈너는 사는 법을 고쳐야 한다〉는 말이 있는데, 그 느낌표는 바로 이 말을 해주는 것 같았다. 원문대로 번역하면 〈너는 네 삶을 달라지게 해야 한다〉지만 나는 내 번역이 좋다.

그것은 은행 열매였다. 사람들이 자는 동안에도 은행나무는 잎을 키우고 열매를 맺어 노랗게 익히더니 사람들이 자는 동안에도 그 열매를 떨어뜨리고 있었다. 이제 곧 잎도 다 떨구고 겨울을 날 채비를 하리라. 가을이 깊어지는구나. 남자는 가을을 탄다지만 떨어진 은행을 보면서 비추(悲秋)라는 말을 생각했다.

작년만 해도 몰랐는데 올해에는 유난히도 은행에 열매가 많이 열렸다. 여름부터 계속 가물자 은행나무는 더 열심히, 악착같이 열매를 맺었나 보다. 아파트 앞에 서 있는 몇 그루 은행나무는 저마다 다닥다닥 아닥다닥, 니글니글(?) 징그러워 보일 만큼 많은 열매를 달고 서 있다. 떨어진 열매의 악취가 견디기 어려울 정도다. 밟지 않으려고 조심해서 걷지만 주차된 승용차 위에건 어디에건 하도 많이 떨어져 비켜 가기가 어렵다.

중국 송나라 때의 구양수는 달 밝은 가을밤에 책을 읽다가 무슨 소리인지 들려 아이에게 알아보라고 한다. 아이는 나가 보니 아무 것도 없고 나무 사이에서 무슨 소리가 나더라고 했다. 구양수는 〈그게 바로 가을 소리로구나〉라고 한다. 고금에 빛나는 명문「추성부(秋聲賦)」이야기다. 나무 사이의 소리[聲在樹間]가 가을의 소리이다.

이효석은 낙엽을 태우면서 갓 볶아 낸 커피 냄새와 잘 익은 개암 냄새를 맡고, 〈연기 속에 우뚝 서서 타서 흩어지는 낙엽의 산더미를 바라보며 향기로운 냄새를 맡고 있노라면 별안간 맹렬한 생활의 의욕을 느끼게 된다〉라고 썼다. 고전이 된 수필「낙엽을 태우면서」의 눈대목이다.

아아, 그런데 나는 은행 열매 떨어지는 소리로 겨우 가을을 알고, 은행의 진한 똥 냄새를 맡으면서 생활의 의욕을 느낄까 말까 하고 있구나. 은행 열매가 냄새를 풍기는 것은 천적을 막기 위한 방어 활동이라는데, 땅에 떨어져 부패하면서 독성 물질 빌로볼과 은행산(銀杏酸)이 악취를 일으킨다고 한다. 생명이든 무생명이든 썩을 때 악취가 나지 않는 것은 없다.

가로수의 은행 악취가 심하자 서울시는 기동반(은행 열매 없애는 사람들이다!)을 운영하는 한편 열매가 열리는 암나무를 사람들이 덜 다니는 곳으로 옮기는 일에 나섰다. 은행나무의 암수를 구별하는 기술도 개발됐다니 원천적으로 냄새를 없애는 일이 가능해지는 것인가.

은행의 악취를 이야기하다 보면 여섯 살 된 여자아이의 말이 생각난다. 「엄마, 은행잎이 왜 부채처럼 생겼는지 알아?」 「몰라. 왜 그렇지, 우리 딸?」 「으응, 그건 은행이 똥 냄새가 나서 부채로 부치라는 거야.」

생태학적으로는 영양이 풍부한 열매가 냄새를 풍기는 경우가 많다고 한다. 부디 내 몸에서 남들이 참을 수 있을 정도로만 냄새가 나기를!

『이투데이』 2015. 10. 16.

5

남의 글에 손대지 마시오

골퍼들이여, 재치를 키우시오

여성 연예인들이나 스포츠 스타들 중에서 재치 있게 말을 잘하는 사람은 드물다. 〈팬 여러분께 감사하구요, 부모님께 감사하구요, 앞으로도 열심히 할 거구요〉 이렇게 이러구요 저러구요를 늘어놓다가 〈많이 많이 사랑해 주세요〉로 끝난다. 그런 말을 듣다 보면 〈쟤네들은 평소 아무 생각도 안 하고 사나?〉 하게 된다.

골퍼 이야기를 해볼까. 미국의 크리스티 커가 2005년 LPGA 미켈롭 울트라 오픈에서 우승한 직후 한 말은 〈목말라요. 맥주가 필요해요〉였다. 왜 그랬을까. 대회를 개최한 미켈롭 울트라가 맥주회사이기 때문이었다. 갤러리들의 박수가 쏟아지고, 맥주회사 임직원들은 신이 났다.

그런데 우리 여성 골퍼들(일부 기자들이 흔히 〈태극낭자〉라고 쓰고 있다)은 이런 재치와 말솜씨가 부족하다. 경기라고 하면 좋을 텐데 악착같이 일본 말인 시합이라고 하는 것부터 거슬린다. 영어로 말하는 건 물론 더 못한다.

노르웨이 골퍼 수잔 페테르센은 2013년 5월 킹스밀 오픈 당시 퍼팅 비결을 묻는 질문에 〈close eyes then stroke it〉, 눈을 감고 (감각에 의지해) 퍼팅한다고 대답했는데, 갤러리들이 웃고 난리가 났다. stroke는 자위를 한다는 은어라고 한다. 같은 서양 사람이고 LPGA에서 오래 활동해 영어가 능숙한데도 몰랐나 보다.

우리 골퍼 중 답변이 재치 있었던 경우는 〈꼬맹이〉, 〈울트라 땅콩〉으로 불리던 장정(2014년 은퇴)이다. 그는 IBK 기업은행의 후원을 받던 2006년 6월 웨그먼스 LPGA 챔피언십에서 우승했다. 다른 나라 골퍼들이 모자에 쓰인 IBK가 뭐냐고 묻자 〈IBK? I'm a Birdie Killer〉라고 대답했다.

이런 말은 순간적으로 나올 수도 있지만 평소 연구하고 생각해야 한다. 어떻게 하면 비거리를 늘릴지, 마지막 날 어떤 옷을 입고 라운딩할지 그런 것만 챙길 게 아니라 우승하면 뭐라고 할까, 방송기자가 마이크를 들이대면 어떤 제스처를 할까, 이런 걸 생각해 두어야 한다.

4월 6일 종료된 LPGA 투어 ANA 인스퍼레이션에서는 미래에셋 소속 김세영(고려대)이 거의 우승할 뻔했다. 대회 장소는 캘리포니아주 란초 미라지Rancho Mirage의 미션힐스 골프클럽이었다. 모자의 로고 〈Mirae Asset〉을 보면서 김세영이 우승할 경우 〈Mirae〉의 a와 e 사이에 g를 써넣어 란초 미라지의 Mirage로 만들어 흔들면 재미있겠다는 생각을 했다. 그러면 미국 팬들이 박수 쳤을 거고 미래에셋도 로고가 부각돼 좋아했을 것이다.

그런데 〈엉뚱하게도〉 브리터니 린시컴이 우승컵을 가져갔다. 그도 한때 미래에셋 후원를 받던 골퍼다. 결혼을 앞둔 린시컴은 우승 후 〈챔피언 연못〉에 캐디는 물론 약혼자, 부모와 함께 뛰어들었다. 그걸 보면서 미래에셋 소속이었다면 Mirae를 한 번은 Mirage로, 또 한 번은 Marriage(결혼)로 만들면 재미있겠다는 생각을 했다(이런 생각까지 해줘야 되니 나는 정말 너무 바쁜 것 같다).

남아공 골퍼 어니 엘스Ernie Els는 팬이 많다. 덩치가 큰데 스윙이 부드러워 〈빅 이지big easy〉라는 별명을 얻었다. 그의 팬들이 어느 대회에선가 〈Ernie who else?〉라는 펼침막을 들고 응원했다. 이게 무슨 말? 〈어니 엘스 말고 누가 우승하겠어?〉 그거 아닌가? 이런 재치가 있어야 한다.

『이투데이』 2015. 4. 17.

대통령이 우스갯거리가 돼야

조지 W. 부시 전 미국 대통령은 멍청하고 무식하다고 미국인들이 놀리며 비웃던 사람입니다. 하도 말실수가 잦고 어휘력과 문법에 문제가 많아 그의 엉터리 어법을 뜻하는 〈부시즘Bushism〉이라는 조어가 생겼을 정도입니다.

그는 〈사담 후세인에 의해 손이 잘린 용감한 이라크 국민의 손을 잡고 악수하게 돼 영광〉이라는 해괴한 말을 한 바 있습니다. 영국 어린이가 〈백악관은 어때요?〉 하고 묻자 〈하얗지〉라고 하고, 유치원에 가서는 책을 거꾸로 들고 있기도 했습니다. 2007년 호주 APEC(아시아-태평양 경제협력체) 정상회의 때는 APEC을 OPEC이라고 하더니 〈오스트리아에 고맙다〉고 엉뚱한 나라에 인사를 하고, 수도 캔버라를 캘베라라고 불렀습니다.

이러니 갖가지 농담이 생기는 건 당연한 일입니다.

1) 조지 워싱턴, 리처드 닉슨, 조지 W. 부시의 차이는?
〈워싱턴은 거짓말을 할 줄 모르고 닉슨은 진실을 말할 줄 모르고 부시는 거짓과 진실의 차이를 모른다.〉
2) 가가린과 암스트롱과 부시가 만났다.

가가린 〈나는 우주에 맨처음 갔다 온 사람이여〉.

암스트롱 〈달은 내가 최초지〉.

할 말이 없는 부시, 〈난 맨 먼저 태양에 갈 거야〉.

가가린 + 암스트롱 〈바보야, 거기 갔다간 뜨거워서 타 죽어〉.

그러자 부시 왈, 〈그럼 밤에 가지 뭐〉.

미국인들은 그를 비웃으면서도 실수를 연발하는 인간적 면모를 좋아하고 재미있어 했습니다. 그런데 부시는 사실 재임 중 많은 책을 읽은 다독가라고 합니다. 『워싱턴 포스트』의 칼럼니스트 리처드 코언은 「부시 책 목록 읽기」라는 글에서 칼 로브 전 백악관 부실장의 말을 인용해 부시가 2006년 95권, 2007년 51권, 2008년 40권을 독파했다고 썼습니다. 둘이서 벌인 책 읽기 경쟁에서는 로브가 이겼지만, 부시는 항상 책을 옆에 두고 있었으며 전기와 역사서를 좋아했다고 합니다.

대통령을 비롯한 정치 지도자들의 글과 어법, 독서는 많은 사람들에게 큰 영향을 미칩니다. 미국의 카네기멜런대 언어기술연구소가 지난 16일 내놓은 보고서는 그런 점에서 흥미롭습니다. 이번 미국 대선 주요 후보들의 언어 능력과 함께 일부 전·현직 대통령 연설문의 어휘와 문법 수준을 분석한 조사 결과, 문법 수준이 가장 높았던 대통령은 11학년(우리의 고 2) 수준인 에이브러햄 링컨이었습니다.

어휘에서는 로널드 레이건 전 대통령이 11학년, 버락 오바마 대통령이 10학년 수준이었습니다. 부시 전 대통령은 문법이 초등 5학년 수준이지만, 어휘 수준은 10학년이었습니다. 절대 무식한 바보가 아니라는 거지요. 정말로 무식하고 무모해 보이는 도널드 트럼프의 문법은 초등 5·6학년, 어휘는 중 1·2학년 수준으로 대선 후보들 가운데 가장 낮았습니다.

우리나라로 눈을 돌려 봅니다. 역대 대통령의 문법과 어휘 수준에 관한 조사·연구를 한다면 수준이 낮은 경우가 더 많을 것 같습니다. 이명박 전 대통령의 비문(非文)은 이미 정평이 났지만, 박근혜 대통령도 만만치 않습니다.

〈군생활이야말로 사회생활을 하거나 앞으로 군생활을 할 때 가장 큰 자산이라는……〉(2013. 12. 24. 군부대 방문)

〈그게 무슨 새삼스러운 것도 아니고 우리의 핵심 목표는 올해 달성해야 될 것은 이것이다 하는 것을 정신을 차리고 나가면 우리의 에너지를 분산시키는 걸 해낼 수 있다는 마음을 가지셔야 될 거라고 생각한다.〉(2015. 5. 12. 국무회의) 등등.

주어와 술어가 맞지 않고 앞뒤가 연결되지 않는 것도 문제이지만, 더 걱정스러운 것은 공격적인 어휘, 배려가 부족한 언어입니다. 없애야 할 규제를 강조하느라 원수, 암 덩어리, 단두대 등으로 점점 수위를 높여 온 박 대통령은 올해 2월 17일 무역투자진흥회의에서는 〈신산업의 성장을 가로막는 규제로 의심되면 일단 모두 물에 빠뜨려 놓고 꼭 살려내야만 할 규제만 살려두도록……〉이라고 말했습니다. 세월호 사고에 대한 국민과 유족의 아픔, 정신적 상처를 조금이라도 배려했더라면 할 수 없는 말이었습니다. 최악의 화법입니다.

정부는 박 대통령의 취임 3주년을 앞두고 어록 모음집『사람 나고 법 났지, 법 나고 사람 났나요』를 발간했습니다. 간결하고 함축적이면서 분명한 박 대통령 어법의 장점이 잘 드러난 발언을 모은 책입니다. 참여정부 시절 발간된 노무현 전 대통령의 어록집

『노무현 따라잡기』와 달리 정부 최초로 〈비유집〉을 냈다는 게 큰 특징이라고 합니다.

그러나 그런 비유가 국민들의 마음을 얻지는 못하고 있습니다. 메시지가 명확하더라도 알아듣기 쉽고 정과 배려가 담긴 언어라야만 호소력이 생깁니다. 문법 수준이 높은 링컨이 어휘 면에서는 상대적으로 평이한 중3 수준이었다는 점은 아주 시사적입니다. 카네기멜런대 연구소는 〈국민의, 국민에 의한, 국민을 위한of the people, by the people, for the people〉이 등장하는 링컨의 게티즈버그 연설의 문법 수준을 어느 누구도 뛰어넘지 못한다고 평가했습니다.

17~20일 열린 파리도서전의 개막식에 참석한 프랑수아 올랑드 프랑스 대통령은 2시간 넘게 머무르며 출판인들과 대화를 했습니다. 문화부 장관은 이틀 간격으로 들렀고, 총리와 산업경제부 장관, 해외영토부 장관 등도 다녀갔다고 합니다. 우리의 경우는 서울국제도서전에 대통령은커녕 주무 부서인 문화부 장관도 오지 않은 경우가 많았다고 합니다. 문화 융성을 부르짖는 나라에서 벌어지는 이런 일이 이해하기 어렵고 참으로 안타깝습니다.

지미 카터 전 미국 대통령(1924~)은 은퇴 이후 28권의 책을 냈고, 79세에 쓴 역사소설은 퓰리처상 후보에까지 올랐습니다. 그런데 왜 우리의 대통령들은 책을 읽지 않는 걸까요? 왜 대통령의 연설과 방명록의 메시지에 명문이 없고 감동이 없는 걸까요? 그리고 왜 대통령을 우스갯거리로 삼는 친근한 농담도 나오지 않는지, 대통령 자신은 물론 보좌하는 사람들 모두 깊이 생각해 보시기 바랍니다.

대통령이 우스갯소리에 등장할 수 있어야 문화 융성이 된다고 믿습니다.

『자유칼럼』 2016. 3. 23.

시오노와 소노, 일그러진 일본의 지성

　일본의 여성 소설가 소노 아야코(曾野綾子, 1931~)는 37세 생일을 맞았을 때 인생 후반전에 들어섰다는 생각에서 이미 노년(그는 사실 만년이라는 말을 더 좋아한다)의 삶에 대비하기 시작했다. 그가 1972년에 낸 『계로록(戒老錄)』은 공전의 히트를 기록했다. 〈나는 이렇게 나이 들고 싶다〉는 제목으로 국내에도 번역된 이 책은 40여 년간 꾸준한 사랑을 받아 왔다.

　그 뒤 『행복하게 나이 드는 비결』, 『사람으로부터 편안해지는 법』, 『부부 그 신비한 관계』 등 소노가 내놓는 책은 늘 주목을 받았다. 아프리카국제봉사재단 이사, 해외 일본인선교사활동 후원회 대표 등의 사회활동으로 소노는 사려와 분별을 고루 갖춘 일본의 지성으로 인식돼 왔다.

　그런 사람이 2월 11일 일본 『산케이(産經)신문』 고정 칼럼에 쓴 「노동력 부족과 이민」 때문에 비난을 자초했다. 소노는 칼럼에서 〈(노인 간병 인력이 모자라니) 이웃 국가 젊은 여성의 이민을 허용하자〉며 〈다만 거주 지역은 분리해야 한다〉고 주장했다. 인종에 따라 거주 지역을 분리한 남아공의 〈아파르트헤이트Apartheid〉를 일본에 도입하자는 주장을 한 셈이다. 아파르트헤이트는 넬슨 만델라가 1994년 대통령에 당선된 뒤 철폐한 유색인종 격리 정책이다.

이에 대해 국내외 비판이 일고 주일 남아공 대사가 〈아파르트 헤이트를 용인하고 미화한 것〉이라며 『산케이신문』에 서면으로 항의하자 소노는 〈그 정책을 일본에서 실시하자고 제창하거나 한 것은 아니다〉며 〈생활 습관이 다른 사람이 함께 사는 것은 어렵다는 개인의 경험을 쓴 것일 뿐〉이라고 말했다.

이런 변명대로 취지가 그런 게 아닐지 몰라도 소노는 사려와 분별이 모자랐다. 소노는 아베 신조 총리가 애국·도덕 교육 강화를 위해 2012년 12월 발족한 제2차 교육재생실행회의 위원으로 2013년 10월 말까지 활동한 바 있는 보수 논객이다. 제2차 세계 대전 때 일본군의 강요에 의한 오키나와 주민들의 집단 자살을 부인하는 책을 낸 일도 있다.

지난해에는 『로마인 이야기』로 유명한 일본 여성 작가 시오노 나나미(鹽野七生)가 『문예춘추』 2013년 8월호의 고정 칼럼에 「교활(狡猾)함의 권장」이라는 글을 써 역사에 대한 무지와 몰상식을 드러냈다. 시오노는 글에서 위안부 피해자 증언의 신빙성에 의문을 표시하고, 위안부는 〈참 상냥한(부드러운) 이름〉이라고까지 말했다. 「위안부 대오보, 일본의 위기를 피하기 위해」라는 제목으로 2014년 9월호에 쓴 글은 자신이 군대 위안부 문제의 초점을 모르고 있으며 사실(史實)에도 무지하다는 걸 드러내 보였다.

시오노는 (한국만이 아니라) 일본군 점령하의 다른 지역에서도 강제 연행을 했다고 하니, 그들에게 사료(史料)를 제출하도록 유도하자고 했다. 인도네시아 자바섬에서 네덜란드 여인들을 연행해 위안부로 삼은 〈스마랑 사건〉으로 1948년 자카르타 전범 재판에서 책임자가 사형 판결을 받고 처형된 사실이 널리 보도됐는데도 그는 모르고 있었다.

시오노는 또 『아사히신문』의 오보 관계자 전원과 고노 담화가 나오기까지 일본 자민당을 이끈 유력 인사들도 살아 있는 사람은 모두 국회에 나와 증언하도록 해 그 광경을 전 세계에 생중계하자고 했다. 뭐가 문제인지도 모르는 자충수다. 군대 위안부에 대한 책임을 인정하고 사죄하라는 전 세계의 요구에 무지한 것이다.

그는 『로마인 이야기』 출판을 계기로 방한했을 때 일제 식민지 시대를 어떻게 평가하느냐는 한국 기자들의 질문에 이렇게 철없는 대답을 한 일이 있다. 〈남자와 헤어진 여자가 살아가는 방법은 두 가지다. 남자를 증오하고 저주하며 일생을 보내는 것, 다른 하나는 과거를 깨끗이 잊고 새 남자를 찾고, 옛 남자와도 일을 같이 하며 즐겁게 사는 것이다. 이 중 어느 것을 선택하고 싶으냐?〉

소노와 시오노는 세계적으로 알려진 일본의 지성이며 문필가이지만, 인류 공통의 보편성과 동떨어진 편협한 시각을 보이며 지금 한창 득세하는 우익적 사고에 입각한 논조를 드러냈다. 1994년 노벨문학상을 받은 오에 겐자부로(大江健三郎, 1935~)나 노벨문학상 후보자로 매년 거론되는 무라카미 하루키(村上春樹, 1949~)의 발언과 너무도 대조적이다.

무라카미는 지난해 11월 『마이니치(每日)신문』과의 인터뷰에서 태평양전쟁이나 2011년 후쿠시마 원전 사고에 대해 책임 회피 경향을 보이는 일본 사회를 비판했다. 그는 특히 〈태평양전쟁의 경우 군벌이 잘못일 뿐 천황도 국민도 모두 피해자라는 인식을 갖고 있다〉며 〈한국인과 중국인은 분노하고 있는데 일본인들은 가해자였다는 인식이 점점 희석되고 있다〉고 지적했다.

오에는 노벨상 수상 연설에서 〈일본이 특히 아시아인들에게 큰 잘못을 저질렀다는 것은 명백한 사실〉이라고 말한 바 있고, 아베 신조 총리에 대해서는 〈헌법에 대한 경외심을 갖지 않는 드문 인간〉이라고 비난했다.

그는 2005년 방한 당시 이미 〈가장 두려운 점은 일본의 헌법이 바뀌는 것〉이라고 경고했다. 그 뒤 전쟁 포기 선언이 명시된 평화 헌법의 제9조를 수호하기 위해 〈9조 모임〉이라는 시민단체를 이끌고 있다. 오에는 특히 〈일본인들은 패배의 의미를 신중하게 생각하지 않았다. 우리는 전체 근대화 계획을 취소하고 완전히 새로운 방향을 찾아야 했지만 그러지 않았다. 아시아 국가로서 일본은 아시아의 다른 나라들과 공존을 생각하는 대신 다시 도망칠 궁리를 하고 있다〉고 지적했다.

모름지기 지성이라면, 문화적·문학적 영향력이 큰 사람이라면 자신이 속한 세계와 국가에 편벽되거나 편협하게 갇히지 않고 인류 전체의 발전을 지향하며 양심과 인권 수호에 앞장설 수 있어야 한다. 그런 점에서 한국에도 팬이 많은 소노 아야코, 시오노 나나미의 언동은 실망스럽기 짝이 없다. 특히 시오노의 경우 앞으로 그의 저서를 읽지 않겠다는 독자들이 있을 정도다.

소노와 시오노 같은 사람들을 비판하면서 우리 자신을 스스로 돌아보게 된다. 그들처럼 편벽되고 역사에 무지하면 안 되지만, 우리에게는 왜 이런 정도로 세계적인 문필가가 없나. 아니 오에 겐자부로처럼 인류의 양심으로 존경받을 만한 지성이 왜 없나, 우리는 언제나 문화적·문학적으로 세계인들의 지지와 성원을 얻을 수 있게 될 것인가. 비판하고 경원하는 마음 위에 이런 아쉬움과 안타까움이 두껍게 쌓인다.

정책브리핑 2015. 2. 24.

〈좋은 글〉을 퍼뜨리기 전에

소위 타고르의 詩라는 작품

　방장님(마르코글방)이 몇 년 전에 글방에 뜬 글을 재록하는 것은 의미 있는 일입니다.
　그러나 어제 보내신 글 중 타고르의 시에서
　〈마음에 두려움이 없고〉 이하 부분은 타고르가 한국을 노래한 대목이 아닙니다.
　이것은 『기탄잘리』 35에 나오는 구절을 누군가가 갖다 붙인 것입니다.
　타고르에게 코리아가 마음의 조국일 리가 있습니까?
　이걸 제가 글로 써서 지적질을 한 바 있습니다.
　그리고 알고 보니 7월 3일 자 『중앙선데이』에 노재현 씨가 바로 저를 인용해 왜곡 전파의 문제점을 지적했더군요.
　그런데 그분이 저를 원로 언론인이라고 했어요.
　아아, 나는 어쩌다 어느새 어느 틈에 어느덧 어쩌자고 이렇게 속절없이 원로가 되었더란 말이란 말인가?
　이런 거 아니라도 바빠 죽겠는디 이런 메일까지 쓰게 만드는 방장님 참 밉소이다.

임철순

재작년에도 그러더니 작년 말에도 몇 사람이 「반기문의 송년사」라는 글을 보내왔습니다. 〈건물은 높아졌지만 인격은 더 작아졌고……〉 이렇게 시작되는 글입니다. 고속도로는 넓어졌지만 시야는 더 좁아졌고, 소비는 많아졌지만 더 가난해지고…… 뭐는 어떻고 뭐는 어떻고 계속 대비해서 나열한 글입니다. 반기문 유엔 사무총장은 이미 2013년에 그런 걸 쓴 적이 없다고 밝혔는데도 〈좋은 글〉이라며 문자로 카톡으로 밴드로 퍼뜨리는 사람들이 많습니다. 다음 대통령 후보 유력설 영입설이 퍼지면서 반 총장의 인기가 더 높아져 그런 걸까요? 에스페란토로 번역해 해외에 알린 사람이 있는가 하면 이 글을 소재로 칼럼을 쓴 언론인들까지 있습니다.

원작자는 미국 워싱턴주의 오버레이크교회에서 29년간 목회자로 활동한 뒤 1998년에 은퇴한 밥 무어헤드Bob Moorehead라는 목사이며 원제는 「The Paradox of our Age(우리 시대의 역설)」입니다. 1995년에 발간된 그의 설교 및 방송 연설문집 『워즈 앱틀리 스포큰Words Aptly Spoken』에 실린 글인데, 어떤 자료에는 1990년에 썼다고 돼 있습니다.

그런데 1998년 5월 제프 딕슨Jeff Dickson이라는 사람이 그의 〈Hacks-R-Us〉라는 온라인 포럼에 출처 표시 없이 〈Paradox of Our Time〉으로 올리면서 원작자가 왜곡되기 시작했습니다. 그 뒤 1999년 4월 총기 난사 사건이 난 미 콜럼바인 고교의 학생이 쓴 글이라거니 냉소적 유머로 인기 높았던 미국 코미디언 조지 칼린(1937~2008)의 글이라거니 논란이 이어졌습니다. 조지 칼린은 암으로 사망한 아내에게 헌정하는 시로 이 글을 인용하면서 자기가 쓴 게 아니라고 했지만 대중은 그의 작품이라며 퍼뜨렸습니다.

웃기는 것은 원작자가 제프 딕슨Geoff Dixon이라는 전 콴타스 항공 최고 경영자로 알려진 일입니다. 앞서 말한 제프 딕슨과는 영어 철자가 다릅니다. 더 웃기는 것은 호주 기업인 제프 딕슨은 1939년 오스트레일리아에서 태어난 사람인데, 우리 인터넷에서 검색을 하면 1940년 오스트리아 출생이라고 나오는 점입니다.

이렇게 왜곡이 왜곡을 낳고 오류가 오류를 키우고 있습니다. 좋은 글에 자기 생각을 덧붙이거나 개칠하는 사람들이 많기 때문입니다.

지금까지 알아본 바로는 밥 무어헤드가 원작자로 보입니다. 그러나 그가 달라이 라마의 글을 가공했을 거라는 주장도 있습니다. 인도 등지에서는 벽걸이 장식품 등에서 달라이 라마의 글을 쉽게 볼 수 있다고 합니다. 이 글은 달라이 라마 어록* 10쪽에도 실려 있는데, 작성 연도와 출전은 알 수 없었습니다.

내용은 약간 달라 〈집은 커졌지만 가족은 적어지고〉로 시작됩니다. 달라이 라마가 원작자라면 언제 쓴 건지 제프 딕슨이 누군지가 중요한데, 이 두 가지는 확인하기 어려웠습니다. 분명한 것은 반기문 총장의 글이 아니라는 점입니다.

이렇게 「반기문 송년사」의 근거를 따지는 동안 아는 분이 김수환 추기경의 「우산」이라는 시를 보내와 읽게 됐습니다.

* http://www.goodreads.com/author/quotes/570218.Dalai_Lama_XIV

삶이란
우산을 펼쳤다 접었다 하는 일이요
죽음이란
우산이 더 이상 펼쳐지지 않는 일이다
성공이란
우산을 많이 소유하는 일이요
행복이란
우산을 많이 빌려주는 일이고
불행이란
아무도 우산을 빌려주지 않는 일이다.

이런 내용입니다.

그러나 김 추기경의 글이 아닐 것이라는 의심이 생겨 확인해 보니 양광모 시인의 첫 번째 시집 『나는 왜 수평으로 떨어지는가』(2012)에 실린 작품이었습니다. 원작은 아주 긴데 〈김 추기경의 글〉은 상당 부분 생략돼 있습니다. 마지막 대목은 살려 놓았더군요.

비를 맞으며 혼자 걸어갈 줄 알면 인생의 멋을 아는 사람이요
비를 맞으며 혼자 걸어가는 사람에게 우산을 내밀 줄 알면
인생의 의미를 아는 사람이다.
세상을 아름답게 만드는 건 비요
사람을 아름답게 만드는 건 우산이다.
한 사람이 또 한 사람의 우산이 되어 줄 때
한 사람은 또 한 사람의 마른 가슴에 단비가 된다.

그래서 양광모 시인을 찾아 문의했습니다. 그는 2013년 초쯤 카카오스토리에 시를 줄여 올리면서 축약본이라고 밝혔다고 합니다. 그런데 시가 공유·전파되는 과정에서 축약본이 원본인 것처럼 돼버렸고, 누가 착각을 했는지 김 추기경이 쓴 걸로 알려진 것 같다는 이야기였습니다.

이런 왜곡된 전파의 예는 많습니다. 매년 가을이 되면 〈내 인생에 가을이 오면 나는 나에게 물어볼 것이 있습니다〉로 시작되는 소위 〈윤동주의 시〉가 마구 돌아다닙니다. 그러나 이것은 뇌성마비 장애인 김준엽 씨의 작품입니다.

조선의 마지막 총독 아베 노부유키(阿部信行)의 말 〈우리는 패했지만 조선은 승리한 것이 아니다. (중략) 나 아베 노부유키는 다시 돌아온다〉도 어디에서도 근거를 찾을 수 없습니다. 인터넷에는 일본어 원문이랍시고 띄워 놓은 게 있는데, 일본어 전문가들은 어색하고 말도 안 되는 문장이라고 지적하고 있습니다.

그리고 타고르의 시— 〈일찍이 아시아의 황금 시기에 빛나던 등불의 하나인 코리아, 그 등불 다시 한번 켜지는 날에 너는 동방의 밝은 빛이 되리라〉 이게 전문입니다. 그런데 언제부턴가 〈마음에 두려움이 없고 머리는 높이 쳐들린 곳 (중략) 나의 마음의 조국 코리아여 깨어나소서〉라는 말이 덧붙여졌습니다. 이 대목은 그의 시집 『기탄잘리』 35에 나오는 것으로, 〈저 자유의 천계(天界)에로 주여 이 나라를 깨우쳐 주옵소서〉라고 끝나는데, 누군가가 코리아로 바꿔 놓은 것입니다.

〈우물쭈물하다 내 이럴 줄 알았다〉로 알려진 버나드 쇼의 묘비명은 〈오래 살다 보면 이런 일(죽음)이 일어날 줄 알았지〉 정도의 뜻입니다. 그런데도 끈질기게 오역이 퍼져 돌아다닙니다. 원문은

⟨I knew if I stayed around long enough, something like this would happen⟩입니다.

한 언론인은 최초의 여성 화가 나혜석, 여성 시인 김일엽 스님과 그의 아들(2014년 12월 입적한 일당스님), 화가 이응로와 본부인 박귀옥 등이 등장하는 수덕여관에 관한 글을 몇 년 전에 읽었답니다.

수덕여관은 충남 예산의 수덕사 앞에 있습니다. 얽히고설킨 사연과 비련이 애절해 그는 이 글을 어느 온라인 글방에 소개했는데, 지금 인터넷에는 그가 쓴 글로 떠 있습니다.

어제는 반기문 총장이 페이스북에서 share한 글이라며 아래와 같은 글을 보내온 사람이 있었습니다. ⟨우리는 지구라고 하는 멋진 펜션에 잠시 왔다 가는 여행객들입니다. 적어도 지구를 우리가 만들지 않았고 우리가 값을 치르고 산 것이 아닌 것은 분명합니다. 그렇다면 우리가 이 펜션의 주인은 아니겠지요. (중략) 여행을 소중히 여겨 주세요. 나에게도 딱 한 번이지만 다른 사람에게도 딱 한 번 있는 여행이니까요.⟩

어떤 블로그에 ⟨펜션에서 일어난 이야기 / 이세협⟩이라고 명기돼 있는 걸로 미루어 필자는 이세협이라는 사람이고 취지는 투숙객에 대한 펜션 주인의 당부 같은 인상이었습니다. 분명 반 총장이 쓴 게 아니지만 share했다는 이유만으로 그의 글처럼 퍼지고 있습니다. 그러나 share했다는 사실 자체도 의심스럽습니다.

좋은 글이다 싶으면 블로그에 수록하거나 남들에게 일독을 권하는 사람들이 많은데, 글의 정확한 근거를 알아보고 출처를 밝히는 게 필요합니다. 자칫하면 본의 아니게 왜곡이나 오류를 증폭 전파하는 잘못에 가담하게 됩니다. 남의 글을 인용할 때 근거를 제시하는 교육을 어려서부터 받지 못한 채 퍼나르기만 하다 보니 좋은 글 공해에 왜곡 공해까지 쌓여 가고 있습니다.

　이 글에서 내가 제시한 정보도 다 믿을 수 있는지 완전한 자신을 하기가 어려워 두렵습니다.

마르코글방 2015. 1. 6.

―――

동방(東方)의 등불

타고르

일찍이 아시아의 황금시기에
빛나던 등불의 하나인 코리아
그 등불 다시 한번 켜지는 날에
너는 동방의 밝은 빛이 되리라

이 아래는 가짜

마음에 두려움이 없고
머리는 높이 쳐들린 곳
지식은 자유롭고
좁다란 담 벽으로 세계가 조각조각 갈라지지 않은 곳

진실의 깊은 속에서 말씀이 솟아나는 곳
끊임없는 노력이 완성을 향해 팔을 벌리는 곳
지성의 맑은 흐름이 굳어진 습관의 모래벌판에 길 잃지 않은 곳

무한히 퍼져 나가는 생각과 행동으로 우리들의 마음이 인도되
는 곳
그러한 자유의 천당(천국)으로
나의 마음의 조국 코리아여 깨어나소서.

남의 글에 손대지 마세요

『자유칼럼』에 4년 이상 글을 쓰다 보니 이번 글로 100편이 넘게 됐습니다. 몇 번이나 썼는지 우연히 세어 보다가 알게 된 사실입니다. 이 100편 중에는 마음에 드는 것도 있지만, 통째로 다시 쓰거나 아예 버리고 싶은 것들도 많습니다. 내 글을 다시 읽어 보나가, 어째서 생각이 그리 짧고 왜 그런 표현밖에 하지 못했는지 자책과 자탄을 하게 됩니다. 아울러, 글을 쓰는 게 갈수록 힘들다는 것을 절감하게 됩니다. 남들도 아마 그럴 것이라고 생각하며 위안을 얻고 있습니다.

그런데, 그런 내 글을 남의 블로그에서 발견하게 되면 참 곤혹스럽습니다. 스스로 좀 괜찮다 싶은 글도 그렇지만, 고쳐 쓰거나 버리고 싶은 글을 퍼다가 실은 경우를 보면 어이가 없어집니다. 자기가 쓴 것처럼 내 글을 올려놓은 경우도 보았습니다. 그 글에 대해 다른 사람들과 주고받은 댓글을 읽노라면 절로 실소가 나옵니다. 블로거들이 많아지면서 글에 대한 수요가 늘어나고, 다양한 내용으로 자신의 글방을 꾸미고 싶어 하는 마음은 충분히 이해가 되지만, 남의 글을 자기 글인 것처럼 올리는 것은 도둑질이나 다름없는 일입니다.

글 쓴 사람의 승낙도 받지 않고, 마치 자기네 사이트의 고정 필자인 것처럼 내 글을 「오피니언」란에 올려놓은 온라인 매체도 보았습니다. 상업적인 매체인 경우 그런 행위에 항의하고, 글을 내리게 합니다. 비상업적인 개인 블로그나 카페는 애교로 보아 그냥 지나치지만, 이 경우에도 글의 출전과 필자를 정확히 밝히지 않는 것은 큰 잘못입니다.

알량한 신변잡기와 같은 글을 쓰는 나도 그런데, 시인이나 작가들이 이런 경우를 당하면 얼마나 황당하고 기가 막힐까? 남이 노심초사하며 공들여 쓴 시를 허락 없이 인터넷에 공짜로 올리는 것은 분명히 저작권법 위반입니다. 그런데 공짜로 시를 올리는 차원을 넘어 작품을 훼손하거나 왜곡까지 하는 사람들이 많으니 정말 문제입니다.

『접시꽃 당신』으로 유명한 도종환 시인이 몇 년 전에 쓴 글을 보면 인터넷에서 시가 얼마나 수난을 당하고 있는지 잘 알 수 있습니다. 어떤 생명보험 회사의 사외보 편집자가 그에게 메일을 보내 「흔들리며 피는 꽃」이라는 작품을 재수록하려 한다며 원문이 맞는지 확인해 달라고 했답니다. 그 시는 원래 두 연으로 돼 있는데, 메일을 열어 보니 앞의 두 연과 어법과 구문이 비슷한 3연이 더 붙어 있었습니다. 1연은 〈흔들리지 않고 피는 꽃이 어디 있으랴〉, 2연은 〈젖지 않고 피는 꽃이 어디 있으랴〉로 각각 시작되는데, 누군가가 〈아프지 않고 가는 삶이 어디 있으랴〉고 3연을 만들어 덧붙였던 것입니다. 편집자는 그 시를 인터넷에서 가져왔다고 했답니다. 또 어느 대학교의 교지 편집장이 「그렇게 살아갈 수 있게 해달라」는 시를 특집 기획에 쓸 수 있게 해달라고 부탁한 일도 있는데, 도 씨는 이런 제목의 시를 쓴 적이 없다고 합니다.

비슷한 사례는 또 있습니다. 어느 방송사의 일일 연속극에 도종환의 시로 소개된 「그랬으면 좋겠습니다」는 원래 시가 아니라 산문집 『사람은 누구나 꽃이다』에 수록돼 있는 「강물에 띄우는 편지」의 일부였습니다. 그 글이 누군가에 의해서 행갈이가 되고 제목이 붙고 시로 둔갑해 인터넷에 떠돌아다니고 있었습니다. 동료 시인들에게 물어보니 다들 이구동성으로 비슷한 피해를 당했다고 하소연하더랍니다.

대중적 인기와 지명도가 높은 시인일수록 그런 피해를 당하고 있는 것 같습니다. 최근 『밥값』이라는 열 번째 신작 시집을 낸 정호승 시인의 작품 「그리운 부석사」는 〈사랑하다가 죽어버려라 / 오죽하면 비로자나불이 손가락에 매달려 앉아 있겠느냐 / 기다리다가 죽어버려라 / 오죽하면 아미타불이 모가지를 베어서 베개로 삼겠느냐 ……〉 이렇게 돼 있습니다. 그런데 누군가 시의 첫 행을 제목으로 잘못 올려놓아 이 시는 〈사랑하다가 죽어버려라〉로 둔갑하고 말았습니다. 「그리운 부석사」보다는 이쪽이 훨씬 그럴 듯해 보이고 울림이 강렬하지만, 그렇다고 남의 시를 문패까지 멋대로 바꾸어서야 되겠습니까.

일부러 바꾼 게 아니라도 인터넷에는 원작과 다르거나 한자가 틀리거나 오자·탈자투성이에 몇 행씩 통째로 빠진 채 떠다니는 시나 산문이 많습니다. 도종환의 「담쟁이」라는 시에는 〈푸르게 절망을 다 덮을 때까지 / 바로 그 절망을 잡고 놓지 않는다〉는 구절이 있는데, 누군가 글을 긁어 붙이는 과정에서 실수를 한 듯 〈푸르게 절망을 잡고 놓지 않는다〉로 줄어들어 있습니다.

예전에는 글을 쓰기 위해 자료를 찾는 게 얼마나 힘들었는지 모릅니다. 외국의 사례나 옛 우화, 전설, 각종 통계, 이런 것들은 글에 인용하고 싶어도 어디에서 필요한 것을 찾아내야 할지 모르는 경우가 더 많았습니다. 하지만 지금은 너무도 쉽게 필요한 자료를 찾을 수 있고, 언제나 간편하게 글을 쓸 수 있습니다. ctrl + c, ctrl + v만 잘 활용해도 바라는 작업을 쉬 마칠 수 있습니다. 그래서 자료의 정확성, 인터넷의 편리와 중요성을 오히려 더 절감하게 됩니다.

전 세계적으로 5억 명 이상이 가입했다는 페이스북의 창시자 마크 주커버그의 이야기를 다룬 영화 「소셜 네트워크」가 최근 개봉됐습니다. 이 영화에서 주커버그는 절교를 선언한 여자 친구 에리카를 블로그에 나쁜 년이라고 욕하며 그녀의 브라자 사이즈까지 공개합니다. 에리카는 그 뒤 사과를 받아들이지 않고 〈인터넷에 뜬 것은 고치기도 어렵다〉며 그를 경멸합니다. 그녀의 말을 빌릴 것도 없이 인터넷에 한 번 뜬 글은 교정·정정할 수 없습니다. 자기 글도 그런데, 남의 글에 멋대로 개칠을 하는 것은 무슨 수로도 바로잡을 수 없는 횡포이며 잘못입니다.

우리는 흔히 표절을 문제 삼지만, 그것만이 문제가 아니라 왜곡과 조작이 큰 문제입니다. 작품의 원형을 존중하는 성숙한 문화의식이 필요합니다. 창작자의 권리와 노력을 인정하며 올바른 다운로드를 권장하기 위해 영화인들이 벌이는 굿 다운로더 운동처럼 문학 작품의 원형을 온전히 보호하고 존중하자는 취지의 캠페인도 필요한 상황입니다. 자기 글이 소중하면 남의 글은 더 소중하다는 생각과 자세를 갖춰야 합니다.

『자유칼럼』 2010. 11. 22.

공짜 글은 없다

글을 쓰는 것은 쉬운 일이 아니다. 어떤 형식과 내용의 글이든 자신만의 이야기를 하는 것은 문자 그대로 창작이다. 창작의 창(創)은 비롯하다, 시작하다, 만들다, 이런 뜻의 한자다. 한자는 글자마다 여러 가지 뜻을 가지고 있지만, 이 글자에는 의외로 〈비로소〉라는 의미도 들이 있다.

그러니까 창작이란 많은 생각과 궁리 끝에 비로소 무언가를 만들어 내는 행위라고 볼 수 있고, 글이 바로 그런 경우라고 생각하면 될 것이다. 창작물에 대해서 지식 재산권을 부여하고 보호하는 것은 만든 이의 독창성과 만들어 낸 것의 가치를 인정하기 위한 일이다.

그러나 우리 사회는 아직도 이런 점에 둔감하다. 창작의 의미를 아는 사람들이라 하더라도 실제 생활에서는 글의 독창성과 가치를 인정하지 않는 행동을 하는 경우를 자주 보게 된다. 특히 온·오프라인 매체가 우후죽순으로 생기고 블로그, 트위터 등과 같은 SNS 소통망이 확산돼 글의 수요가 늘어나면서 그런 현상이 더욱 심해졌다. 남의 글을 자기가 쓴 것처럼 퍼다 올리거나 자기 매체에 소속된 사람이 쓴 것처럼 옮겨다 심어 놓는 경우다. 표절

보다 더한 불법 행위이며 글 도둑질이다.

나도 그런 피해를 여러 번 당했다. 칼럼을 온라인으로 다중의 독자에게 배달했더니 이를 블로그에 긁어 올려 마치 자신이 쓴 것처럼 꾸며 놓은 사람들이 있었다. 그 글을 읽은 블로그 독자들이 이러쿵저러쿵 댓글까지 달아 놓았으니 우스운 일이다. 그 바람에 먹지 않아도 될 욕을 먹은 경우까지 있다. 내 글을 〈좋은 글〉이나 〈읽을 만한 글〉, 아니면 그 비슷한 이름의 블로그 코너에 올리면서 필자가 누구인지 밝힌 사람들에게는 뭐라고 시비할 여지가 없다. 다만 이 경우에도 부정확하거나 잘못된 소개가 눈에 거슬리곤 했다.

나쁜 것은 온라인 매체를 운영하는 사람들이 〈오피니언〉이라는 코너를 개설하고 남의 글을 마구 올리는 행위다. 그런 사람들은 아무런 사전 양해나 동의를 구하지 않은 채 내 글을 〈칼럼〉 또는 〈시론〉이라는 이름으로 게재하곤 한다. 특히 내가 마치 그 매체에 소속된 사람인 것처럼 〈임철순 칼럼 기자〉라는 직함을 붙인 경우도 있었다. 요즘은 어지간하면 다 칼럼니스트다. 그러니까 칼럼을 쓰는 사람이기는 한데 자기네 소속이라는 점을 강조하기 위해 그런 옹색한 말을 생각해 낸 것 같다.

기사를 검색하다가 우연히, 또는 다른 사람이 알려 주어서 글 도둑질을 당한 사례를 적발하게 된 것이 최근 3년 동안 거의 10건은 된다. 심지어 사적 공간인 온라인 글방에 띄운 농담성 글을 가져다 실은 뒤, 글방 회원들을 위해 무슨 선행이라도 한 것처럼 소개했다가 글 도둑질이 들통 나 그다음부터 입 다물고 사는 사람도 있다.

지방의 한 온라인 매체가 내 글을 몇 년 동안 무단 전재한 일이 있다. 알고 보니 그 지역에서는 꽤 영향력이 있는 매체였다. 무단 전재에 항의하면서 삭제를 요구했으나 응답이 없었다(이런 매체들은 대부분 홈페이지에 기재된 주소로 메일을 보내도 응답이 없다. 내 오해인가?). 그러다가 겨우 연락이 된 그 매체의 대표는 적반하장으로 오히려 화를 냈다. 글을 읽고 싶다고 부탁한 적도 없는데 누가 보냈는지 메일로 니 글이 배달돼 오기에 실어 주었는데 뭐가 잘못이냐는 거였다. 이에 대해 바로 답장을 보냈지만 그는 더 이상 대답하지 않았다.

또 다른 온라인 매체도 몇 년 동안 글을 무단 전재해 온 사실을 그 매체 대표가 나에게 〈자랑〉하는 바람에 알게 됐다. 나만 당한 게 아니었다. 내가 속해 있는 칼럼 그룹의 여러 필자가 그 매체를 위해 글을 쓰는 꼴이 되어 있었다. 친분 때문에 직접 말을 하지 못하고 간접적으로 삭제를 요구하자 그는 자기네 독자가 되게 많으며 모모한 인사들이 다 읽고 있는 매체라고 주장하면서 선뜻 응하지 않았다. 결국 며칠 지나 글을 삭제하긴 했지만 〈알아서 글을 실어 준 걸 고마워하라〉는 생각은 바뀐 것 같지 않았다.

그런데 왜 남의 글을 이렇게 함부로 다루고 자기 멋대로 이용할까? 앞에서 말한 사례에서 알 수 있듯이 첫째는 글의 지식 재산권에 대한 의식이 없기 때문이다. 특히 무상으로 보내 준 글은 무상으로 자유롭게 이용해도 된다고 생각하는 경향이 있다.

두 번째는 착각이다. 자기 매체에 글을 실어 널리 알려 주는 것을 선심으로 생각하는 경우다. 〈장관들도 읽는 매체〉라고 자랑하면서, 글을 실어 주는 걸 영광으로 알라는 식으로 말하는 사람도 보았다. 실제로 온라인이든 오프라인이든 각종 매체에 글을 올려 칼럼니스트로 행세하고 싶어 하는 사람들은 무수히 많다. 그렇고 그런 사람들이 그렇고 그런 매체를 키우는 자양분 역할을 하고 있는 셈이다.

세 번째는 이것저것 다 알면서도 돈이 없거나 돈이 아까워서 남의 글을 그냥 싣는 경우다. 이의를 제기하면 일단 사과를 하고 본다. 그리고 엉긴다. 우리 사정이 어렵고 독자가 이만큼 많고 공익에 기여하는 매체이니 좀 봐달라고 하다가, 공짜로 할 수 없으면 돈을 얼마나 내야 하느냐, 그런데 그건 좀 너무 많은 거 아니냐 그러다가 슬그머니 꼬리를 내리고 사라진다.

특정한 사안에 대해 글을 썼을 때 해당 분야의 카페나 기관지에서 자기네 회원들에게 읽게 하고 싶다며 전재를 요청해 오는 경우가 있다. 그 매체가 어떤 것인지, 건전한 것인지, 공익이나 친목에 기여하는 것인지 여부를 따져 보아 상업성이 없다고 판단될 때 1회적으로 글의 출처를 밝히고 전재토록 허용한 적은 여러 번 있다. 그러나 상업적 매체가 분명한데도 공익을 앞세워, 또는 개업 초창기의 어려움을 내세워 글 도둑질을 하는 경우는 그대로 보아 넘길 수 없다.

가관인 것은 이렇게 글 도둑질을 한 매체들도 하나같이 홈페이지 하단에 자기 매체를 통해 제공되는 모든 콘텐츠를 무단 사용·복사·배포할 경우 저작권법의 제재를 받을 거라고 엄포를 놓고 있는 점이다. 남의 것은 함부로 이용하면서 자기 것은 한사코 법적으로 지키려는 이중적 자세가 아닌가.

글을 함부로 가져가는 사람들은 아마도 지금까지 별 말썽이나 법적 어려움이 없이 넘어왔기에 무단 전재를 계속하고 있는 것이리라. 그러나 한번 크게 당하면 피해가 막심할 것이다. 세상에 공짜 글은 없다. 가져가기 쉬운 글은 가져간 사실도 쉽게 파악된다.

잘못 쓴 글이 인터넷에서 잘 지워지지 않듯이 한 번 저지른 글 도
둑질도 전과가 잘 지워지지 않는다. 글 도둑질을 삼가라.

정책브리핑 2014. 1. 28.

동거동락이라고 쓰는 아이들

지난주 대학 동창들과 함께 1박 2일로 부산을 다녀왔습니다. 서울역에서 KTX를 타니 2시간 40분 만에 부산에 도착할 수 있었습니다. 그 열차 안에서 TV를 보는데 「구가의 서」라는 드라마의 몇 장면이 나왔습니다. 25일 종료된 MBC TV의 드라마입니다.

그런데 우리 일행 5명 중에서 「구가의 서」가 무슨 말인지 아는 사람은 하나도 없었습니다. 평소 TV 드라마를 보지 않는 나는 말할 것도 없고, 좀 본다는 사람도 뜻은 모르고 있었습니다. 그래서 나 혼자 꿰어 맞춰 보았습니다. 〈舊家의 書〉, 옛집에 있는 책을 말하나? 〈舊家의 鼠〉, 설마 책이 아니라 그 책을 뜯어먹는 쥐를 말하는 건 아니겠지? 또는 〈舊家의 西〉, 옛집의 서쪽에 무슨 일이 생겼나? 〈서부전선 이상 없다〉 그런 건가? 아니면 〈謳歌의 誓〉, 행복하고 즐겁게 살자는 맹세, 말하자면 월하의 맹세 같은 그런 거? 에이, 설마 그렇게 어려운 말을 썼겠어?

그러다가 불현듯 〈九家의 書〉일 수 있겠구나, 뭔가 아홉 개 가문에 얽힌 설화적인 이야기일 것 같다는 생각이 들었습니다. 사실은 더 이상 갖다 붙일 만한 한자가 없었습니다. 나중에 인터넷 검색을 해보니 그 짐작이 맞았습니다. 〈지리산의 수호신 아들인 반인반수 최강치가 한 여자를 사랑하면서 그 누구보다 인간적인 삶을 살기 위해 고군분투하는 내용을 그린 무협 활극〉이라고 설명돼 있더군요. 포스터에도 〈九家의 書〉라고 조그맣게 한자가 씌어 있었습니다.

그러나 제목에 대한 의문은 여전히 풀리지 않았습니다. 내가 아둔해서인지 드라마를 보지 않아서 그런지 아홉 가문의 책, 이게 무슨 뜻인지를 도통 알 수 없었습니다. 사실은 더 이상 궁금하지도 않았습니다. 오히려 궁금한 것은 이 드라마를 많이 보는 젊은이들이 〈구가의 서〉는 물론 〈반인반수〉라는 말을 제대로 알고 있을까 하는 것이었습니다.

나는 대체로 모르는 말을 만나면 답답하고 약이 올라 이것저것 찾아보고 뒤져 보게 되는데, 요즘 젊은 사람들은 대체로 궁금하고 답답한 게 없는 것 같아 보입니다. 안중근 의사(義士)를 병을 고쳐주는 의사(醫師)로 잘못 알고 있거나 일본 야스쿠니(靖國) 신사(神社)를 신사숙녀라고 할 때의 신사(紳士)라고 생각하는 젊은이들이 많습니다. 동고동락(同苦同樂)을 동거동락이라고 쓰는 학생들이 하도 많아 새로운 단어가 정착돼 가고 있는 중입니다. 독거(獨居)노인을 독고(獨孤겠지요?)노인이라고 쓴 경우도 봤는데, 이 말의 개념 파악이 안 돼 있기 때문입니다. 토기(土器)가 흙으로 빚은 그릇이라는 뜻인 줄 모르고 그냥 무덤에서 나오는 물건이라고 말하는 학생들도 있습니다.

1980~90년대의 젊은 기자들도 흔히 최루탄을 최류탄, 『한겨레』는 〈한겨례〉라고 쓰곤 했습니다. 그 무렵 신문사에서 일하던 소년 사원 하나가 『경향신문』 좀 가져오라는 부장의 말에 어쩔 줄

몰라 하다가 다른 기자에게 신문을 들이대며 〈아저씨, 이거『경향신문』 맞아요?〉 하고 묻는 걸 보았습니다. 그때만 해도 제호가 〈京鄕新聞〉이라고 한자로 돼 있어 읽지를 못한 것입니다. 얼마나 답답했을까요?

그러나 사실은 젊은이들만 그런 것도 아닙니다. 나이 든 사람들도 모르는 게 많습니다. 젊어서 몰랐던 한자를 나이 들어 갑자기 깨친 건 아니지만 직장생활을 하다 보면 일하는 데 필요한 말의 뜻을 어느 정도는 알게 됩니다. 하지만 정확하게는 알지 못합니다. 어느 보험회사의 회사 설명서에 출재, 수재 이런 말이 나오기에 물어보니 그 뜻을 정확하게 아는 사람이 없었습니다. 대충 얼버무리던 그들은 〈한자로 어떻게 쓰느냐? 한자를 알면 뜻을 알수 있을 텐데〉 하고 물어도 한자를 대지 못했습니다.

알고 보니 출재는 出再였습니다. 국내 보험사가 해외의 재보험사에 보험을 들어 계약자-원수사-재보험사의 관계가 되는 것을 말합니다. 원수사는 증권에 보험자로 나오는 회사를 말한다는데 아마도 原受社라고 쓰는가 봅니다. 수재는 이와 반대로 국내에서 해외 보험사의 재보를 받는 거라는군요. 즉 受再입니다. 출재와 수재는 한자를 알더라도 무슨 뜻인지 일반인들은 이해하기 어렵습니다. 그래서 나도 出財·受財, 이런 게 아닌가 하다가 뜻을 겨우 알게 됐습니다. 설마 범죄 기사에 흔히 등장하는 收財는 아닐 거라고 처음부터 생각했지만.

한자를 알면 그 말의 뜻이 분명해지고 이해하기도 좋습니다. 그런데 한자 교육을 하도 하지 않다 보니 뜻을 모르는 채 앵무새나 원숭이처럼 말만 외우고 따라 읽는 일이 벌어집니다. 향가「제망매가(祭亡妹歌)」는 한자를 알면 제목이 무얼 말하는 건지 쉽게 알 수 있습니다. 국어가 아닌 이과 계통의 과목에도 한자를 알면 금방 알 수 있는 용어가 얼마나 많습니까? 실제로 학교에서 배우는 핵심 용어의 90퍼센트는 한자어라고 말하는 교사도 있습니다. 순열 조합이나 교집합, 한계효용 체감의 법칙과 같은 말을 이해하는 데도 한자를 아는 사람과 모르는 사람은 차이가 클 수밖에 없습니다. 〈악화(惡貨)가 양화(良貨)를 구축(驅逐)한다〉는 말을 요즘 학생들이 어떻게, 얼마나 이해하고 있는지 궁금합니다.

서울시 교육청이 올해 2학기부터 초·중학교에서 자율적인 한자 교육을 시행한다고 합니다. 퇴직 교원이나 한문을 전공한 임용 예정 교원 등이 방과 후 희망 학생들을 모아 가르치는 방식입니다. 특히 국어·수학·과학·사회 등 교과서 어휘를 중심으로 한자 교육을 한다고 합니다. 수학 교과서에 나오는 삼각형(三角形), 정사각형(正四角形) 등의 단어가 어떤 의미의 한자로 구성돼 있는지 교육하는 식입니다.

진작 실시했어야 할 교육입니다. 지금 생각해 보면 나의 경우에도 수학이나 과학 시간에 한자로 된 단어의 뜻까지 가르쳐 주는 선생님은 거의 없었습니다. 선생님들이 정확한 한자를 몰라서 그랬을 수도 있겠고, 무심하기 때문에 그랬을 수도 있습니다. 정규 교육을 통해 한자를 가르치는 게 어렵다면 〈방과 후 교육〉을 통해서라도 최소한 교과서 이해 능력을 높여 주고 나아가 세대 간 언어 장벽을 덜도록 해야 합니다.

그 시간에 우리말이나 제대로 가르치지 무슨 한자 교육이냐고 반대하는 사람들이 있겠지만, 그것은 짧은 생각입니다. 가능한 한 우리말을 쓰도록 하되 한자어로 된 말을 제대로 알고 쓰게 하기 위해서라도 한자 교육이 필요합니다. 교과서에 나오는 말이 무슨

뜻인지도 이해하지 못하면서 학교에 다니고 공부를 하게 내버려
두는 것은 무심하고 무책임한 교육이라고 생각합니다.

『자유칼럼』 2013. 6. 28.

패러디의 기쁨을 아는 몸

요즘 한국인들은 패러디의 기쁨 속에 살고 있는 것 같다. 누가 이렇게 어문 감각을 갑자기 새롭게 해주었을까? 소설가 신경숙과 박근혜 대통령 아닌가? 표절 시비가 빚어진 신경숙의 문장을 패러디한 글과, 박 대통령의 말을 흉내 낸 이른바 〈그네체〉 어법이 유행하고 있다.

두 사람 다 건강한 양심의 주인은 아니었다. 그들의 베끼기는 격렬하였다. 출판사는 바깥에서 돌아와 흙먼지 묻은 얼굴을 씻다가도 원고를 안타까워하며 서둘러 여자를 채근하는 일이 매번이었다. 첫 표절을 하고 두 달 뒤 남짓, 여자는 벌써 표절의 거쁨을 아는 몸이 되었다. (하략)

미시마 유키오의 「우국」을 표절한 신경숙의 「전설」을 패러디한 문장이다. 글을 읽고 원본이 궁금해지면 패러디, 원본을 감추면 표절이라던가? 이게 아마 패러디 1호인 것 같다. 그 뒤 다른 것들이 계속 나오고 있다. 『딴지일보』에는 「[단독] 딴지 신입 기자, 신경숙 작가 소설 표절 의혹 파문」이라는 글이 올라 있다. 신입

기자 코코아를 등장시켜 신경숙과 창비 해명의 비합리성을 지적
하는 글이다. 코코아 기자는 신경숙의 『엄마를 부탁해』를 표절해
「엄마를 부축해」를 썼다고 한다.

신 씨의 두 번째 사과는 〈유체이탈 화법〉이라는 점에서 박 대통
령의 화법과 비교되고 있다. 〈죄송하다가 아니라 표절 제기를 하
는 게 맞겠다는 생각이 든다니. 대작가가 따라 할 게 없어 박근혜
어법을 따라 하나〉 하는 식이다.

온라인 웹진 『직썰』은 〈제1회 그네문학상〉을 공모, 24일 당선
작을 발표했다. 주제와 분량은 자유이지만 형식은 〈그네체〉를 쓰
는 조건이다. 입상작은 이런 것들이다. 〈메르스로 국가가 혼란에
빠져 있는 상태에서 저의 화법을 문학으로 분류할 수 있는가, 하
는 것은 여야가 합의해서 투명하게 처리해야 진상 규명이 제대로
된다는 것은 제가 잘 알고 있습니다. 이번에 입상하지 못한다고
해도 글을 쓰는 것은 앞으로 우주로 나가거나 에너지를 분산시키
는 데 가장 큰 자산이 되기 때문에 저는 지난 15년간 국민의 애환
과 기쁨을 함께해 온 대통령직을 사퇴하겠습니다. 제가 방금 뭐라
고 했습니까?〉

또 〈인생은 나그네길, 길면 기찬데 기가 찰 만한 일들을 함께 힘
을 모아 만들어 가는 것은 제가 알겠어요. 또 기차는 빠르니까 경
제 성장을 빨리 이렇게 이뤄서 가고, 빠르면 비행긴데 이건 미국
순방 갈 때 타고 갑니다〉.

이명박 전 대통령은 어디 가서 방명록에 뭘 쓸 때마다 맞춤법이
틀리고 어법이 안 맞아 놀림감이 됐는데, 지금 박 대통령은 조리
가 잘 닿지 않는 말을 자주 해 수난을 당하고 있다.

걸핏하면 그네체로 말하는 동생이 미친 것 같다고 인터넷에 글

을 올린 사람도 있다. 밥 먹으라고 하면 〈밥 먹는 것은 하나하나 진상조사를 하며 에너지를 채우다 보면 그 과정 속에서 투명하게 처리될 것이다. 그것은 내가 알겠다〉 이런다는 것이다. 아침에 깨우면 〈일어나는 것의 자유는 민주주의 속에서 하나하나 속을 파헤치다 보면 자유가 될 것으로 올해의 목표가 된다〉고 했다.

그네체의 유행을 없애는 확실한 방법은 박 대통령 자신이 그네체 공모에 참여해 사람들과 함께 즐겁게 웃는 건데, 이런 건 말도 안 되는 공상이겠지? 아니지. 그네체를 없애려면 대통령의 「말씀 자료」를 만드는 사람들이 우리말 우리글에 틀림이 없게 더 분발해야 한다. 대체 뭘 어떻게 하고 있기에 대통령의 말을 조롱거리가 되게 만드는고?

『이투데이』 2015. 6. 26.

알 수 없는 국립국어원

예쁘다와 이쁘다는 원래 다른 말이 아닐까? 예쁘다가 외모에 관한 것이라면 이쁘다는 언행과 태도에 관한 형용이 아닐까? 물론 예쁘다에도 그런 뜻이 있지만 언행과 태도에 관한 형용은 따로 발전해 독자적 단어가 된 게 아닐까? 국립국어원이 〈이쁘다는 예쁘다의 잘못이다. 그러나 많이 쓰고 있으니 표준어로 추가하는 방안을 검토하겠다〉고 한 말이 그래서 어색하게 들린다. 사람마다 어감이 다른 게 많으니 국립국어원의 일이 쉬울 리 없다.

송철의 국립국어원장이 최근 기자 간담회를 통해 「쉽고 편한 우리말 가꾸기」 계획을 발표하면서 변화된 현실의 표현 방식이나 신어 등을 적극적으로 검토·수용하겠다고 밝혔다. 규범과 현실 언어 사이에 차이가 크므로 이를 최소화할 수 있도록 어문 규범을 유연하게 현실화하고, 전통성과 합리성을 지키는 범위에서 복수 표준어를 폭넓게 인정해 매년 사전 등에 반영한다는 것이다.

그러나 〈쉽고 편한 우리말 가꾸기〉보다 더 중요한 것은 〈쉽고 바른 우리말 가꾸기〉가 아닐까? 요즘 국어원의 결정에는 의아스러운 점이 적지 않다. 국어원은 지난달 〈도긴개긴〉 등을 표준국어대사전에 등재하고 〈너무〉를 긍정적 서술어와 함께 쓸 수 있게 인정한 바 있다. 그리고 〈가격이 착하다〉, 〈니가(네가)〉와 같은 말도 표준어로 인정할 것을 검토하겠다고 밝혔다.

원래 부정적인 서술에만 어울리는 〈너무〉를 부정·긍정 서술어와 모두 어울려 쓸 수 있게 한 것과, 〈가격이 착하다〉는 표현에 대한 긍정적 평가는 납득하기 어렵다. 사람들이 많이 쓴다고 본래의 뜻이 왜곡된 단어를 수용해 결과적으로 사용을 권장하는 게 우리말 우리글을 가꾸고 지키는 국립국어원이 할 일일까?

이것은 도긴개긴을 사전에 올리고, 도찐개찐을 〈도긴개긴의 잘못된 표현〉이라고 풀이하는 것과는 차원이 다른 일이다. 국어원은 매년 신어를 발표해 왔다. 금사빠녀(금방 사랑에 빠지는 여자), 극혐오하다(아주 싫어하고 미워하다), 뇌섹남(뇌가 섹시한 남자) 따위가 최근 몇 년 새 신조어로 인정된 단어다. 이런 것은 글자를 축약하는 요즘 풍조에 의해 만들어진 말이므로 의미 자체가 왜곡되는 일은 없다.

하지만 〈너무〉의 용법 확대와 〈착한 가격〉 식의 표현 인정은 바람직하지 않다. 그런 식이면 요즘 대표적으로 잘못 쓰이는 말인 〈유명세를 탄다〉도 인정하겠다는 것인가? 요즘 흔히 듣게 되는 〈팔다리가 얇다〉 같은 표현도 받아들일 것인가?

우리 맞춤법은 참 어렵다. 글을 쓰다 보면 불평이 절로 나온다. 허접스레기나 허접쓰레기라야 될 것 같은데 맞춤법은 허섭스레기다. 뭔가를 업신여길 때 애개개나 애게게가 아니라 애개개라고 해야 한다. 이런 거나 좀 편하게 쓸 수 있게 해주었으면 좋겠다. 그런데 국어원은 이런 표기 문제에는 관심이 없는 채 시류와 유행만 좇으려 하는 것 같다. 〈1만 원이세요〉와 같은 사물 존대, 〈~하실게요〉와 같은 이상한 말의 범람과 오용을 막는 데도 관심이 없어 보인다.

국어원이 〈사랑〉이라는 단어의 뜻풀이를 바꾼 과정을 보면 행정상의 문제도 있는 것 같다. 국어원은 〈사랑〉, 〈연애〉, 〈애인〉, 〈애정〉의 뜻풀이에 성차별적인 표현이 있다는 이유로 2012년 10월 〈이성〉, 〈남녀〉라는 단어를 빼고 중립적으로 수정했다. 이후 일부 종교 단체 등이 재개정을 요구하는 민원을 제기하자 재검토에 들어가 2014년 1월 29일 〈남녀 간의 사랑〉 등 이성애 중심의 뜻풀이로 재수정해 표준국어대사전에 등재했다.

표준국어대사전 정보보완심의위는 2013년 10월 29일 회의에서 뜻풀이를 수정할 필요가 없다는 결론을 내렸는데도 당시 민현식 원장이 공식 심의 기구도 아닌 자문회의라는 요식 행위를 거쳐 모두 이성애 중심으로 뜻풀이를 바꿨다는 것이다. 지금 〈사랑〉은 남녀 간에 그리워하거나 좋아하는 마음 또는 그런 일로 의미가 좁아졌다.

표준어 인정에서든 행정에서든 쉽고 편한 것보다 중요한 것은 쉽고 바른 것이다.

『이투데이』 2015. 7. 14.

〈당신들의 우리말샘〉은 곤란

국립국어원이 이달 초 한글날을 앞두고 국민참여형 국어사전 〈우리말샘〉*을 개통한 것은 참 잘한 일이다. 〈우리말샘〉의 특징은 1) 누구나 새 어휘를 올리고 뜻풀이를 수정하는 등 편찬에 참여하는 개방형 사전, 2) 일상어 지역어 전문용어 등을 담은 실생활어 사전, 3) 저작권을 설정하지 않아 누구나 정보를 자유롭게 활용할 수 있는 사전, 이 세 가지이다.

우리말샘은 109만여 개의 표제어를 담아 출발했는데, 보름 남짓한 지금 낯선 신조어가 많이 올라오고 있다. 예를 들면 〈요롱이〉. 허리가 긴 체형. 또는 그런 체형의 사람이다. 외모에 관심이 많은 시대여서 이런 말이 의외로 많다. 〈얼큰이〉는 얼굴이 큰 사람을 놀림조로 이르는 말이다. 못생긴 사람은 〈오징어〉라고 부른다고 한다.

낯설고 이상하지만 다 신문 방송에 등장한 바 있어 사전에 등재하자는 제안이 올라오는 것이다. 〈얼큰이〉의 경우 9년 전 어느 신문에 〈선천적으로 발달한 턱에 마른 체형으로 얼굴이 더 커 보여 직장에서도 그녀는《얼큰이》로 통한다〉는 글이 실린 적이 있다.

* 웹 사이트 주소는 http://opendict.korean.go.kr.

자립할 나이가 지났는데도 부모에게 의지하는 사람들을 가리키는 말은 자라족, 캥거루족, 빨대족 이렇게 세 가지나 된다. 캥거루나 빨대야 설명 안 해도 알겠는데 자라족은 뭔가. 부모라는 단단한 껍데기 속에 숨어서 나오지 않는 사람들을 뜻한다. 좀 있으면 거북족이 나올지도 모르겠다.

동의/찬성하기 어려운 단어도 많다. 예를 들면 〈떼박캔트〉라는 말. 일이 몹시 난처하게 돼 그대로 할 수도 없고 그만둘 수도 없다는 뜻인데, 〈빼도 박도 못 하다〉라는 말에 〈can't〉(할 수 없다)를 붙인 게 대체 어느 나라 말인가? 〈입진보〉(말로만 진보를 말하고 실천하지 않는 사람)도 좀 거시기하다. 〈입보수〉는 왜 없지?

더 웃기는 것은 〈대인배〉를 새로운 단어라고 올린 것이다. 요즘 기자들마저 더러 이렇게 쓰지만 소인배는 있어도 대인배는 있을 수 없는 말이다. 무리, 떼를 말하는 배(輩)가 좋은 뜻으로 쓰이는 경우는 없다. 모리배, 정상배, 치기배, 폭력배, 간신배, 협잡배, 불량배…….

대인은 군자와 같은 말로 볼 수 있는데, 논어 위정(爲政)편을 참고할 만하다. 〈군자는 보편타당해서 편당적이지 아니하나 소인은 편당적이어서 두루 화친하지 못한다[君子周而不比 小人比而不周].〉 주(周)는 보편적인 것, 개인의 이해관계를 초월해 널리 여러 사람과 화친하는 것이다. 비(比)는 이해관계가 맞는 사람들하고만 사귀거나 친한 것이다. 그러니 무리지어 다니고 편을 짜는 게 소인배다. 동물도 맹수는 떼지어 다니지 않는다.

〈우리말샘〉에 사용자가 첨삭한 정보는 표현·표기 감수를 거쳐 〈참여자 제안 정보〉로 표시되고, 해당 분야의 전문가 감수 절차를 거치면 〈전문가 감수 정보〉가 된다. 그 결과는 다른 사용자에 의해 다시 수정될 수 있다. 각 단계의 의견 교환과 토론을 통해 아주 이상한 말, 의미상 있을 수 없는 말, 바람직하지 않은 말들이 걸러지고 도태되기를 기대한다.

그러나 이런 데 참여하는 사람들은 대체로 말 만들기 좋아하는 (특히 무조건 말을 줄이는) 젊은 세대일 테니 〈안심〉할 수 없다. 바른 말 가꾸고 지키기에 뜻있는 인사들의 많은 참여가 필요하다. 〈당신들의 우리말샘〉이 되지 않도록.

『이투데이』 2016. 10. 21.

〈말 다듬기〉에서 유의할 것

법제처가 우리 법조문에서 아직도 청산되지 않은 일본식 외래어를 대대적으로 정리한다고 한다. 6월부터 두 달 동안 법령 전수조사를 통해 법률 36건, 대통령령 105건, 총리령 및 부령 169건 등 총 310건의 법령에서 37개의 정비 대상 일본식 용어를 골라 냈다는 것이다.

이 보도를 보면서 〈바꿔야 할 말이 겨우 37개밖에 안 되나, 그럴 리가 없을 텐데〉 하는 생각부터 했다. 그러다가 법제처가 2006년부터 〈알기 쉬운 법령 만들기 사업〉을 해왔다니 그럴 수도 있겠다 싶었다. 하지만 그러면서도 이번엔 〈아직도 그렇게나 많나〉 하고 의아해진다. 이번이 마지막 정비 작업이라니 추이를 지켜보기로 한다.

정비 대상 용어 중 대표적인 것은 일본 법률 용어를 그대로 가져온 납골당(納骨堂)이다. 이 말은 「시체 해부 및 보존에 관한 법률」 등 4건에 쓰이고 있는데, 뼈를 들여 놓는다는 의미보다는 〈돌아가신 분을 모신다〉는 뜻에서 〈봉안당〉으로 바꿔 쓰자는 게 법제처의 방침이다. 또 농지법 시행규칙 등에 올라 있는 〈엑기스〉는 〈추출물〉로 대체된다. 네덜란드어 〈엑스트럭트extract〉의 발음을 따온 엑기스는 참 많이 쓰이고 있는 말이다.

나는 1974년 신문사에 들어가 6개월간 견습을 했는데, 당시는 〈학업이나 실무 등을 익힌다〉는 의미의 〈견습(見習)〉이 일본어 〈미나라이(みならい)〉이며 그걸 그대로 우리 발음으로 읽은 것인 줄 몰랐다. 신문의 일과 이론을 체계적으로 배운 게 아니라 선배들 어깨 너머로 보고 익히는 식이었으니 오히려 정확한 말이라는 생각이 들 정도였다. 견습은 〈수습〉으로 바꾼다는데 견습보다 좀 더 적극적이고 세련된 인상을 준다.

법제처는 이번에 정비되는 용어들에 대해 해당 부처와 협의한 뒤 내년 중 입법이 완료되거나 관련 개정안이 국회에 제출될 수 있게 각 부처를 독려할 계획이라고 한다. 얼마나 호응할지 모르겠다. 사실 이런 법률 용어나 행정 용어를 가다듬고 고쳐야 할 곳은 법을 다루는 실무 기관인 법제처보다 실제로 늘 그 일을 하는 해당 부처들이다. 우정사업본부처럼 용어 순화 작업을 꾸준히 해 일정한 성과를 낸 곳도 있다.

이런 일련의 작업은 반드시 국립국어원 등 어문 관계 기관과 긴밀한 협조와 협의를 거쳐 추진해야 한다. 납골을 봉안으로 고치는 것은 우리가 원래 쓰던 말로 돌아가는 일이다. 시신을 화장하여 그 유골을 그릇이나 봉안당에 모시는 게 바로 봉안이다. 그러니 말을 고치고 바로잡는 작업은 전거를 확실하게 따지고 철저한 고증을 거치지 않으면 안 된다.

이번 정비 작업에서는 〈개호비(介護費·간병비)〉처럼 용어를 변경할 경우 기존 법리에 정한 의미에 영향을 끼치는 용어나 〈수속(手續)〉〈수하물(手荷物)〉〈신병(身柄)〉, 〈방사(放飼)〉처럼 적절한 대체 용어를 찾기 어려운 용어는 제외됐다고 한다. 그러니 더욱더 널리 의견을 청취해야 한다.

국립국어원은 「우리말 다듬기」를 통해 2012년 1월부터 한 달에 한 개씩 확정된 순화어를 발표해 왔다. 〈생생예능〉(←리얼 버라이어티), 〈따름벗:딸림벗〉(← 팔로잉:팔로어), 〈공인 자격〉(←스펙), 〈본따르기〉(←벤치마킹) 등이 2012년 1월부터 12월까지 우리말다듬기위원회가 선정한 순화어라고 한다. 그러다가 2013년부터는 매월 3~5개의 순화어를 결정해 발표하고 있다.

국립국어원이 금년 9월 1~12일에 「다듬을 말」로 내놓은 것은 플리마켓flea market, 텀블러tumbler, 홈메이드homemade, 에코백eco-bag, 가드닝gardening 등 다섯 가지이다. 이렇게 제시된 말에 대해 의견을 공모한 뒤 누리꾼이 제안한 순화어 후보와 우리말다듬기위원들이 제안한 순화어 후보를 함께 검토해 그중에서 순화어를 확정하고 있다. 그런 과정을 거쳐 캐노피는 덮지붕으로, 쓰키다시(つきだし)는 곁들이찬으로, 싱크홀은 함몰구멍, 땅꺼짐 등으로 바꾸었다고 한다.

바꾼 말이 실제로 잘 쓰이고 있느냐는 둘째 치고 국민과 함께 말을 다듬는 것은 중요한 일이다. 다만 말 다듬기를 영어에 편중해 추진하지 말고 일본어·중국어 등에 대해서도 더 관심을 기울여야 한다고 생각한다. 아직도 기망(欺罔)한다거나 지득(知得)한다거나 잠금 장치를 뜻하는 시건(施鍵) 장치 따위의 어려운 말을 써야만 일을 제대로 하고 행정의 권위와 존엄을 살리는 것으로 생각하는 공무원들이 많다.

그런데 품신(稟申)한다는 말도 정비 대상으로 들어가나 본데, 그런 것은 좀 경우가 다르지 않을까. 품신은 웃어른이나 상사에게 여쭈는 일을 말하는 단어로, 우리가 예전부터 써오던 언어요 꼭 필요한 말이다. 임금에게 바치는 상주문(上奏文)을 맡아 보는 관리, 즉 품리(稟吏)도 있었고 왕세자가 섭정을 할 때 내리는 품령(稟令)이라는 명령도 있었다.

이런 말을 뭐로 바꿀 수 있겠는가? 오늘날 잘 쓰이지 않아 낯설거나 의미를 잘 모른다는 이유로 고전이 된 말까지 바꾸려 하는 것은 일종의 문화 파괴 행위와 다름없다. 그런 단어들은 참 많다. 유의해야 할 일이다.

정책브리핑 2014. 9. 12.

당신의 (　　)가 좋아요, 그냥

　새해를 맞아 서울도서관의 이마에 새로운 문구가 등장했다. 이른바 〈꿈새김판〉에 오른 문구는 〈당신의 (　　)가 좋아요, 그냥〉이다. 괄호 속을 채워 마음을 표현해 보라는 문구다. 새로운 마음으로 2015년을 맞은 사람들에게 칭찬과 격려로 용기를 불어넣어 주기 위해 시민 공모를 통해 선정한 말이라고 한다.

　2013년 6월에 첫선을 보인 꿈새김판에는 그동안 여러 가지 말이 올랐다. 〈보고 싶다. 오늘은 꼭 먼저 연락할게〉라고 하더니 지난해 4월 세월호 사고 이후에는 〈마지막 한 분까지 세월호 실종자 모두 가족 품으로 돌아오길 간절히 기원합니다〉라고 빌었다. 연말에는 힘든 일을 견딘 사람들을 〈토닥토닥〉 단 네 글자로 위로해 주었다. 이어 이번 글이 등장했다.

　그런데 긴급 이의 있다. 토씨를 〈가〉로 한정하고 보니 괄호 안에 넣을 수 있는 말이 급(!) 제한된다. 예컨대 머리나 두뇌를 넣을 수는 있지만 머리카락이나 머리칼처럼 받침이 있는 단어는 넣을 수 없다. 당신의 귀나 코는 좋아한다고 말할 수 있지만 당신의 눈이나 눈물, 입이나 입술은 좋아할 방법이 없다. 다리나 배는 좋아할 수 있지만 발과 가슴은 절대로 안 된다(잘못하면 큰일 난다).

앞에 한 말 중에서 귀를 좋아한다는 게 무슨 의미가 있을까? 그런 말이 가능하기는 할까? 어떤 사람은 상대방에 대한 경청과 소통을 강조하는 취지에서 〈Happy new Year!〉를 〈Happy new Ear!〉라고 바꿔 쓰던데, 그런 의미에서라면 귀를 좋아한다는 말도 할 수 있겠지. 하지만 좀 어색한 건 사실이다.

우리나라 토씨에는 〈은·는·이·가〉 네 가지가 있고, 이 중에서 절대격 조사로 분류되는 〈은〉과 〈는〉은 다른 두 가지보다 훨씬 힘이 세고 독립적이고 배타적이다. 예를 들어 〈당신의 (자동차)는 좋아요, 그냥〉 이렇게 말한다면 자동차 말고 다른 건 영 젬병이라는 뜻이 된다. 〈당신의 (헤어스타일)은 좋아요, 그냥〉 이렇게 받침이 있는 말을 넣어 봐도 기분 좋게 들리지 않기는 마찬가지다.

그러니까 〈은〉과 〈는〉을 배제한 건 아주 잘한 건데, 〈가〉만 넣은 것은 잘못이다. 〈당신의 (   )가(이) 좋아요, 그냥〉, 이렇게 두 가지 토씨를 다 써놓아야 했다. 아이들 시험 문제도 그렇게 낸다. 그래야 나는 당신의 미소, 당신의 재치, 당신의 유머, 당신의 용기, 당신의 목소리와 함께 당신의 친절, 성실, 사랑, 보살핌, 눈빛이 좋다고 말할 수 있다. 그리고 하다못해 당신의 집안이나 돈, 부동산이 좋다는 말도 슬그머니 할 수 있지 않겠나?

꿈새김판의 취지를 뻔히 알면서 왜 이렇게 따지고 비트느냐구? 그냥 좋다고 말해 보자는 건데 골치 아프게 그러시지 말고 그냥 좋은 걸 생각해 보시라구? 이 세상에 그냥 좋은 게 뭘까? 그런 게 얼마나 있을까? 언제나 애틋하고 그리운 엄마, 마음을 주고받게 된 그녀의 첫 편지, 창문을 여니 눈에 가득 차는 첫눈, 일어나 걸으려고 애쓰는 아기, 아직 눈도 못 뜨고 곰실거리는 강아지들, 자세히 보고 오래 보지 않아도 사랑스럽고 예쁜 풀꽃, 어린 짐승들다 잘 자리 찾아갔는지 살피느라 아직 넘어가지 않고 서산에 걸려 있는 해, 애달픈 그리움에 뭍으로 뭍으로만 밀려오는 파도, 이런 것들?

　그런데 이렇게 그냥 좋은 걸 말하는 게 아니라 당신의 뭐가 좋다고 구체적으로 진술해야 하니 그게 힘든 일 아닌가? 좌우간 각자 써 넣어 보시도록.

『이투데이』 2015. 1. 16.

지자체에 공공 어문심의위원회를

강화도 마니산 472.1미터 정상에 서면 경기만과 영종도 주변의 섬들이 한눈에 들어오는 시원한 경개가 펼쳐진다. 마니산은 한반도의 배꼽 부분에 해당하는 곳으로, 전국 제1의 생기처(生氣處)로 알려져 있다. 우리나라에서 좋은 기가 나오는 곳은 10여 군데가 있는데, 기와 풍수 전문가들은 그중에서도 민족의 성지인 강화도 마니산을 제1의 생기처로 꼽는다고 한다. 좋은 기가 나오는 곳에 가면 마음이 저절로 편안해지면서 활력이 생기고 건강해진다는 것이다.

그래서 연초가 되면 마니산에 등산객이 몰린다. 연례행사처럼 이곳을 찾는 단체나 모임도 많다. 새해에 좋은 기를 얻어 활기차게 살고 본인은 물론 가족들의 건강을 빌기 위해 마니산을 찾는 사람들이나 동해의 첫 해돋이를 보려고 멀리까지 가는 사람들의 마음은 한가지다.

새해 첫 토요일이었던 4일 마니산은 이런 사람들로 붐볐다. 정상에 가까운 372계단도 올라가는 사람들과 내려오는 사람들이 엉키는 바람에 불편했다. 단군왕검이 하늘에 제사를 지내기 위해 마련했다는 참성단에서는 고사를 지내는 사람, 단체 사진을 찍는 사람들 때문에 서 있기도 불편했다. 고사를 지낸 사람들에게서 맛 있는 시루떡을 얻어먹긴 했지만 입추의 여지가 없다는 말을 실감 할 수 있었다.

참성단에서 바라다 보이는 건너편의 산불 감시 초소 앞에는 해 발 472.1미터라는 표목이 세워져 있는데, 이걸 배경으로 사진을 찍어야만 마니산에 다녀온 확실한 증표가 된다. 그러나 그날은 그 곳까지 가는 것을 포기할 수밖에 없었다. 3년 전엔 영하 16도를 넘는 강추위에도 그곳까지 올라가 표목을 끌어안고 기념 촬영을 했는데.

어느 산이나 마찬가지로 마니산에도 안내판이 많이 세워져 있 다. 이곳의 안내판이 다른 곳과 구별되는 점이 있다면 전국 제1의 생기처라는 주장과 인체에 관한 설명, 마니산을 노래한 선인들의 시 소개가 많은 것이다.

그러나 어느 산이나 마찬가지로 안내판마다 맞춤법 틀린 것이 숱하게 많고, 문장이 제대로 되지 않아 읽기 거북한 것이 부지기 수였다. 성한 것이 거의 없었다. 화암(華菴) 유형석(柳衡錫)이 쓴 시의 제목 〈눈 덮힌 마니산〉은 「눈 덮인 마니산」의 잘못이다. 본 문의 〈아득한 옛일이니 줄곳 알고자 하네〉에서도 〈줄곳〉은 〈줄 곧〉의 잘못이다.

석주(石洲) 권필(權韠, 1569~1612)의 시에도 무슨 뜻인지 알 기 어려운 부분이 있다. 〈(전략) 4월의 찬바람은 아직도 서남간은 훤히 트여져 보이는 곳이 끝이지 만 리 길 바다엔 하늘만이 안고 있네〉가 대체 무슨 말인가. 마침표를 비롯한 문장 부호가 하나도 없으니 더 알기 어렵다. 「遊摩尼山(유마니산)」이라는 7언 고시의 원문을 겨우겨우 찾아서 살펴보니 이 부분은 〈정상엔 4월의 찬바람이 여전하구나. 서남간은 훤히 트여 끝 간 데를 모르겠고, 만 리 바다엔 푸른 하늘 잠겨 있네〉정도로 번역해야 할 것 같다.

끝 부분은 〈만 리 푸른 바다는 파란 하늘을 안고 있다〉라고 해도 될 것 같은데, 좌우간 〈만 리 길 바다엔 하늘만이 안고 있네〉는 말이 되지 않는다. 전문적 식견이 있는 분들의 판단을 구할 겸 원문을 옮겨 놓는다. 摩尼山高高挿天 / 上有瑤臺遊羽仙 / 溪花笑日知幾重 / 澗松閱世皆千年 / 危峯拔地氣勢雄 / 絶頂四月多寒風 / 西南軒豁眼力窮 / 碧海萬里涵靑空. 원제는 「마니산에 노닐며 — 관등행의 운자를 이용하여 짓다[遊摩尼山 用觀燈行韻]」이다.

부실한 시문 소개의 예를 하나 더 들어 보자. 화남(華南) 고재형(高在亨, 1846~1916)의 시 마지막 〈수만 년 동안 물과 더불어 머무러 있네〉는 〈머물러 있네〉의 잘못이다. 다른 번역을 보면 〈마니산 최상봉에 올라가 앉아 보니, 강화섬 한 조각이 배를 띄운 듯하구나. 단군의 돌단은 천지를 떠받들고, 억만 년 긴 세월을 물과 함께 남아 있네〉 이렇게 돼 있다. 수만 년인지 억만 년인지 원문은 모르겠지만, 이 번역이 훨씬 알기 쉽다.

예로 든 세 사람은 모두 강화도 출신이다. 특히 화남 고재형은 강화도를 샅샅이 누벼 『나의 문화유산답사기』와 같다고 할 만한 『심도기행(沁都紀行)』을 남긴 분이다. 강화도가 자랑하는 분들의 시를 소개하면서 어쩌면 이렇게 무신경했을까 싶다. 몇 년 전에는 시를 소개하면서 한문 원문도 병기했지만, 지금은 안내판을 바꾸면서 한글만 써놓아 더욱 의미를 알기 어렵게 됐다.

〈마니산에 자생하는 나무〉와 같은 안내판에도 우스운 것이 많다. 큰 제목을 그렇게 붙여 놓고도 으름·팥배나무·헛개나무·음

나무·딸나무 등을 소개하면서 판에 박은 듯이 〈마니산에서 자생하는 수종으로〉라고 중복된 말로 설명을 시작하고 있다. 헛개나무의 경우 〈작은 가지는 갈자색으로 열매가 익을 무렵이면 과경이 굵어져서 울퉁불퉁하게 된다. 생즙은 술독을 풀고 구역질을 멎게 한다고 하였다〉고 돼 있는데, 과경이 무슨 말인지 아는 사람이 얼마나 될까? 〈멎게 한다〉도 〈멎게 한다〉의 잘못이다.

문화유산이나 자연을 찾는 사람들을 위해 세운 안내판이나 책자 등에는 틀리거나 어색한 것이 없어야 한다. 잘못된 정보가 들어 있으면 당연히 교정하고 삭제해야 한다. 그런데 대부분의 지자체가 관광객이나 답사자들이 많이 찾아오기만 바랄 뿐 안내 행정이나 소개 문화의 개선에 무신경하다. 모처럼 마음먹고 찾아간 곳에서 말도 안 되는 설명과 만나면 기분을 잡치게 된다. 수없이 겪는 일이다.

그러니 이렇게 해주기를 바란다. 문화유산이나 자연유산에 뭔가 써 붙여 안내를 하고 설명을 하려거든 그 분야의 전공자에게 글을 쓰도록 하되 반드시 어문 전문가의 검토를 거치도록 하라. 전공자는 그 분야의 일은 잘 알지만 우리말과 글에는 서투를 수 있다. 아무리 유식하고 정통하다 해도 알기 쉽게 전달되지 못하는 지식은 의미가 없다.

돈이 많이 들어서 그렇게 하지 못한다고? 그것은 우스운 변명이다. 잘못돼 있거나 어색한 설명을 돈을 받지 않고도 바로잡아줄 인력은 그 지역에 얼마든지 있다. 오히려 즐겁게 참여할 사람들이 많다. 돈을 주지 못해 미안하다면 그렇게 참여한 사람들의 이름을 어디에든 남겨 두는 방안을 마련하면 될 것이다. 공무원들, 특히 지자체의 장들이 마음먹기에 달린 일이다.

엉터리 설명, 말도 안 되는 문장은 문화유산과 자연유산을 망치고 훼손하는 문화 저해 사범이라고 생각해야 한다. 그런 것을 개선하고 불식하는 것도 문화 융성의 중요한 활동에 속한다. 지방자치단체별로 공공 설명문을 심의하는 어문심의위원회(명칭이야 뭐가 됐든)라도 만들어 운영하라.

정책브리핑 2014. 1. 8.

6

아빠, 한심한 우리 아빠

좀 〈지저분한〉 부부 이야기

어제가 부부의 날이었다. 가정의 달 5월에 둘(2)이서 하나(1)가 되자는 취지로 5월 21일을 선정했다고 한다. 하루 지나 부부 이야기를 좀 해보자.

이 글의 제목에 대해 먼저 설명해야겠다. 이건 부부 이야기이긴 한데, 좀 지저분한 이야기다. 〈지저분한 부부〉 이야기는 아니다. 읽어 보면 그게 그거라고 할지 몰라도 우리말은 아 다르고 어 다르니까. 전에 내가 쓴 글을 인용하면(이런 걸 자기표절이라던가?) 〈야, 니 남편 참 멋있더라〉 하는 것과 〈야, 니 남편 참 맛있더라〉 하는 것은 엄청 다르다.

어떤 사람이 인터넷에 이런 글을 올렸다. 글에서 냄새가 날지 모르지만 참고 읽어 보자.

몇 년 전 화장실이 딸린 옥탑방에 살고 있었다. 여친이 응가가 마렵다며 화장실에 갔다가 10년 만에 빌려준 돈을 받은 것처럼 개운한 표정으로 나왔다. 그런데 냄새가 심하게 났다. 방에 화장실이 붙어 있어 그런가 보다 했다.

하지만 갈수록 냄새가 진해지고 아무래도 똥이 바로 코앞에 있지 않고서야 그럴 수가 없을 정도였다고 한다. 이상하다 싶어 여친에게 일어나 보라고 했더니 아 글쎄, 등쪽 상의 끝에 거시기가 묻어 있더라는 것이다. 아마도 밑을 닦다가 상의가 화장지에 말려 들어간 것 같았다고 한다(어떻게 하면 그리되는지 머리가 나빠 잘 모르겠음).

그래서 손으로 떼어 내주긴 했는데 도무지 냄새가 빠지지 않아 치약 한 통을 다 짜서 옷에 처발랐다는 것이다. 이 남자는 미안하고 무안해서 고개도 못 드는 여친과 좀 더 사귀다가 아무리 생각해도 그 냄새를 참을 수 없어 결국……그녀와 결혼을 했다고 한다. 요즘 인터넷에 흔히 등장하는 〈아무개, 어쩌구저쩌구하다가 결국……〉 하는 식의 낚시 제목성 글쓰기였다. 좌우간 여친이 되게 사랑스럽고 좋았나 보다.

이 글을 본 어떤 남자가 소개한 자기네 집 이야기.

마누라님이 화장실에서 응가를 했는데 변기가 꽉 막혀 버렸다. 아아, 이 일을 어째? 당황한 마누라는 신발도 제대로 못 신고 남편 몰래 슈퍼마켓에 뛰어가 거시긴지 머시긴지 막힌 변기 뚫는 물건을 사 가지고 헐레벌떡 돌아왔다. 그런데 변기가 깨끗해져 있었다. 어떻게 된 거냐고 물으니 남편이 두 손으로 〈도랑 치고 가재 잡듯〉 〈잡은 물고기 되살려 보내듯〉(이건 나의 표현) 다 잘 처리했다고 하더라는 것이다.

이 두 남자는 참 좋은 사람들인 것 같다. 나라면 그렇게 하지 못했을 테니까. 사실은 내가 그런 경우를 당해 화장실에서 나오지도 못하고 아내 모르게 어찌어찌해 보려고 장시간 씨름한 적은 있다. 무슨 일이냐고(대충 다 짐작하면서) 묻는 아내에게 〈알 거 없어!〉 그러면서 화장실 문도 못 열게 하고.

그런데 이런 경우 어떻게 해야 하나? 개그 프로그램에 나오는 대로 〈당황하지 말고〉 잘 대처해야 한다. 넓고 접착력이 강한 테이프나 투명한 랩을 갖춰 놓아야 한다. 그걸로 변기의 윗부분을 꼼꼼하게 막아 바른다. 그리고 변기의 레버를 작동시키면 변기 안의 물이 역류하면서 엄청난 압력이 생겨 랩이 부풀어 오른다. 그때 랩을 꾸욱 눌러 주면 압력이 반대로 작용해 변기 안의 막혔던 게 싹 빠져나가는 것이다. 랩을 발라 붙이기 전에는 반드시 물기가 없게 변기를 깨끗이 닦아야 한다.

변기 뚫는 법을 소개하는 게 목적이 아니다. 남녀는 물론 유별하지만 부부는 어디까지나 이렇게 함께 먹고 함께 싸는 허물없는 관계일 수 있어야 한다는 점을 강조하기 위해서 쓴 글이다.

『이투데이』 2015. 5. 22.

.

남자는 다 애 아니면 개?

〈남자는 다 애 아니면 개〉다. 아니다. 〈남자는 다 개 아니면 애〉다. 애와 개 중에서 어떤 걸 나중에 말하느냐에 따라 뉘앙스가 달라진다. 북한 사람들은 뉘앙스를 뜻빛깔이라고 하던데, 그야말로 뜻빛깔이 완전히 달라진다.

그러면 개든 애든 남자에 대해서 이렇게 말하는 건 욕인가? 아니다. 욕이 아니라 칭찬이라고 생각하는 바이다. 아니다. 칭찬은 아니더라도 귀엽다는 표시 정도라고 생각하는 바이다. 〈남자는 다 애 아니면 늑대다.〉 이런 말을 듣지 않는 것만도 얼마나 다행인가?

애가 얼마나 사랑스러운지는 두말할 필요가 없다. 개는 또 얼마나 귀여운가? 개는 충성스럽고 거짓이 없고, 자기들끼리 또는 인간과 사랑을 주고받을 줄 안다는 점에서 사람보다 훨씬 나은 점이 있다.

남자가 애 아니면 개라는 말은 〈남자는 도대체 철이 없다, 구제 불능이다, 뭘 모른다〉는 뜻 아닐까? 남자가 철이 없는 예를 들면 이런 것들이다. 작년 추석 무렵 SNS상에서 인기를 끈 사진이 있다. 「남자는 교육이 필요한 동물입니다」 이런 제목이었다. 〈여보,

거기 까만 봉지에 있는 감자 반만 깎아 삶아 줘요〉라는 말을 들은
남편이 감자를 다 반씩 깎아서 냄비에 담아 놓은 사진이었다. 전
체 분량의 반을 깎으라는 건데 전부 다 반씩 깎아 버린 것이다.

그렇게 멍청한 짓을 하는 동안 〈이 아까운 걸 왜 반씩 깎으라고
하지?〉 하는 의문이 생기지 않았을까? 하지만 그걸 본 순간 〈야,
이건 완전 내 이야기네〉 하는 생각이 들었다. 나에게는 그런 게 일
상적인 일이고 다반사니까.

언젠가 아내가 몹시 아파 끙끙 앓을 때 차(무슨 차였는지 잊었
음)를 대신 끓여 놓는답시고 유리병에 물을 붓고 불판에 얹었다.
유리병 올려놓은 걸 잊지 말아야지 하다가 역시 걱정한 대로 잊고
있었는데(이런 게 머피의 법칙이던가 아니던가?), 갑자기 퍽 하
고 터지는 소리가 나더니 유리병의 밑바닥이 통째로 떨어져 나갔
다. 온통 물바다가 돼야 할 판이었지만 불이 워낙 뜨거워서 그런
지 지글지글 자글자글 그러더니 물기도 시익 없어져 버렸다.

또 한번은 빨래를 해준다는 착한 마음에서 바구니에 가득 담긴
옷가지를 세탁기에 넣고 어찌어찌 겨우 작동을 시켰다. 그리고 빨
랫줄에 갖다 널고 큰일을 했다는 성취감 속에 칭찬을 기대하며 기
다렸는데, 결과는 정반대였다. 혼만 났다. 대체 내가 뭘 잘못했느
냐, 내 죄가 뭐냐? 터진 입으로 나는 열심히 항의했다.

세제도 넣지 않고 무모하게 세탁기를 돌림으로써 아까운 전력
을 낭비한 죄! 바쁜 아내에게 빨래를 두 번 하게 만든 죄! 나는 그
냥 기계를 돌리면 그놈이 알아서 약도 뿌리고 씻고 닦고 조이고
기름 치고(?) 두드리고 짜고 헹궈 주는 줄 알았지 뭐.

그렇게 깨지고 혼날 때마다 내가 늘 하는 말은 〈학교 댕길 때 공
부만 하다 보니……〉 아니면 〈학교 댕길 때 배우지 않아서〉다. 그

러면서, 여학생들은 포크댄스를 배웠지만 남학생들한테는 그런
거 가르친 적이 없다고 주장하곤 했다.

　다음 편에 계속!

정말 로또 같은 남자들

이런 우스갯소리가 있다. 〈음식을 먹으면 위까지 가는 데 7초가 걸린다. 머리칼 한 올은 3킬로그램의 무게를 견딘다. 남자의 성기 크기는 평균적으로 자기 엄지손가락의 세 배다. 여자의 심장은 남자의 심장보다 빠르게 뛴다. 인간은 똑바로 서 있을 때 300여 개의 근육을 사용해 균형을 유지한다. 여자는 남자보다 눈을 두 배 깜빡인다. 여자들은 벌써 이 글을 다 읽었다. 남자들은 아직도 지 엄지를 들여다보고 있다.〉

어떤 미국 아내가 남편에게 장을 좀 봐오라고 심부름을 시켰다. 1 Milk 2 Cucumbers 3 Butter 4 Quark/Curd 5 Tomatoes 6 Eggs. 이렇게 써주었더니 이 똑똑한 남편이 우유 한 팩, 오이 2개, 버터 3개, 치즈 4개, 토마토 5개, 달걀 6개를 정확하게 사 왔다. 하도 잘 잊어버리니까 일일이 손에 쥐어 주듯이 여섯 가지를 써준 건데, 그 숫자대로 사온 것이다. 다른 건 그렇다 치고 토마토를 5개, 달걀을 6개만 사오라는 게 이상하지도 않았을까?(여기까지 읽고도 이게 대체 무슨 말인지 모르는 남자가 분명 있을 것이다. 내가 글을 잘못 써서 그런 게 아니다).

남자에게도 할 말은 있다. 1, 2, 3이 갯수인지 순서인지 분명하게 쓰지 않은 아내가 잘못이라는 거지. 사야 할 물품의 가짓수를 알려 주는 거였다면 숫자 다음에 점을 찍었어야지!

그런데 이 모호한 아내의 명령을 제대로 완수해 낼 남편이 대체 얼마나 될까? 각각 몇 개를 사와야 되는 건지 이걸 보고 어떻게 알아? 아마 나도 건성건성 나갔다가 막상 물건을 살 때 뭘 어떻게 하라는 거냐고 전화를 몇 번은 걸었을 것이다. 그러니 그 남자는 결과적으로 심부름을 아주 잘한 것이다.

남자들 중에는 로또 번호 맞히는 원리도 잘 모르는 사람들이 많다. 당첨 번호가 1, 2, 3, 4, 5, 6에다가 보너스 번호가 7이라면 자기가 산 로또 번호 첫 번째 줄에 1, 두 번째 줄에 2가 있어야 되는 줄 아는 사람들 말이다(여기까지 읽고도 이게 대체 무슨 말인지 모르는 남자가 분명 있을 것이다. 내가 글을 잘못 써서 그런 게 아니다).

한 여자는 〈더럽게 안 맞는다〉고 불평하는 남편에게 〈숫자 맞히기도 힘든데 어떻게 줄까지 맞히겠느냐?〉고 했더니 〈그러니까 로또지〉라고 대답하더란다. 이 여자는 남편이 버린 로또 용지의 숫자를 맞혀 본 끝에 5000원을 벌었다. 로또 복권방에 가서 남편 이야기를 했더니 그런 남자들이 의외로 많다고 하더란다. 남이 버린 걸 주워 와 4등도 하고 3등도 하는 사람들이 있다는 것이다.

멍청한 남자, 똑똑한 여자의 예는 수도 없이 많다. 살아갈수록, 나이가 들수록 아내는 남편이 답답하다. 하는 짓만 보면 화가 난다. 해당화라는 건배사를 남자는 〈해가 갈수록 당신과 함께 화려하게!〉라고 한다(진심인지는 모르지만). 그러나 여자는 이걸 〈해가 갈수록 당신만 보면 화가 나〉라고 해석한다.

어떤 여자가 남편에게 〈당신은 로또 같은 남자야〉라고 말했다.

남편이 좋은 말인 줄 알고 헬렐레하며 〈그래? 내가 그렇게 좋아?〉
했더니 〈도무지 맞는 게 하나도 없어〉라는 말이 돌아왔다.

　그래애? 그렇다면 남자도 할 말이 있다. 이렇게 복수한다. 「여
보, 당신은 다시 태어나도 나와 결혼할 거야?」「거럼!」「내가 그
렇게 좋앙?」(홍, 착각이 단독 드리블하는구나) 「이번엔 니 승질
고치기 틀린 거 같아서.」

『이투데이』 2001. 6. 5.

아빠, 한심한 우리 아빠

2015학년도 대입 정시모집 원서접수가 19~24일 실시된다. 이 기간에 대학별로 나흘 이상 접수를 하는데, 수험생과 학부모들에 게는 참 힘들고 고통스러운 기간이다. 원하는 대학, 학과에 가려 면 치밀한 전략을 짜야 한다. 그런데 올해는 〈물 수능〉으로 변별 력마저 낮으니 더 힘이 들 수밖에 없다.

나는 초등학교 수학 문제를 볼 때나 대입 지원 과정의 눈치작전 을 볼 때마다 내가 학생이 아닌 게 얼마나 다행인지 모른다고 생 각하는 사람이다. 내 수준으로는 도저히 풀 수 없는 수준인 데다 복잡한 입시 제도에 적응하기 어렵기 때문이다.

두 아들이 뭘 어떻게 해서 대학에 들어갔는지, 원서를 몇 번 썼 는지, 수시였는지 정시였는지도 나는 잘 모른다. 아이를 성공시키 려면 엄마의 정보력, 아빠의 무관심, 할아버지의 재력 세 가지가 꼭 있어야 한다는데, 우리 집의 경우 아빠의 무관심 하나는 충분 했던 것 같다.

그런데 나보다 더한 사람이 있었다. 다음은 인터넷에서 읽은 부 자간의 카톡 대화. 〈아들, 오늘 추우니깐 옷 든든하게 입으렴. 그 동안 공부하느라 힘들었지? 승자가 된다면 자만하지 말고, 패자가 된다 해도 절망하지 마라. 오늘이 끝이 아니라 시작에 불과하다는 걸 잊지 말고 시험 잘 보렴⋯⋯. 저녁에 집에서 보자꾸나. 아빠가 언제나 사랑해.〉 수능 시험 날인 11월 13일 오전 6시 넘어 보낸 메시지다. 이 아빠는 너무 바빠서 일찍 나갔거나 전날 밤 집에 안 들어왔나 보다. 모처럼 좋은 말로 아들을 격려하느라 정말 애 많이 썼다.

그런데 1분도 채 안 돼 아들이 보낸 답은 〈⋯⋯아빠⋯⋯나 아직, 고2야〉였다. 아빠라는 글자의 앞과 뒤에 있는 말줄임표는 〈어휴, 한심한 아부지〉라는 뜻이 아닐까. 이 대화를 그날 오후 인터넷에 공개했으니 아빠는 곱빼기로 망신을 당한 셈이다.

세상에, 어떻게 아들이 고2인지 고3인지도 모를까? 아무리 바쁘고 자녀 교육 문제를 아내에게 떠맡기고 산다 해도 그렇지. 아이의 나이가 자꾸 바뀌고 학년도 매년 달라지니 착각할 수도 있다고 이해해 줘야 하나?

사실 아버지들은 자녀를 잘 모른다. 거의 대화를 하지 않는다. 모처럼 밥상에 앉아 대화를 한답시고 기껏 하는 말이 〈근데 너 요즘 몇 등 하냐?〉 이런 거니 대화가 될 턱이 있나? 그놈의 대화 때문에 15세 중학생이 가족들 보는 앞에서 투신자살한 사건도 있다. 지방에서 교사로 근무 중인 아버지가 주말에 서울 집에 와 대화를 하자며 가족회의를 열었다. 그는 성적이 떨어진 아들에게 〈너만 공부 잘하면 우리 가족 모두 행복할 텐데〉라고 말했다고 한다. 그러자 아들이 〈그러면 나만 없으면 행복하시겠네요〉 하며 일어나 베란다에서 뛰어내렸다. 참 안타깝고 무서운 일이다.

지나간 일을 돌이킬 수는 없지만 나도 반성할 게 많다. 한번은 입대한 둘째가 휴가를 마치고 귀대하면서 전화를 걸어왔다. 나는 그때 술을 마시고 있었다. 〈너 어디냐?〉 했더니 평택이라고 했다. 그런데 내가 〈거기 왜 갔는데?〉 하고 물었다고 한다. 나는 잘 기억 나지 않는다.

하여간 그다음부터 이 녀석이 귀대를 하면서 전화를 하지 않았다. 그걸 뭐라고 할 수도 없게 됐지만, 내가 아이에게 무관심해서 그랬던 건 결코 아니다. 어디까지나 술에 취해서 그리된 것뿐이고…….

『이투데이』 2014. 12. 18.

가기 전에, 떠나기 전에

열흘쯤 전에 서초동에서 점심을 마시고(밥만 먹은 건 아니니까) 대방동에 있는 회사로 돌아올 때 택시를 탔다. 처음 보는 연푸른 택시였다. 기사에게 〈이거 뭔 택시유?〉 하고 물었더니 최근 20대밖에 안 나온 전기차라고 했다.

전기차, 대기 오염 그런 것에 대해 몇 마디 주고받는데 그가 담배 피우는 고충을 이야기하기에 〈나는 단칼에 끊었다〉고 했다. 〈담배 끊는 놈, 이혼하는 놈, 쿠데타하는 놈은 원래 상종도 하지 못할 독종이다. 그러나 난 독종은 아니다. 알고 보니 세 가지를 다 한 사람은 박정희더라〉, 그런 말도 했다(이거 다 맞나?).

그러자 산 도둑놈 같아 보이는(백미러에 비친 모습으로 미루어) 기사는 기다렸다는 듯 이혼 이야기를 꺼냈다. 그는 몇 년 전에 이혼한 뒤, 아들을 장가보내고 딸과 함께 살고 있다고 한다. 그가 딱 걸린 이혼 사유는 많았다. 1) 담배를 끊는다, 2) 술 취해서 해롱거리지 않는다, 3) 화장실에서 잠자지 않는다, 4) 일찍 귀가한다, 5) 처갓집 흉을 보지 않는다, 이상 다섯 가지를 각서로 써서 맹세했는데, 하나도 준수하지 못했다고 한다.

어떻게 그런 각서까지 썼나 싶어 〈아니, 왜 화장실에서 잔대요?〉 하고 물었더니 술 취해 변기에 앉아서 자주 잤다고 그랬다. 쉽게 말해 똥을 싸다가 그대로 잠들었다는 건데, 밑을 닦아 주고, 일으켜 세워서, 아랫도리를 입히고, 질질 끌어서 재우는 아내는 얼마나 힘들었을까? 백 번 천 번 이혼당해도 싸지.

그런데 그는 자기도 잘못했지만 아내, 그러니까 전처, 다시 말하면 그년도 잘못이 있다고 주장했다. 처남과 짜고 자기를 죽이려한 일도 있었다는 것이다. 처남이 누나에게 집 전화로 보낸 공모 메시지인가 음성인가를 자기 휴대폰에 옮겨 저장했다던데, 이혼 소송에서 이걸 딱 증거로 제시해 위자료치고는 싸게 1억 원을 주라는 판결을 받고, 땅을 저당 잡혀 그 돈을 주고 헤어졌다는 것이다.

하마터면 죽을 뻔했다는 그는 〈이혼하고 보니 홀가분하더라〉, 〈밥은 사 먹으면 그만인데 살림하는 데 불편한 게 많더라〉고 했다. 그러면서도 그년은 다시 안 봐도 그만이라고 했다. 〈택시 운전사가 어떻게 항상 일찍 집에 들어가나, 각서를 쓰라고 한 것은 음모였다〉는 주장도 했다. 그런데 왜 각서까지 써주었느냐고 했더니 평소에 지은 죄가 많았기 때문이라고 그랬다.

곡조가 좀 슬퍼지는 것 같기에 장난기가 도져 〈혹시《가기 전에 떠나기 전에》이런 노래 아느냐?〉고 물었다. 〈보슬비가 소리도 없이 이별 슬픈 부산 정거장〉으로 시작되는 「이별의 부산 정거장」의 개사곡이다. 내가 어릴 때 고향 청년들이 자주 불렀다. 〈가기 전에 떠나기 전에 내가 사준 반지 내놔라. 육시랄 년, 베락 맞을 년〉, 이러고 난 뒤에 〈몸부림치는 새끼 그냥 두고 가야 옳으냐. 평생을 빌어먹어라〉라고 끝나는 노래다. 처음 듣는다고 했다.

노래를 알려 주는 동안 택시는 회사 앞에 도착했다. 그냥 가기가 왠지 거시기해서 점심에 마시지 않고 남긴 와인 한 병(선배가 준 것)을 건넸더니 그는 〈큰 선물 받았네. 아껴서 마셔야지〉 그러면서 좋아했다. 차에서 내려 걸어가다가 뒤돌아보니 택시는 그대로 서 있었다. 그 엉터리 가사를 적고 있는 것 같았다.

이 글의 결론: 생판 남인 사람에게 솔직하게 자기 이야기를 하면 갑자기 술이 생긴다.

『이투데이』 2016. 6. 17.

성인 유치원 다니고 싶어?

　로버트 풀검(Robert Fulghum, 1939년생)은 미국의 목사이며 유명한 저술가다. 그가 1988년에 낸 책 『내가 정말 알아야 할 모든 것은 유치원에서 다 배웠다』는 거의 2년간 『뉴욕 타임스』의 베스트셀러 목록에 올라 있었다. 우리나라에도 번역돼 많이 팔렸다.

　그는 네 자녀로부터 아홉 명의 손자를 얻고, 화가인 아내와 함께 살고 있는데 얼마든지 글감이 널려 있을 것 같다. 우리 나이로 올해 벌써 77세이니 할아버지인 건 맞지만, 요새 70대가 얼마나 젊은가? 얼마 전 우리나라에서는 일흔다섯 된 노인이 총질을 한 적도 있지 않나? 정말이지 유치원에서 배운 대로, 아니면 유치원에 다니는 아이의 생각대로 세상을 성실하고 천진하게 살 수 있다면 얼마나 좋을까.

　달포 전쯤 미국에 성인 유치원이 생겼다는 기사가 나온 적이 있다. 뉴욕의 브루클린에 있는 〈프리스쿨 매스터마인드Preschool Mastermind〉라는 곳인데, 21세 이상의 성인 남녀 6명(그동안 원생이 좀 늘었겠지?)이 매주 화요일에 모여 놀이도 하고 그림도 그리고 낮잠도 자고 잠옷 차림으로 파티도 하고 율동도 하며 즐겁게 노나 보다. 〈아이들〉은 노는 게 공부고 잘 놀아야 나중에 잘 살 수 있으니까.

유치가 무슨 뜻인지 따져 보자. 유(幼)는 힘이 작다, 어린아이, 사랑스럽다는 뜻이고 치(稚)도 어리다는 뜻이다. 특히 치는 어린 벼를 말한다. 그러니 유치는 어리고 힘이 모자란다는 뜻이지만 미숙하다, 어리석다는 뜻으로만 생각하기 쉽다. 어쨌든 미숙한 걸 보완하고 어리석은 걸 깨우치는 데 성인 유치원의 의미가 있다고 보면 될 것 같다.

그런데 나를 포함해서 정말 유치원에 다니며 새로 배우고 행동을 교정해야 할 사람들은 너무도 많다. 나는 아파트 7층에 사는데 같은 구멍(이 말 말고 다른 거 없나?)에 사는 사람들 중에서 꼴불견이 몇 명 있다. 특히 어떤 녀석은 단 둘이 엘리베이터에 탔는데도 인사는커녕 눈도 마주치지 않는다(내가 먼저 인사를 하면 되지 않느냐고? 그게 안 되니까 나도 유치원 가야 한다).

또 한 사람은 엘리베이터 문이 열리면 사람이 내린다는 생각을 하지 못하고 무조건 밀고 들어온다. 그래서 나와 두 번이나 입을 맞출 뻔했다. 아들뻘인 녀석 하나는 내 앞집에 사는데 절대로 인사를 하지 않는다. 한겨울에도 슬리퍼 짝 질질 끌고 나가 아파트 앞에서 담배를 피우고 들어온다. 그 녀석만 엘리베이터에 탔다 하면 담배 냄새가 견디기 어려울 정도다.

이런 거 일일이 열거하면 한도 끝도 없다. 지하철에서, 길거리에서, 화장실에서, 동네에서 정말 유치원부터 다시 다녀야 할 아저씨 아줌마들이 너무도 많다.

며칠 전 어느 신문에 〈설명병〉에 관한 기사가 났던데, 이런 병에 걸린 남자들도 유치원에 다녀야 한다. 여성이 뭘 모른다고 생각해 시시콜콜 설명하면서 아는 체하는 남성을 일컫는 말이 맨스플레인Mansplain이다. 남자 〈맨man〉과 설명하다 〈익스플레인explain〉을 합성한 단어다. 2010년 『뉴욕 타임스』 〈올해의 단어〉로 꼽힌 데 이어 2014년에는 옥스퍼드 온라인 영어사전에 실렸다. 호주에서도 2014년 〈올해의 단어〉로 선정됐다고 한다.

요즘 아이들이 잘 쓰는 말에 〈낄끼빠빠〉라는 게 있던데, 제발 낄 데 끼고 빠질 때 빠져! 정말 알아야 할 걸 다시 가르쳐 주는 성인 유치원이 우리나라에서도 번창했으면 좋겠다.

『이투데이』 2015. 5. 8.

그놈의 메르스 마스크 때문에

1주일 전 정기 검진을 받으러 병원에 간 일이 있다. 까맣게 예약을 잊고 있다가 다른 날 간 건데, 메르스 때문에 좀 신경이 쓰였다. 그러나 이걸 아직도 〈메리츠〉라고 부르는 사람이 있으니 우습다(그만큼 보험회사 광고가 먹힌 건가?). 그런가 하면 커피숍에서 캐러멜 시럽을 손 소독제인 줄 알고 짜서 손에 비비는 사람도 있다.

하여간 병원에 간다고 했더니 본처(나는 흔히 하는 말인데, 듣는 사람들이 〈아니, 첩도 있어요?〉 하고 묻는다)가 나보다 더 긴장하면서 이것저것 신신당부를 했다. 그리고 어디서 구했는지 〈N95…〉 뭐라고 표기된 의료용 마스크를 주며 〈이걸 꼭 쓰고 가서 의사 선생님과 이야기할 때도 벗지 말라〉고 했다. 마스크를 뒤집어씌운 뒤 〈말을 해보라〉고 연습을 시키기까지 했다.

그런데 병원 로비에 들어가면서 그걸 쓰려 했으나 집에서 대충 건성으로 듣고 온 탓인지 잘 되지 않았다. 마스크는 보통 귀에 거는데 이 푸르고 튼튼한 마스크는 그게 아니었다. 그냥 귀에 걸었더니 가로가 돼야 할 마스크가 세로가 되어 코까지 막았다. 할 수 없이 손에 들고 가 진료 신청을 한 뒤 간호사에게 물어 어찌어찌

마스크를 썼다. 알고 보니 끈을 머리 위로 넘기게 돼 있었다.

간호사는 〈아이 아버님, 이걸 모르세요?〉 그러면서 막 웃었다 (내가 왜 지 아버님이야?). 한 2~3분 마스크를 하고 있는데 줄이 조여 귀가 아프고 숨이 막힐 것처럼 답답했다. 숨을 쉬어 보니 입 냄새도 참기 어려웠다(입에서는 왜 냄새가 날까? 눈은 안 그런데).

그렇게 기다리다가 마스크를 하고 말하는 게 괜히 미안해서 마스크를 벗고 의사 앞에 앉았다. 내 것보다 좋지 않은 마스크를 착용한 여의사는 몇 마디 물어보더니 이내 가라고 했다.

병원을 나와서는 늘 다니는 약국에 가 약을 받았다. 그 약국은 뇌졸중을 〈뇌졸증〉이라고 써 붙인 곳이다. 몇 달 전 틀렸다고 알려 주었더니 50대 남자 약사는 한심하다는 듯 나를 쳐다보며 〈뇌에졸증이 맞아요〉라고 한 일이 있다. 나도 한심스러워 〈사전 찾아보세요〉 하고 돌아왔는데, 그는 틀린 걸 고치지도 않고 손님과 친절·명랑하게 이야기를 하고 있었다. 나는 속으로 〈다음부터 내가 여기 오나 봐라〉 했다. 이런 중대 결심을 한 것은 순전히 마스크가 불편한 때문이었다.

그날 저녁 귀가해서는 본처에게서 한마디를 들었다. 병원 갈 때 마스크를 꼭 쓰고 진료가 끝나자마자 버리고 오라 했는데, 약 담은 비닐 주머니에 넣어 왔기 때문이다. 솔직히 말하면 그 튼튼한 마스크를 버리기가 아까웠다.

어쨌든 고품질 마스크를 버리고 난 다음 날 집에서 가사를 돌보다가 소금 항아리 하나를 깨고 물병의 뚜껑을 떨어뜨려 고무 패킹(흔히 바킹이라고 하는 것)을 깨먹었다. 내 본처는 소금 부대를 욱여넣은 항아리를 밀어서 옮기라고 했는데, 〈힘자랑〉 한답시고 번쩍 들었더니 손잡이 두 개 중 하나가 뚝 떨어져 버렸다. 나는 손가락을 찔려 피를 보고 말았다. 완전히 〈깻박치는 날〉이었다.

이 모든 게 메르스 마스크 때문에 생체 리듬이 깨졌기 때문이라고 확신한다. 나는 길거리나 산에서 눈만 내놓고 온통 마스크로 얼굴을 가리고 다니는 이들을 경멸·혐오·타기하는 사람이다. 보기만 해도 기분 나쁜 모습인데, 요즘 메르스 때문에 〈복면강도〉가 부쩍 늘어 더 불편하다.

마스크, 나는야 정말 싫어!

『이투데이』 2015. 6. 12.

졸릴 때는 욕이 특효여

1주일 전에 차를 몰고 지방에 다녀온 일이 있다. 새벽같이 일어나 볼 일을 보고 점심을 먹은 뒤 귀가를 서둘렀다. 갈 때나 올 때나 중부고속도로를 이용했는데, 곤지암 톨게이트를 나와 한 10여 분 달렸을 무렵, 갑자기 차가 밀리기 시작했다. 두 차선 모두 차들이 시속 20킬로미터 정도로 기고 있었다.

출발 전에 화장실을 다녀왔으니 소변은 됐는데, 전날 잠을 거의 자지 못해(박인비 리우올림픽 골프 시청) 졸음이 마구 쏟아지는 게 문제였다. 자꾸 눈이 감겼다. 앞차와의 간격이 스르르 좁아져 깜짝 놀라며 브레이크를 밟곤 했다.

전방 1킬로미터 지점에 졸음 쉼터가 있다고 크게 쓴 표지판이 보였다. 반갑고 다행스러웠다. 10분이라도 좀 자고 가야지. 그러나 그놈의 1킬로미터를 가는 게 보통 어려운 일이 아니었다. 알고 보니 한 차선이 막혀 있었다. 2018년 평창올림픽을 앞두고 고속도로를 개선한다는 안내문이 간간이 눈에 띄었다. 하지만 뭘 하는 건지, 일하는 사람들과 장비는 볼 수 없었다.

이걸 어떡하지? 졸음 쉼터까지 가기 전에 내가 꼭 사고를 낼 것 같았다. 그때부터 졸음을 쫓기 위한 전무후무하고 필사적이며 전

방위적이고 결사적인 혼신의 노력이 시작됐다.

　우선 스스로 뺨을 때렸다. 야, 인마. 정신 차려. 졸지 마 짜식아. 주로 오른손으로 오른뺨을 때렸는데, 별 효과가 없었다. 그래서 월드컵 때 〈대~한민국!〉을 외치며 응원하던 그 박수(따다다 닥 닥)에 맞춰 때리기도 하고, 고래고래 〈개새끼야, 쇠새끼야〉 욕을 해대기 시작했다. 창문도 괜히 열었다 닫았다 했는데, 내가 소리 지르는 걸 옆 차선에서 본 사람은 〈날이 더우니 저놈이 미쳤구나〉 하는 표정이었다.

　그렇게 욕을 하다가 완장 차고 으스대는 저수지 관리인 임종술 이야기가 재미있던 윤흥길의 소설 『완장』을 생각했다. 〈요 싹동 머리 없는 새끼가 콩밥 못 먹어서 환장을 했나! 야 임마, 니 눈에 는 요게 안 뵈냐? 요 완장이 너 같은 놈들 눈요구나 허라고 백죄 똥폼으로 차고 댕기는 줄 아냔 말여?〉, 〈두엄데미 앞에서 유세차 허고 축문 읽는 게 대관절 뉘 집 자손이디야?〉

　좌우간 욕이란 욕은 다 했다. 그날 나한테 욕먹지 않은 사람은 내가 전혀 모르거나 이 세상에 태어나지 않았거나 잠깐 잊어버린 사람들뿐이다. 오영수(1914~1979)의 단편 「명암」에 나오는 욕 도 생각했다. 1950년대 말 군대 영창에 신입이 들어와서 나가기 까지 벌어지는 이야기이다. 〈야, 이 하늘로 날아가는 옘병 땜병 가 슴앓이 속병, 두통 치통 생리통 견통 요통 근육통 신경통 관절통 유방통을 억지로 붙잡아다가 은행에 저당 잡혀 놓고 고조 증조 할 아부지 아부지 아들 손자 증손자 대대로 이자만 뜯어먹고 사는 놈 들아!〉

　사실 원문은 그렇지 않다. 〈야 이놈의 새끼들아 내 말 듣거라. 날아가는 옘병을 억지로 잡다가 은행에 저당을 해 놓고 대대로

이자만 뜯……〉 신나게 욕을 하다가 교도관의 발소리가 들리자
얼른 입을 닫은 건데, 내가 살을 붙이고 병을 늘려 욕을 더 길게
만들었다.

근데 다 소용없었다. 내가 결정적으로 졸음에서 벗어난 것은
〈졸음 쉼터 잠정 폐쇄〉라는 안내문을 보고 나서다. 그때 진짜로,
제대로, 나도 모르게 욕이 잘 튀어나왔다. @#$%^&*1818! 그게
졸음에 특효약이었다.

『이투데이』 2016. 8. 26.

〈철〉 자는 아무 죄가 없다

오래전에 이런 만화를 본 적이 있다. 종철이 막철이, 두 초등학생 아들을 둔 엄마가 어느 날 학교로 도시락을 들고 찾아간다. 아이들이 도시락을 잊고 등교했다는 설정이니 학교 급식을 먹는 요즘 이야기는 아니다.

하여간 엄마는 교문에 들어서자마자 큰 소리로 〈종철아아!〉 하고 불렀다. 원래 엄마 눈에는 남의 애들은 보이지 않는 법이다. 그랬더니 수위가 수업이 끝난 줄 알고 종을 쳤다. 다들 〈아니 벌써?〉 그러고 있는데 이번엔 엄마가 〈막철아아!〉 하고 둘째를 불렀다. 수위는 더 세게 종을 막 쳤다. 엄마가 〈종철아, 막철아!〉 하고 형제를 다 부르니 종소리는 더 막 커졌다. 〈철〉 자 때문에 생긴 일이다.

〈철〉은 좋은 글자다. 옛날 초등학교 1학년 교과서에 나오는 남자아이 이름이 철수 아니었나? 이름에 쓰는 철의 한자는 哲, 喆 아니면 鐵, 澈, 徹, 轍, 이런 정도다. 나는 喆인데 제일 많이 쓰는 건 哲인 것 같다. 국민의당 안철수 전 대표도 哲+秀다.

2011년 10월 서울시장 보궐선거 당시 안철수 씨와 박원순 씨가 후보 단일화를 할 때 나는 〈사람 이름엔 《철》이나 《순》이 들어가야 좋다. 두 글자 다 있으면 더 좋고〉 이렇게 농담을 하곤 했다. 어렸을 때 여자 이름이라고 하도 놀림을 당해서 더 그런 억지를 부렸던 것 같다.

그런데 요즘은 이놈의 〈철〉 자가 너무도 많이 횡행하는 것 같다. 대선 여론 조사를 할 때마다 1위로 나오는 문재인 더불어민주당 전 대표에게는 〈3철〉이라는 비선 실세가 있다고 한다. 전해철, 양정철, 이호철 3인인데, 말 만들기 좋아하는 사람들의 작품인지 실제 배후 영향력이 그렇게 큰지는 모르지만 좌우간 두고 볼 일이다.

이런 건 그래도 괜찮다. 북한과 관련된 〈철〉이 문제다. 13일 말레이시아 쿠알라룸푸르 공항에서 암살된 김정남의 여권상 이름은 김철이다. 한자는 모르겠지만, 연변의 유명 재중동포 계관 시인 김철과 이름이 똑같다. 숨진 북한 여권 소지자 김철의 시신을 내놓으라며 말레이시아 당국을 비난하는 쿠알라룸푸르 주재 북한 대사의 이름은 강철이다. 김정남 암살 공범 중 하나로 붙잡힌 사람은 리정철이다. 젠장, 또 또 철이다!

어디 그뿐인가? 지금 북한의 통일전선부장은 김영철(金英徹)이다. 북한군 서열 2위라는 인민무력부장 자리는 현영철, 김일철(재임 1998~2009) 이런 사람들이 차지했었다. 현영철은 2015년 5월 총살됐는데 당연히 이름 때문에 그리된 건 아니다.

1997년 2월 분당의 집 앞에서 암살된 이한영은 북한 공작원 김영철이라는 이름으로 한국에 들어왔다. 김정일의 처조카인 그는 한국에서 영원히 살고 싶다는 뜻에서 李韓永이라고 이름을 바꿨다는데, 결국 북한에 의해 목숨을 잃고 말았다. 이번의 김정남 암살도 김정은의 지시에 의해 자행된 일로 보인다. 김정은의 형은 김정철. 김정일의 차남이다. 한자 이름은 正哲이라고 한다.

〈철〉은 더 있다. 2000년대 초반 당시 주유엔 북한대사는 이형

철(李亨哲)이었다. 1972년 극비리에 서울을 다녀간 북한의 밀사는 부수상 박성철(朴成哲)이었다. 불가리아 대사, 국가 부주석, 정무원 총리를 역임한 거물이었다.

그런가 하면 지난해 리우올림픽에 출전한 북한 유도팀의 감독은 박정철이었고, 지금 북한 외무성의 미국연구소 실장 이름은 김인철이다. 지난해 7월 러시아에서 제3국으로 망명한 북한 대사관 3등 서기관의 이름은 김성철이다. 2006년에 탈북해서 3년 후 서울대에 합격한 인민군 청년도 김성철이었다.

1994년 6월 러시아에서는 최천수와 김인철이라는 북한인 2명이 8킬로그램의 헤로인을 밀매하다 체포된 일이 있다. 참 많기도 하다. 내가 다 주워섬기지 못해서 그렇지 〈북한의 철〉은 훨씬 더 많을 것이다.

북한에 〈철〉 자 이름이 많기 때문인지 남한에서는 1999년에 「간첩 리철진」이라는 영화까지 만든 적이 있다. 개그맨 김영철은 북한 출신이 많이 나오는 방송 프로그램에서 다른 출연자들의 말에 일일이 토를 달다가 〈북한이라면 총살감 1위〉라는 말을 들었다. 함부로 농담을 하고 왼새끼를 꼬거나 건성 박수를 치거나 최고 존엄 앞에서 졸면 목숨이 날아가는 게 북한 사회다.

그러나저러나 뭐가 어찌 됐든 〈철〉 자는 아무 죄가 없다. 철순이라는 이름을 쓰는 나도 아무 죄가 없다. 1987년 고문 치사당한 서울대생 박종철은 朴鍾哲이라고 쓴다. 민주화 운동가로 기억되는 이름이다. 그러니 부디 이 글자에 대한 선입견이나 편견이나 부정적 인상을 버려 주시기를! 「개구장이 철이」(KBS TV 어린이 드라마, 1979), 이런 귀여운 캐릭터나 잘 기억해 주시기를!

『이투데이』 2017. 2. 23.

나도 〈어시〉가 있었으면

제23회 하계 올림픽이 끝난 직후인 1984년 8월 중순, 미국 로스앤젤레스 시내에서 가수 조영남의 공연을 보았다. 끝난 뒤 어떤 미국 할머니가 다가와 뭐라고 뭐라고 하는데, 〈너 노래 잘 부르더라〉고 하는 것 같았다. 아니, 이 할머니가 노망을 했나, 실성을 했나? 지금은 내가 한 물이 아니라 두 물도 더 긴 사람이지민 그때는 결혼도 하지 않은 싱싱한 젊은이였다. 그리고 조영남처럼 못생기지도 않았는데 그 사람과 나를 혼동해?

마침 조영남이 다가오기에 그 할머니의 착각을 말해 주었더니 그는 재미있다는 듯 크게 웃으며 친근하게 내 어깨를 안고 함께 사진을 찍자고 했다. 그 사진이 지금 어디에 있는지 모르겠지만 〈못생긴 사람이 재미는 있구나〉 하는 게 당시의 내 생각이었다. 화투 그림은 그리기 전이었다.

대작(代作) 논란이 번져 검찰이 수사를 벌이고 있는 그의 화투 그림은 사실 재미있고 친근하지만 예술성이 뛰어나거나 그의 노래처럼 독창성이 있다고 생각한 적은 없다.

다른 사람이 8년 동안 300여 점이나 대신 그렸다는데, 조영남은 문제의 심각성을 잘 모르는 것 같다. 의혹이 제기되자 그는 대작이 관행이며 그 사람은 자기가 시키는 대로만 해온 조수라는 점, 오리지널은 다 자신이 갖고 있다는 점을 아주 〈편하고 친근하게〉 기자의 어깨를 안고 말하듯이 강조했다. 아무래도 그는 〈화투〉를 잘못 친 것 같다.

그의 말에도 일리는 있다. 예술에서는 독창적 개념이 중요한 데다 화투 연작을 보면 조영남의 작품이라고 누구나 알 정도가 됐기 때문이다. 유명 조각가들도 조수나 하도급 업자들에게 작업을 시킨다.

문제는 그가 앤디 워홀을 거론할 만큼 자신의 예술성과 독창성에 대해 착각을 하고 있다는 점, 대작 사실을 폭로한 작가에게 준 돈이 작품당 10만 원에 불과할 정도로 빈약했다는 점이다. 폭로 동기를 〈(내 조수 중 한 명인) 그 사람이 먹고살 게 없으니까 최후의 방법을 쓴 것 같다〉고 매도한 것도 비난을 사고 있다.

예술계에 그런 관행이 있는 건 사실이다. 사실 이 문제는 다양한 논점과 다각적인 관점에서 분석할 필요가 있다. 그리고 검찰 수사와는 별도로 문화적으로 바람직한 규범이 정해져야 한다.

하지만 관행은 1)어떤 행동이 공동체 안에서 오랜 기간 폭넓게 이루어지고, 2)그 행동의 근거가 되는 윤리적 규범이 공동체 안에서 오랜 기간 폭넓게 수용돼야만 인정될 수 있다. 관행이라고 주장하는 행동이 비난을 받는 것은 윤리적이지 못한 경우다. 조영남의 싼 공임에 대해 〈열정 페이〉라는 비판이 높아지고, 그의 행동이 사기라고 보는 사람이 많다는 여론 조사 결과도 나왔다.

그러나저러나 조수가 있는 사람들은 참 좋겠다. 유명 만화가가 제자들을 고용해 자기가 만든 스토리에 그림을 그리게 하는 걸 보고 놀란 게 20년 이상 전인데, 지금은 조수 체제가 아주 굳건하게 정착돼 있나 보다. 유명 작가들과 교수들은 조수를 〈어시〉(Assistant)라고 부른다고 한다. 요즘은 석 자만 넘어가면 다 말을 줄이니 어시라는 말을 쓰는 것도 이상한 일이 아니다.

좌우간 나도 어시가 좀 있었으면 좋겠다. 어시에게 내 생각을 구술하면 얼마나 편할까. 더러는 그가 좋은 생각도 보태 줄 게 아닌가. 조수가 일을 다 하는 관행을 알고 보니 글쓰기가 더 힘들어진다. 그래서 이 글도 간신히 겨우 썼다.

『이투데이』 2016. 5. 20.

아베 군, 이제 그만 좀 하시게

아베 신조(安倍晉三) 일본 총리의 집권 자민당 총재 임기는 2018년 9월까지다. 며칠 전 연임에 성공했으니 특별한 일이 없는 한 앞으로 3년 더 그를 봐야 한다. 참 거시기하고 머시기하다.

많고 많은 일본의 성씨 중에서 아베는 영 기분이 좋지 않다. 한자가 다른 걸 몰라서 그러는지 아베 총리가 조선의 마지막 총독 아베 노부유키(阿部信行, 1875~1953)의 손자라고 말하는 사람들이 있다. 그가 했다는 말도 떠돌아다니고 있다. 〈일본은 패했지만 조선이 승리한 것은 아니다. 조선인이 제정신을 차리고 옛 영광을 되찾으려면 100년이 더 걸릴 것이다. 나 아베 노부유키는 다시 돌아온다〉는 거 말이다.

이건 전혀 근거가 없는 낭설이다. 그런데 요즘도 〈한국인이면 누구나 읽어야 한다〉며 카톡으로, 문자로 보내오는 사람들이 있다. 경각심을 갖는 건 좋지만 사실이 아닌 건 조작이다. 일본엔 축구 선수 아베 노부유키(1984년생)도 있다. 그는 阿部伸行(아부신행)이라고 쓰는데, 이러다가 그 사람과 아베 총리를 엮어 말을 만드는 사람도 있지 않을까 싶다.

일본 신문학 개척기에 모리 오가이(森鷗外, 1862~1922)라는 작가가 있었다. 도쿄대 의학부를 나온 그는 군의관일 때 독일 유학을 하고 돌아와 본격적으로 작품을 발표하기 시작했다. 동·서양의 조화를 지향했다는 그의 소설에 1641년부터 1년 사이에 일어난 사건을 다룬 『아베 일족(阿部一族)』이 있다.

주군이 죽으면 따라 죽는 게 사무라이의 명예요 의무이던 시대다. 그러려면 미리 허락을 받아야 하는데, 최측근인데도 주군의 허락을 받지 못한 아베 야이치우에몬(阿部彌一右衛門)은 주군이 죽은 뒤 비겁하게 살아남았다는 비난을 받는다. 괴로워하던 그는 아들 다섯을 모아 놓고 배를 가른다. 젊은 주군은 허락받은 순사자(殉死者) 18명 외에 아베의 위패도 함께 놓게 했다.

1주기가 되어 분향을 할 때 아베의 장남은 울컥하는 마음에서 상투를 잘라 위패 앞에 바쳤다. 체면이 손상됐다고 느낀 젊은 주군은 그를 가둔 뒤 목매달아 죽였다. 무사답게 할복을 허용한 게 아니라 잡범 다루듯 한 데 대해서 아베 일족은 경악하고 분노했다. 이어 아베 일족을 토벌한다는 소문이 퍼졌고, 그들은 토벌군에 맞서다가 전원 비참하게 죽는다.

사무라이에게 순사는 아주 중요한 전통이다. 1970년에 할복한 소설가 미시마 유키오(三島由紀夫)도 군국주의 부활을 위해 순사한 사람이다. 아베 총리의 몸에도 사무라이와 군국의 피가 흐른다. 그의 뿌리는 메이지 유신을 주도한 야마구치(山口)현, 옛 조슈(長州)번이다. 아버지와 할아버지, 고조부가 이곳 출신 정치인이며 총리를 지낸 외할아버지(기시 노부스케), 그의 동생인 종조부(사토 에이사쿠)도 같다. 또 다른 〈아베 일족〉이다. 아베도 뭔가에 혼이 빠져 순사로 치닫는 것처럼 보인다.

1년쯤 전에 중국 인터넷에 이런 글이 올랐다. 〈하느님은 하늘나라에 대통령이 없어 넬슨 만델라를 데려가셨고, 휴대폰이 없어 스티브 잡스를 데려가셨고, 댄스 파트너가 필요해 마이클 잭슨을 데려가셨다. 하느님, 혹시 개 필요하지 않으세요? 아베 신조 좀 데려가시죠.〉

재미있지만 좀 심한 말이다. 나는 2001~2006년에 총리였던 고이즈미 준이치로(小泉純一郎)에게 일본의 어느 신문이 사설(?)로 충고한 제목〈고이즈미 군, 공부 좀 더 하시게〉를 흉내 내고 싶다.

아베 군, 이제 그만 좀 하시게.

『이투데이』 2015. 9. 11.

고독녀가 진실남에게

지금으로부터 38년 전, 내가 〈3천만의 호구〉 방위병으로 복무할 때의 이야기다. 나는 어느 예비군 교육장에서 24시간 근무를 하고 이틀을 쉬는 초병(哨兵)으로 거의 〈날라리〉 군생활을 하고 있었다.

그때 〈지평선은 말이 없다〉던 작대기 하나짜리 이병이었던 나는 정문과 무기고 강당을 돌아가며 보초를 서고 현역들 밥해 먹이고 빨래해 주고 밤중에 라면 끓여다 올리고 소대장님, 병장님들 기분 맞춰 주는 〈조국 방위〉에 신명을 다 바치고 있었다. 이병이라고 같은 이병이더냐, 몇 달 전에 입대한 방위 이병이 어제 갓 들어온 현역 이병을 상전같이 모셔야 했다.

무기고는 현역과 방위병이 2인 1조로 보초를 서게 돼 있었으나 저들은 어느새 방위병에게 떠맡기고 아예 나오지 않거나 무기고 계단에 침낭을 펴고 잠을 자곤 했으니 그곳 군기를 알 만할 것이다.

신문사에 다니면서 방위 근무를 하느라 〈일하며 싸우던〉 나는 현역 방위 통틀어 나이가 가장 많은 축인 데다 일부 현역들이 〈언론인〉이라고 불러 주는 신분 덕분에 나름대로 덜 〈고롭게〉 하루

하루를 보내고 있었다.

어느 날, 늘 시끄럽던 〈1번 또라이〉 현역 상병이 내가 다니던 신문사에 『주간여성』이라는 잡지가 있다는 것, 그 잡지에 펜팔난이 있다는 걸 어찌 알고는 자기를 내달라고 했다. 내무생활이 편하려면 안 들어줄 수 없겠는 고로 유행하던 양식에 맞춰 사연을 대신 써서 실었다. 정확히 기억나지 않지만 〈진실남이 순수하고 진실한 사랑을 찾는다〉 어쩌구 그렇게 썼던 것 같다.

신문에 구혼 구직 광고가 실릴 때였다. 예를 들면 여자가 낸 구혼 광고에 이런 게 있었다. 〈현숙. 39. 美智財(미지재) 있는 고독녀. 有職眞男願(유직진남원).〉 이 광고는 〈현숙하고 미모와 교양과 재산을 갖춘 39세의 고독녀가 직업이 있고 진실한 남자를 원한다〉는 뜻이다.

좌우지우지좌지우지간에 그는 200통인가 300통인가 전국에서 〈살도(殺到)〉한 여자들의 편지를 받고 입이 귀밑에 올라가 걸렸다. 그중에서 〈참가 번호〉 123번쯤(알게 뭐야?) 되는 여자가 가장 좋았는지 나에게 멋진 답장을 써달라고 했다. 아니지. 몇 명 더 있었지. 그리하야 하루아침에 〈펜팔 스타〉가 된 그 상병은 하루아침에 나의 후원자가 되어 다른 현역병들로부터 나를 보호/두둔/대변/엄호하기에 이르렀고, 덕분에 나는 좀 더 편해질 수 있었다.

내가 먼저 〈제대〉(군인 정신이 충일한 젊은이들은 악착같이 〈전역〉이라고 한다)를 하고 나오는 바람에 그 또라이의 뒷일은 알 수 없었지만, 대체로 철들면 바로 노망이 날 사람이었다.

이렇게 38년 전 이야기가 생각난 것은 며칠 전 박근혜 대통령이 〈국민 여러분께서 국회가 진정 민생을 위해 일할 수 있도록 나서달라〉며 〈국민을 위해 진실한 사람들만이 선택받을 수 있도록 해주시기를 부탁드린다〉고 말했기 때문이다. 어느 모로나 애국소녀, 고독녀로 보이는 박 대통령이 애타게 진실남을 찾고 있는 것이었다.

오죽 답답하고 화가 나면 그런 말을 했으랴만 김만복 전 국정원장과 같은 사람도 진실남을 자처하는 세상이니 우습지 않은가? 충청도 발음으로 만븍이 또는 맨븍이는 진실로 자신이 진실남이라고 믿고 있는 것 같다. 착각이 단독 드리블하는 이런 사람들 말고 진실로 나라와 사회를 위해 일하는 진실남 진실녀가 국회에 가득해지기를 바란다.

『이투데이』 2015. 11. 13.

〈마밀라피나타파이〉 정치인들

내가 하기 싫은 일은 남도 하기 싫은 법이다. 그러니 요렇게 조 렇게 하지 말고 이렇게 저렇게 하라고 예수님도, 공자님도 옛날에 다 말씀하셨다. 다음은 「마태복음」 7장 11~12절. 〈너희가 악한 자라도 좋은 것으로 자식에게 줄 줄 알거든 하물며 하늘에 계신 너희 아버지께서 구하는 자에게 좋은 것으로 주시지 않겠느냐? 그러므로 무엇이든 남에게 대접을 받고자 하는 대로 너희도 남을 대접하라. 이것이 율법이요, 선지자니라.〉

다음은 논어 위령공편에 나오는 공자님 말씀. 〈내가 하고자 하 지 않는 바를 남에게 베풀지 말라[己所不欲 勿施於人].〉 제자 자공 이 평생 실천해야 할 것을 묻자 공자는 그건 바로 〈서(恕)〉라면서 이 말을 한다.

이런 말씀이 생각난 것은 꽤 길지만 인상적인 단어를 최근에 알 게 됐기 때문이다. 칠레 남부 티에라 델 푸에고 지역의 야간Yaghan 족 원주민이 쓰는 〈마밀라피나타파이mamihlapinatapai〉라는 말이 다. 〈서로에게 꼭 필요하지만 자신은 굳이 하고 싶지 않은 어떤 일 에 대해 상대방이 자원하여 해주기를 바라면서, 두 사람 사이에 조 용하면서도 긴급하게 오가는 미묘한 눈빛〉이라는 뜻이다. 게임

이론 중 〈자원봉사자의 딜레마〉와 관련된 말이라고 한다.

이렇게 뜻이 긴 말이 1994년 기네스북에 〈가장 간단명료한succinct 단어〉로 등재됐다. 간단명료하다고? 클레멘스 베르거라는 오스트리아 극작가는 〈번역하기 가장 어려운 말〉이라고 했던데? 그는 올해 36세인데 이런 언급이 인터넷에 소개될 정도이니 영향력이 꽤 큰 작가인가 보다.

하지만 달리 생각하면 복잡하고 미묘한 상황을 한마디 명사로 요약했으니 간결하고 간단명료한 단어라고 하는 게 맞겠다. 우리말로 하자면 참 거시기한 상황을 아주 거시기하게 잘 거시기해 준 단어다.

그런데 이 〈마밀라피나타파이〉적 상황은 요즘 우리 정국과 절묘하게 맞아떨어지는 것 같지 않은가? 새누리당 유승민 원내대표의 사퇴 문제 말이다. 이 문제의 처리를 두고 박근혜 대통령과 김무성 대표는 마밀라피나타파이적 눈빛을 주고받았고, 그 눈빛에 오갈이 든(실례!) 김 대표가 유 원내대표에게 마밀라피나타파이적 눈빛을 전달하고 주고받은 결과 우여곡절 끝에 8일 유 대표가 사퇴한 거 아닌가?

그는 사퇴하면서 〈대한민국은 민주 공화국이다〉라는 헌법 제1조를 거론했다. 그러나 내가 보기에 대한민국은 〈마밀라피나타파이(이걸 틀리지 않게 쓰는 것도 보통 일이 아니다!) 공화국〉 같은데?

어떤 사람이 〈오글거린다는 말이 생긴 이후 사람들은 진지한 말을 하지 못하게 됐고, 멘붕이라는 말이 생긴 이후 사람들의 멘탈은 엄청나게 약해졌다〉고 갈파했지만, 마밀라피나타파이라는 말을 알고 나면 우리 정치는 더 나빠지는 게 아닐까?

좌우간 이제부터 마밀라피나타파이처럼 생소한 제주도 방언을 이용해 이 〈마밀라피나타파이 정국〉을 정리해 본다. 정치인들은 이렇게 말하고 있다. 〈너가 경고르난 나가 영하지게.〉(네가 그렇게 말하니 내가 그러는 거지) 겡상도 말로 바꾸면 〈니 그카이 내 그카지 니 안 그카믄 내 그카나?〉

그런데 정치인 여러분, 내가 이렇게 말하는 데 대해 〈이무신 거 엠 고람 신디 몰르쿠게?〉(뭐라고 하는지 모르시겠지요?) 아아, 역시 정치인들은 이해가 늦으셔. 그러니 이제부터 〈강방왕고릅써.〉(저기 가서 본 다음 다시 와서 말씀하세요.)

『이투데이』 2015. 7. 10.

7

손들지 않는 기자들

언론의 품격은 글에서 나온다

우리 언론이 위기라는 건 누구나 다 아는 일입니다. 종이 매체인 신문은 말할 것도 없고 전파 매체도 큰 위기에 봉착해 있습니다. 종래의 전통적 개념에서의 언론 매체치고 어려움을 겪지 않는 곳은 없습니다. 사회는 급변하고 언론 환경은 격변하고, 독자나 시청자들은 어느새 표변해 수동적인 뉴스 소비자에서 스스로 뉴스를 생산하는 적극적인 언론 매체가 되었습니다. 혹시 오해할까 걱정돼 말하자면 표변은 결코 나쁜 표현이 아닙니다. 설명을 덧붙이는 것 자체가 구차하지만 예로부터 군자는 표변(豹變)한다 했습니다.

언론의 위기는 세계적인 현상입니다. 그러나 우리나라만의 독특한 문제도 있습니다. 중견 언론인들의 연구·친목단체인 관훈클럽이 최근 발간한 『한국 언론의 품격』(나남출판)이라는 책자는 한국 언론의 위기와 나아갈 길에 대해 많은 생각을 하게 해줍니다. 위기의 실상을 점검하고 해결 방안을 제시하기 위해 진지한 토의 끝에 제작한 책입니다.

발간사(오태규 총무)에서 지적된 위기의 〈삼각 파도〉는 1) 인터넷과 SNS의 등장으로 인한 전통 매체의 산업적 위기, 2)

1998년 IMF 이래 심화된 〈경영에 봉사하는 편집〉 풍토, 3) 갈등과 양극화로 인한 진영 논리와 자사 이기주의 등입니다. 이런 세 가지가 상승 작용을 일으켜 언론에 대한 불신을 초래하고 사회 갈등을 증폭시키고 있다는 것입니다. 어떻게 하면 잃어버린 신뢰를 되찾고 공공성을 회복해 공동체 발전에 이바지할 수 있을까, 책에 담긴 문제의식은 진지하고 심각합니다.

논의를 위한 핵심 단어로 〈품격〉이라는 말을 설정한 것은 아주 의미 있고 바람직한 선택이라고 생각합니다. 지금은 구체적이고 실천적인 덕목을 아우를 수 있는 정신과 태도에 관한 본질적 문제를 논의해야 마땅한 상황으로 보이기 때문입니다. 기사의 품질, 기자 제도, 언론의 자기성찰, 언론 법제, 편집과 경영의 관계 등이 책에서 나누어 다룬 문제를 관류하는 게 바로 어떻게 하면 품격을 높일 수 있느냐는 것입니다. 품격은 기본적으로 타고나는 것이라고 볼 수 있지만 훈련과 교육에 의해 얼마든지 후천적으로 체득될 수 있고 배양될 수 있습니다.

부문별 논의에서 기자들 개개인의 노력과 자성, 언론 경영자들의 사명감 등 원론적인 점에 더해 특히 강조돼야 할 것은 기자 제도에 대한 개혁이라고 생각합니다. 이재경 이화여대 교수의 지적대로 한국 기자 제도는 재건축이 필요합니다. 이 교수는 지금까지 유지돼 온 공채 제도의 폐기, 저널리즘 스쿨 도입, 개개인의 역량을 최대한 발휘하게 하는 인력 운용 제도 정착, 정년퇴직 문제 해결을 위한 계약제 도입 등 네 가지를 제시하고 있습니다.

이런 대안은 한마디로 기자의 자질을 높이고 기사의 품질을 개선하는 데 초점이 맞춰진 것입니다. 경영주가 유능한 인재에게 편집을 맡겨 상호 존경과 신뢰 속에 안정적으로 일할 수 있게 하는 것과도 직결됩니다. 특히 오래 언론계에서 일한 사람들의 경험과 경륜을 사장시키지 않고 국가와 사회를 위해 활용할 수 있는 여건을 조성해 줘야 합니다.

신문은, 언론은 결국 사람 장사입니다. 사람을 잘 키우고 잘 쓰는 언론사는 아무리 여건이 나쁘고 어려움이 크더라도 헤쳐 나갈 수 있습니다. 조지프 퓰리처가 한 말을 되새기면 기자는 자신의 보수나 주인의 이익을 생각하지 않으며 자신을 신뢰하는 사람들의 안전과 행복을 지키기 위해 일하는 존재입니다. 그런 사명감과 본분이 망각되지 않도록 언론계 내부에서 제도적 개선을 위한 노력을 기울여야 합니다.

언론계 외부에서는 공익에 기여하는 기자들이 다른 전문직 종사자들이 받는 만큼의 신뢰와 존경은 받을 수 있도록 인정하고 지원할 수 있어야 합니다. 〈언론이 잘 되어야 국가와 국민이 잘 된다〉는 표어를 내세운 곳(삼성언론재단)도 있습니다. 하지만 여전히 언론계 외부에서는 기자들을 기피 대상이나 불가근불가원(不可近不可遠)의 귀찮은 존재로 여기고 있는 게 사실입니다. 저널리즘 생태계의 활성화를 위한 참여와 노력은 사회 전체의 발전을 위해서 도움이 되는 활동이라고 생각해야 합니다.

이 책에서 아쉬운 것은 우후죽순처럼 늘어나고 있는 각종 매체와 훈련·교육과정을 제대로 거치지 않은 기자들의 양산에 따른 언론의 신뢰 저하 문제가 덜 부각된 점입니다. 또 하나는 우리말과 글의 보호와 발전에 기여하는 글쓰기를 강조하지 못한 점입니다. 이 두 가지는 서로 밀접하게 연결돼 있는 문제이기도 합니다. 그런 매체와 기자들이 보도인지 해설인지 모를 기사와, 아니면 말고 식의 폭로, 진영의 논리와 주장에 봉사하는 논평을 쏟아내 기존 언론 판을 더욱 어지럽게 하면서 스스로 논란과 갈등의 중심이 되는 상황에서 언론의 품격을 찾는 것은 그야말로 연목구어일 것입니다.

그러나 아래와 같은 말을 독자들과 함께 읽게 한 것만으로도 관훈클럽이 책을 낸 취지는 충분히 알렸다고 생각합니다. 〈디지털 모바일, 오디오 비주얼 시대라고 해서 크게 달라지지는 않는다. 매체와 플랫폼에 관계없이, 기사는 글에서 시작한다. 글의 힘을 종교처럼 믿어야 한다. 글만으로 사람들을 놀라게 할 수 있다.〉 (박재영 고려대 교수)

본질적으로 기자와 언론의 품격은 사실을 다루는 〈글〉에서 나오는 것입니다. 민주 공화국의 권력이 국민으로부터 나오는 것처럼 언론의 힘이나 권력은 글로부터 나옵니다. 이 평범하지만 분명한 사실을 고맙게 새로 확인하면서 기자의 존재 이유와 본분을 마음에 다시 새깁니다.

『자유칼럼』 2014. 1. 21.

손들지 않는 기자들

늘 질문을 하는 사람은 어떤 사람인가? 질문이 사무(事務)이며 생업(生業)인 사람은 누구인가? 학생은 배우기 위해 질문하고 판사와 검사·경찰은 어떤 사실의 실체를 파악하기 위해 심문·신문한다. 그런 이들에게도 질문은 사무이며 생업이자 학업일 수 있다.

그러나 질문으로 먹고사는 사람으로 첫 손가락에 꼽을 존재는 역시 기자, 언론인이다. 기자는 질문을 토대로 새로운 사실을 알아내고 확인하고, 그 사실을 보도하고 논평하고 해설한다. 세상이 깜짝 놀랄 만한 충격적 특종은 물론 사람들이 간과하기 쉬운 소소한 사실의 의미에 대한 정밀 분석이나 심층 논평은 모두 질문에서 비롯된 것이다.

세상과 사람의 일에 대해 제대로 보도하고 논평하기 위해서는 좋은 질문, 정확한 질문부터 해야 한다. 그런데 이 〈제대로〉가 결코 쉽지 않다. 〈제대로〉는 어떤 사실을 왜곡이나 오해 없이 편집하지 않고 있는 그대로 전달하는 것을 기본으로 한다.

언론의 전통적 지향점은 빠르고 바른 것, 신속과 정확이다. 미디어의 존재 가치가 크고 언론이 오피니언 리더로서 굳건히 작동하던 시기에는 특히 신속성이 강조됐다. 하지만 지금처럼 언론의 정보 독점이나 배타적 지위가 허물어진 시대에는 신속성보다 더 중요한 게 정확성이다. 마찬가지로 정보의 넓이보다 더 중요한 것은 깊이이다. 좋은 질문은 그 깊이를 획득하는 바탕이다.

나는 기자로서 11년째가 된 1985년 5월 남북적십자회담 취재를 맡은 일이 있다. 그때 안기부 직원들은 북한 사람들을 취재할 때의 주의 사항 몇 가지를 미리 교육한 적이 있다. 기자라고 완장을 찬 사람들도 사실은 기자가 아니라 기관원이니 말조심하라는 당부는 으레 그러려니 했지만 취재의 요령을 알려 준 게 인상적이었다. 아침에 북한 사람들을 만났을 때 〈식사하셨습니까?〉 하고 묻지 말고 〈아침 식사에선 뭐가 맛있던가요?〉 하고 물으라는 것이었다.

식사 여부를 물으면 〈예, 아니요〉밖에 대답이 나오지 않지만 뭐가 맛있었느냐고 물으면 더 많은 정보를 얻을 수 있다는 것이었다. 취재를 처음 익히던 견습기자 시절에 선배들도 이야기해 준 바 없는 코치였다. 그 뒤 나는 이 말을 후배들에게 기회 있을 때마다 해주곤 했다.

나는 신문기자이므로 신문적으로 사고하고 행동한다. 방송에 대해 모른다. 그러나 본질은 같을 것이다. 신문 만드는 일을 취재와 편집 두 가지로 나누어 생각한다면 취재는 질문이고 편집은 해석이다. 좋은 지면은 좋은 질문이라는 온상과 못자리에서 배양돼 나온다.

한국일보 파리 특파원으로 일하는 동안 프랑스의 문화예술인과 철학자들을 많이 인터뷰했던 언론인 김성우는 자신의 책 『프랑스 지성 기행』에 이렇게 썼다. 〈나는 이들에게 묻기 위해 불면

했다. 그 결과 당대 사상계의 귀재이던 롤랑 바르트는 회견이 끝
난 뒤 자신의 저서에《당신의 훌륭한 (그리고 까다로운) 질문에
감사하면서》라고 사인해 주었고, 세계 미학계의 거두이던 에티엔
수리오는《당신 질문이 매우 흥미로웠다》고 말했으며, 화가 조르
주 마튜는《질문 준비를 참 잘했다》고 칭찬했다. 나는 이들의 격
려를 신문기자의 훈장으로 늘 가슴속에 달고 있다.〉

이런 치밀한 준비는 어디에서 나오는가. 일에 대한 철저성과 열
정, 프로 의식이다. 그분이 1996년 신문기자 40년을 맞아 행사를
할 때 나는 회사로부터 기념패의 문안을 쓰라는 명을 받았다. 고
심 끝에 내가 쓴 것은 〈영원한 질문자, 열정의 문화인〉 이렇게 열
두 자였다. 한눈팔지 않고 언론 외길을 걸어오면서 명예 시인·명
예 배우라는 영예까지 얻은 삶에 대한 헌사였다.

논어 자장(子張)편에 〈박학이독지 절문이근사 인재기중의(博學
而篤志 切問而近思 仁在其中矣)〉라는 자하(子夏)의 말이 나온다.
〈널리 배우고 배우려는 의지를 돈독히 하며 간절하게 질문하고
가까운 문제부터 생각하면 인(仁)이 그 가운데 있다〉는 뜻이다.
이게 언론인들에게는 아주 좋은 말이라고 생각한다.

자하의 말 중에서 핵심은 절문이근사다. 널리 공부하고 준비해
서 절실하게 묻고 가까운 문제부터 생각하라는 것이다. 가까운 문
제가 뭘까? 언론인의 시각에서 해석하면 뉴스의 가치 요소로 꼽
는 시의성·근접성·저명성·영향성·예외성·유용성 등을 갖춘 문
제가 가까운 문제다. 즉 최근에 일어난 일로서 누구나 궁금해 하
고 파급과 영향력이 큰 사건, 사람들의 흥미와 호기심을 유발하거
나 삶에 도움이 되는 뉴스를 말한다.

바둑에서는 한 수 한 수 놓을 때마다 맥이 바뀐다. 그 국면에 딱

맞는 〈이 한 수〉를 찾기 위해 기사들은 노심초사한다. 기자도 마찬가지다. 그 경우에 딱 맞는 말을 찾아서 보도해야 하며 그 경우에 딱 맞는 질문을 던질 수 있어야 한다. 그리고 그 경우에 가장 잘 어울리는 리드를 쓸 수 있어야 한다.

하지만 나를 포함한 요즘 기자들은 질문을 잘 할 줄 모른다. 기자들은 어느새 받아쓰기 글꾼으로 전락해 버린 느낌이다. 우리나라의 경우 대통령의 기자회견은 어디까지나 형식적이고 아직도 관료적이고 여전히 권위적이다. 그 틀을 깨는 공격적이고 비판적인 질문을 하는 기자를 본 적이 없다.

어쩌면 무엇을 물어야 하는지 모르는 것 같기도 하다. 2010년 11월 12일 서울에서 열린 G20정상회의 폐막식에서 오바마 미국 대통령은 이 행사를 훌륭하게 치른 한국에 고마움을 표시하는 차원에서 한국 기자에게 질문권을 주었다. 그러나 아무도 손을 들지 않았다. 영어 때문이라면 통역을 써서 질문해도 좋다고 했지만 그날 한국 기자들은 아무도 질문하지 않았고, 질문권은 아시아 대표를 자처한 중국 기자에게 넘어갔다. 우리 언론사에 길이 기록될 창피한 장면이었다.

2013년 7월 93세로 사망한 미국 여성 언론인 헬렌 토머스는 70년을 현직 기자로, 그 가운데 거의 50년을 백악관 출입기자로 활약한 사람이다. 그녀는 백악관 브리핑 룸의 맨 앞자리를 지킨 반세기 동안 10명의 대통령에게 질문을 던졌다. 대통령들은 그녀에게 첫 질문 기회를 주지 않을 수 없었다. 때로는 질문이 너무 거칠어 몇 년 전 『뉴욕 타임스』가 인터뷰를 하면서 따지는 질문과 무례한 질문의 차이를 물은 적이 있다. 이에 대해 그녀는 〈무례한 질문은 없다〉고 대답했다.

그렇다. 기자에게 본질적으로 무례한 질문이란 없다. 질문은 공격적이고 비판적이어야 한다. 사실을 이끌어내기 위해서다. 다만 보도는 냉정하고 중립적이어야 한다. 그런데 기자는 대체 무슨 권리로 질문을 하는가? 기자의 질문권은 대체 누가 언제 부여하거나 일임한 것인가? 이런 생각과 자기점검을 잊으면 안 된다.

오바마 대통령은 헬렌 토머스가 사망했을 당시 성명을 통해 〈그녀는 나를 포함해서 대통령들에게 긴장의 끈을 놓을 수 없게 만들었다〉고 말했다. 그렇다. 기자는 질문을 하는 것만으로도 사회 감시 역할을 할 수 있는 존재다. 정직하고 적확한 질문을 통해서 가능한 일이다.

월간 『과학과 기술』 2015년 6월호

사람 기사를 잘 쓰는 신문

백설희(白雪姬, 1927~2010)는 1950년대 최고의 대중가수였다. 「봄날은 간다」, 「물새 우는 강 언덕」, 「샌프란시스코」 등 히트곡이 많은 백설희는 한때 영화배우로도 활동했던 사람이다. 그의 남편은 영화배우 황해(본명 전홍구), 아들은 가수 전영록이다.

그런 백설희가 타계했을 때 어떤 신문의 가요 담당 기자는 부고 기사를 쓰지 않았다. 이상하고 궁금해서 이유를 물었더니 백설희가 누구냐고 되물었다. 「아니 백설희 몰라? 영화배우 황해 부인이잖아. 〈봄날은 간다〉 이런 명곡도 불렀고.」 그렇게 말했으나 반응이 없었다. 그래서 〈백설희 아들이 전영록이야〉 하고 알려 주었더니 〈아, 그러면 전보람의 할머니네요?〉 그랬다.

이번엔 내가 멍해졌다. 전보람이 누구여? 내가 모르는 것 같자 그 기자는 전보람이 실력 있는 가수 겸 모델이며 그 어머니, 그러니까 전영록의 부인은 이미영이라는 탤런트, 영화배우이고 이미영의 오빠는 유명한 개그맨 〈맹구〉 이창훈(본명 이봉남)이라고 주욱 읊어 댔다. 대단한 연예인 집안이었다.

어떻게 백설희도 모르느냐고 나무라려 했던 나는 더 이상 언급을 하지 않았다. 모른다는데 어떡하겠어? 일부러 안 쓴 것도 아니고. 내가 전보람을 모르는 것과 다를 게 없지. 그런데 곧 이런 생각이 들었다. 그러면 다른 신문은 어떻게 사망 기사를 썼지? 가요 담당 기자들은 경력과 나이가 다 비슷할 텐데. 누군가 알려 주었거나 취재를 더 했겠지. 기자는 조금 이상하거나 모르겠다 싶으면 무조건 취재를 해야 돼.

최근 비슷한 상황이 또 있었다. 어떤 영화의 재상영 행사에 배우 김지미 씨가 나타났다. 행사에 참석하려는 게 아니라 영화감독을 잠깐 만나려고 온 것이었다. 1940년생이니 여든에 가까운데 여전히 곱고 예뻤다. 멀리서 휴대폰으로 사진을 찍으면서 인터뷰 좀 한번 해야겠다는 생각을 했으나 내가 인터뷰를 당하는 행사여서 뜻대로 행동을 할 수 없었다.

그래서 취재하러 온 기자 두 명에게 〈저기 김지미 씨 왔다〉고 알려 주었으나 반응이 없었다. 김지미를 모르는구나 싶어 최무룡의 부인이었다, 최은희와 정상을 다투던 배우였다, 가수 나훈아와 함께 살았었다, 그러다가 최무룡의 아들이 최민수라고 알려 주자 그제야 짐작을 하는 눈치였다. 그들은 함께 다가가 몇 마디 질문을 하던데, 당연히 뭘 알고 묻는 건 아니었다. 하기야 손자뻘인 기자들이 할머니 세대의 배우를 어떻게 알겠어.

세월이 갈수록 사람은 잊히고, 뒷 세대가 앞 세대를 밀어낸다. 이미 물러난 은퇴 세대를 언제까지나 기억해 주기를 바라는 건 무리다. 하지만 그가 어떤 사람인지, 무슨 활동을 했는지 정확하고 충분한 기록이 어디엔가는 있어야 하며 이 세상을 떠났다는 마지막 뉴스에서는 제대로 대접을 받아야 하지 않을까.

인터넷 검색을 해보면 학문적 업적이 훌륭하거나 사회에 큰 기여를 한 사람보다 동명이인인 젊은 연예인의 하찮고 시답잖은 정보만 차고 넘친다. 그런 걸 보면 내 일이 아닌데도 고깝고 억울한 생각이 든다.

내가 아는 고은아(본명 이경희)는 1960년대에 이름을 날린 트로이카 여배우 중 한 명(1946년생)이지만, 지금 그 이름으로 검색을 하면 본명이 방효진인 다른 고은아가 먼저 나온다. 1988년생 영화배우, 모델. 내가 아는 사람은 高銀兒라고 쓰는데 요즘 고은아는 어떤지, 한자가 있는지 잘 모르겠다. 어차피 본명도 아닌데 왜 대선배의 예명을 그대로 갖다 쓰는 것일까. 너무 좋아하고 존경해서 그런 건지는 모르겠으나 나 같은 사람은 의아하고 헷갈릴 뿐이다.

기자는 사건과 역사에 대한 지식이 풍부해야 하지만 무엇보다도 사람에 대해 많이 알아야 한다. 불과 30~40년 전, 기자들은 동료와 부장 이름의 한자를 다 쓸 수 있었다. 이름에는 저마다 독특한 의미가 있는데 지금은 한자를 하도 쓰지 않아서 그런지 자기 이름의 뜻도 제대로 설명하지 못하는 기자들이 있다.

내국인에 관한 보도도 그렇지만 일본인이나 중국(계) 인물의 이름을 한글로만 쓰고 한자 표기를 하지 않는 것을 나는 이해하기 어렵다. 최근 일본 경제학자 이노우에 도모히로의 저서를 소개하는 기사에 한자가 없기에 찾아보다가 시간에 쫓겨 포기한 일이 있었다. 나중에 알고 보니 井上智洋이었다. 그런데 한글 발음은 같지만 井上智博이라는, 유명한 일본인이 또 있었다. 그런데 어떻게 한글로만 쓰고도 안심할 수 있을까?

최근 이상재라는 전 국회의원이 사망했다. 어떤 신문은 간단한 부고로, 어떤 신문은 기사로 썼다. 한글 부고만 보고 혹시나 했더니 역시 1980년대 초 신군부의 언론 통폐합 조치와 언론 보도검

열에 실무적으로 관여했던 李相宰, 바로 그 사람이었다. 이런 사실을 알고 있는 기자와 신문은 기사로 쓰고 모르는 신문과 기자는 간단한 부고로 처리했던 것이다.

신문의 부고 기사는 조선왕조실록의 〈졸기(卒記)〉처럼 엄밀하고 정확해야 한다. 사람의 이름과 일에 대해서 많이 아는 기자가 유능한 기자다. 그런 인물 기사를 잘 쓰고 많이 쓰고 정확히 쓰는 신문이 좋은 신문이다. 신문의 역량과 경륜은 역시 사람 기사에서 단박에 드러난다.

월간 『신문윤리』 2017년 7월호

낙종과 실수의 〈반성문적 기록〉

나는 1974년부터 2012년까지 한국일보사에서 일했다. 기자로서 맡을 수 있는 직위를 두루 거쳐 그야말로 〈천수를 누리고〉(어떤 후배의 표현) 한국일보 파동이 일어나기 반년쯤 전에 퇴직했으니 개인적으로는 다행스럽고 후배들에게는 민망하고 면목 없다. 그리고 백수인 듯 아닌 듯 2년을 보내고 올해 1월부터 석간 경제신문 이투데이의 주필로 재직 중인 낡은 언론인이다.

언론계에 입문한 지 41년째이니 낡아도 한참 낡았다. 요즘 언론 환경이 낯선 데다 시대의 감성과 새로운 언어에 어둡고 뒤지니 그게 낡은 게 아니고 무엇일까. 이 글은 일종의 〈낡은 기자 회고록〉이지만, 자랑스러운 특종기나 무용담이 아니라 낙종과 실수 위주의 반성문적 기록이다.

이해를 돕기 위해 세 가지를 먼저 언급한다. 내가 현장 기자로 뛸 때 조간신문은 한국일보와 조선일보 둘밖에 없었다. 두 신문의 기자들은 치열하게 경쟁하며(조간이 신문이지 석간도 신문이냐, 방송도 언론이냐 그러면서) 기자로서의 등뼈를 길렀고, 서로 물먹이고 물 먹으며 우정을 쌓았다. 그래서 지금도 내 의식의 저변에는 조선일보가 맞수로 자리 잡고 있다.

횡단보도도 몰랐던 숙맥

견습(요즘은 수습이라는 말을 더 쓰는 것 같지만) 중이던 1974년 4월, 편집·교정·외신 등 내근 부서를 거쳐 쭈뼛쭈뼛 사회부에 가서 맨 처음 들은 말은 〈넥타이 풀어!〉라는 호통이었다. 견습은 2인 1조로 각 부를 돌게 하는 식이었는데, 지금은 대소설가가 된 김훈 씨(그는 나의 대학 선배다. 같은 과는 물론 아니지만)와 내가 사회부 견습조였다. 넥타이 풀라는 호통은 〈이것들이 얻다 대고 넥타이 매고 다녀?〉 그 말이었다.

성동경찰서와 동부경찰서가 내 〈담당〉이 됐다. 동부경찰서의 한강 건너 관할 지역을 나중에 나누어 맡은 강남 강동 송파경찰서는 생기기도 전이었다. 김훈은 성북경찰서와 북부경찰서(지금은 없음)를 맡았다. 시경캡(1984년 별세한 구용서 형)은 우리 둘에게 집이 어디냐고 굳이 묻더니 굳이 서로 먼 곳으로 배치했다(젠장! 내 하숙집은 성북서 근처였는데).

성동·동부는 중부경찰서 출입기자의 2진이 맡는 곳이었다. 사쓰마와리(察廻, 사건 취재 기자)의 〈두목〉은 당연히 서울시경을 맡고 그다음 연조인 바이스캡이 출입하는 곳이 중부였다. 중부는 여러 가지(?)로 중요한 〈노른자 출입처〉였다. 1970년대 어느 신문의 기자가 죽었을 때 후배가 조사를 읽으면서 〈그 좋다는 중부도 못 나가 보시고……〉 그러면서 흐느낀 이후 〈그 좋다는 중부〉가 된 출입처다.

좌우간 사회부 〈상원〉 선배 누군가가 괜히 말을 건넸시고 〈당신 어디 나가지?〉 하고 묻기에 〈중부 나가요〉 그랬다가 나는 사건기자 선배에게 박살이 났다. 왜 깨지는지 잘 몰랐지만 대가리에 피도 안 마른 게 사칭하고 다닌다는 투였다. 상원 선배는 사건기자를 거치고 문교부(지금은 교육부), 내무부(지금은 행정자치부), 보사부(지금은 보건복지부) 등 행정부처를 출입하는 시니어를 말한다.

나는 사회부를 좋아하지 않았고, 그놈의 〈당신〉이라는 말도 정말 듣기 싫었다. 호적상 21세에 기자가 됐으니 남들은 신기해하거나 부러워했지만 나는 경찰서에 들어가기도 싫었다. 덩치 크고 험상궂은 순사(기자들은 경찰관을 이렇게 불렀다)를 보면 저절로 〈아저씨!〉 소리가 나오는데, 무슨 취재가 되겠나?

좌우간 나는 숙맥에 천둥벌거숭이였다. 사회부에 간 지 한 달도 안 됐을 무렵 한양대병원 인근에서 길을 건너던 쌍둥이 여자아이(다섯 살이었던가?)가 차에 치여 숨진 사건이 일어났다. 현장에 가보고 회사에 들어가 괴발개발 기사를 쓰고 있는데, 지나가던 사회부장이 뭘 쓰고 있느냐고 관심을 보이더니 〈거기가 횡단보도냐?〉고 물었다. 하늘 같은 사회부장이 사람도 아닌 견습에게 말을 거는 것은 있을 수 없는 일이었다.

믿기지 않겠지만 나는 그때 횡단보도가 뭔지 몰랐다. 횡단보도에서 차에 치여 숨졌다면 기사가 더 커지는 이유도 당연히 몰랐다. 대답을 못하고 어물어물했더니 시경캡을 통해 당장 현장에 가라는 지시가 떨어졌다(하늘 같은 사회부장은 견습에게 직접 지시하지 않는다). 나는 〈견습인 것이 현장도 안 가보는 놈〉이 돼버렸다. 캡은 죽은 아이들 사진도 구해 오라고 했다.

사고 현장에 다시 가서 길 가는 사람을 붙잡고 〈아저씨, 이게 횡단보돈가요?〉 하고 물었더니 별 이상한 놈 다 보겠다는 눈빛으로 그렇다고 했다. 그러면 이건 됐고, 아이들 사진을 어떻게 구한담?

아이들의 집은 문구점이었다. 두 딸의 아버지는 양은 종지에 소주를 가득 따라 벌컥벌컥 마시며 소리 없이 울고 있었다. 한국일보 기자라는 소리는 겨우 했는데 사진 좀 달라는 말을 도저히 할 수가 없었다. 가지도 않고 말도 하지 못하고 죄 지은 것처럼 10여 분 서 있었다.

〈왜 안 가느냐?〉고 묻기에 그제야 기어 들어가는 목소리로 〈사진 좀……〉 했다. 그는 여전히 닭똥 같은 눈물(나는 그렇게 굵은 눈물을 본 적이 없다)을 흘리면서 손잡고 길을 걷는 쌍둥이 사진을 앨범에서 떼어 주었다. 고맙다고, 나중에 꼭 돌려주겠다고 인사하고 회사로 들어갈 때는 무슨 개선장군이나 된 것 같은 기분이었다.

교통사고는 물론 연탄가스 중독 사망자나 자살한 여대생까지 마구 사진을 싣던 시대의 이야기다. 신문에 실리는 사진에는 둥근 모양의 마루(丸)사진과 네모진 가쿠(角)사진이 있었다. 가쿠사진은 죽은 사람이다. 가쿠 사진을 싣느냐 못 싣느냐, 얼마나 많이 싣느냐가 특종·낙종의 기준이던 시절이다.

쌍둥이 사진을 돌려주겠다고 한 약속은 결국 지키지 못했다. 신문에 쓴 사진을 어디에서 어떻게 회수하는지, 회수할 수 있는지, 회수해도 되는지, 누구에게 말해야 되는지 알 수 없었지만 견습기자에게는 어제 사건을 생각할 시간과 여유가 도무지 없었다.

유네스코회관 지하 다방 인질극

1974년 5월 20일 명동 유네스코회관 지하 다방에서 총기 인질 난동 사건이 벌어졌다. 방위병 등 3명이 교통순경을 사살하고 고속버스 승객들을 인질로 잡은 사건은 인질들의 활약으로 범인들이 생포됨으로써 다음 날 20여 시간 만에 겨우 끝났다.

사건기자들에게는 취재의 기본을 익힐 수 있는 좋은 기회다. 이런 큰 사건이 나면 기자들은 하리코미(張り込み, 잠복 근무나 망보

기라는 말)에 들어간다. 사건에 따라서는 한 달간 하리코미를 하는 경우도 생긴다. 어쨌든 이 사건 당시 한국일보는 범인들의 자수를 유도하기 위해 교통순경이 죽지 않고 살아 있다는 가짜 호외를 만들어 투입하기도 했다. 기억하는 사람이 많지 않지만 언론사에 특이한 기록이다. 요즘처럼 24시간 생방송을 하는 TV가 곳곳에 널려 있는 시대가 아니기에 그런 일이 가능했다.

선배들은 어느새 유네스코회관 건너편 양품점의 여사장을 붙잡고 미인이네 뭐네 구워삶아서 그곳을 취재 본부로 만들더니 특별 취재반 체제를 가동하기 시작했다. 나와 김훈은 하는 것 없이 왔다갔다 분주하기만 했다(아닌가? 나만 그랬던가?).

시경캡이 긴장된 표정의 견습 두 명을 훈련시키는 차원에서 〈지금 몇 시냐?〉 하고 물었다가 둘 다 시계가 없는 걸 알고는 〈사쓰마와리가 시계도 없어?〉 하면서 혀를 끌끌 찼다. 나는 1년 전 대학 4학년 때 후배들 술 사 먹이느라 시계를 전당포에 잡혔지만, 김훈은 왜 시계도 없었는지 모르겠다.

그런데 오후 8시가 돼갈 무렵(?) 김훈이 집에 가야겠다고 했다. 아니 눈치코치도 없지, 이 판국에 어떻게 집에 가? 좌우간 그는 가야 된다고 하더니 사라져 버렸다. 조금 있다가 시경캡이 나에게 다가와 〈야, 김훈이 내일 장가간다며?〉 그랬다. 「에?」 「아니 동기가 그것도 몰라?」(말을 해줘야 알지 어떻게 알아?)

이 사건에서 생생하게 기억되는 것은 바로 이 대목이다. 괜히 이리 뛰고 저리 뛰고 했지만, 나는 지면에 토씨 하나 기여하기는 커녕 형사인 것처럼 헤집고 다니는 선배에게 아는 척을 해(그러지 말라고 했는데도!) 산통을 깨기까지 했다. 순진을 넘고 넘어 멍청하기 짝이 없는 견습기자였다.

〈대성의 소질〉을 보인 낙종

나는 견습 딱지를 뗀 뒤 편집부에서 7년 가까이 내근으로 푹 몸을 담갔다가 1980년 〈서울의 봄〉에 신문사 인사에도 변화가 생긴 덕분에 사회부 발령을 받고 다시 사건기자를 시작했다. 그런데 다른 사의 1진이 대부분 나보다 후배였다. 서로 꽤나 어색했다. 취재의 기본을 새로 배우는 것도 아니요 아닌 것도 아닌 어정쩡한 상태로 중부 2진을 거쳐 1년 뒤쯤 나도 1진 기자가 되었다.

그 직후인지 언제인지 성동경찰서 관내에서 큰 강도 사건이 났다. 사회면 사이드 톱으로 물을 먹었다. 그때는 세로쓰기를 할 때인 데다 좀 큰 뉴스다 싶으면 시커먼 바탕에 흰 글씨, 이른바 〈베다시로(ベタ白)〉로 컷을 뜨곤 했다. 세로로 길게 세운 베다시로로 아침에 시커먼 물을 먹을 때의 기분은 정말 더럽다.

지금 생각하면 별것도 아닌 이 사건을 거론하는 이유는 당시 수사과장이 한 말이 기억나서다. 그가 조선일보에만 기사가 난 걸 〈사과〉하러 기자실에 찾아와 이것저것 설명할 때 나는 아무 말도 하지 않고 앉아 있었다. 그런데 수사과장이 낙종기자인 나(거듭 말하지만 조간은 둘밖에 없던 시대다)에게 〈앞으로 참 대성하시겠습니다〉라고 말했다.

흔히 물먹은 기자들은 출입처 사람들에게 화풀이하고 욕을 하거나 엉뚱한 것으로 조지는 기사를 쓰곤 했다. 경찰은 기자들의 밥이었다. 그런데 화도 내지 않고 자리도 뜨지 않고 표정 없이(사실은 얼이 빠진 건데) 앉아 있는 내가 신기했던가 보다. 나는 속으로 부글부글 끓고 있었는데!

1985년 문교부를 출입할 때 빠뜨린 기사가 나로서는 제일 뼈아프다. 대학 입시 제도가 바뀌는 무렵인데, 발표 예정된 자료가 조선일보에 토씨 하나 안 틀리게 그대로 다 나갔다. 기자들이 늘 꿈꾸는 것은 〈1톱 3박〉(1면 톱으로 스트레이트 기사를 특종하고 3면에 박스 기사를 쓰는 것)이다. 내가 바로 그렇게 물을 먹었다. 나보다 선배인 조선일보 기자는 문교부를 맡기 전에 서울시교위(지금은 서울시교육청)를 출입한 경력이 있어 교육공무원들 사이에 발이 넓었다(이게 그때나 지금이나 변함없는 내 변명이다).

그런데 새 입시안에는 허점이 있었다. 정확하게 기억나지 않지만 수학 II를 입시 과목에서 부분적으로 빠뜨린 것이다. 나는 물 먹은 다음 날 이 문제를 지적하는 기사를 써서 문교부가 정정 발표하게 했지만, 낙종이 가려질 리는 없었다. 당시 사회부장은 물 먹었다고 질책하면서도 〈낙종의 아픔을 딛고〉(!) 문제점을 가려내 부각시켰다고 칭찬해 주었지만, 그 점은 조선일보도 작게 다룬 바 있어 〈낙종 후의 특종〉이라고 말하는 게 낯간지러웠다.

기사를 빠뜨린 날 아침 코가 쑥 빠져 기자실로 나갔다. 나를 물 먹인 조선일보 기자가 자신의 특종을 재확인할 겸 분위기도 알 겸 전화를 해왔다. 기자실 아가씨가 어디 갔었는지 하필 그 전화를 내가 받았다.

그가 좀 미안해하며 문교부가 어떻게 하고 있느냐고 묻기에 〈(보도한) 그대로다. 문교부가 곧 자료를 낸다〉고 알려 주었다. 축하한다는 말은 나오지 않았다(축하는 무슨! 잡아 죽이고 싶은데). 내 딴엔 한껏 아무렇지도 않은 듯 의연한 척 응대를 했는데, 그가 나중에 말하기를 〈임철순 씨 그날 보니 참 대성하겠더라〉 그랬다. 정말 더러워서!

그러니까 나는 이렇게 물을 먹음으로써, 물을 먹을 때마다 대성의 소질을 보였나 보다(내가 대성했다는 말은 결코 아님).

심장병 어린이 양형도 취재

글을 마무리하면서 심장병 어린이 양형도 군을 살린 일과 심장 재단에 관해서 언급하려 한다. 1981년 5월 23일, 한국일보 사회 면 톱으로 「섬마을의 꿈 꺼져 간다」는 제목 아래 경남 통영의 낙 도 소년 양형도(당시 11세) 군 이야기를 썼다. 독자 반응은 폭발 적이었다. 한양대병원의 무료 수술 덕분에 형도는 새 심장을 달고 7월 4일 퇴원했다.

한국일보사는 이를 계기로 〈심장병 어린이를 구하자〉는 시리 즈를 시작하며 대대적 캠페인을 벌였다. 나는 다른 기자와 함께 시리즈를 하면서 심장병 기사를 원도 없이 많이 썼다. 그 덕분에 1981년 8월 제13회 한국기자상(한국기자협회) 취재부문상을 받 았다. 언론자유가 없던 5공 시절엔 이런 기사가 빛을 볼 수밖에 없었을 것이다. 기자협회에 낸 추천서는 김훈이 써주었는데, 나는 그가 쓴 추천서를 읽고서야 내가 한 일의 의미를 알 수 있었다.

그 뒤 심장병 어린이를 구하자는 사회 분위기는 대통령 부인 이 순자 여사가 주도한 새세대심장재단(1984. 2. 20. 발족)에 이어 1989년 6월 한국심장재단 설립으로 꽃피게 됐다.

형도는 지금 두 아들의 아버지로 건강하게 잘 살고 있다. 형도 를 살려 낸 뒤부터 나는 〈형도 작은아버지〉라는 말을 들었다. 한 국일보는 때가 되면 그의 이야기를 후속 보도해 왔다. 심장재단 발족에 조금이나마 기여한 게 나의 자랑거리 취재일 뿐 아무리 뒤 져 봐도 내세울 게 별로 없다.

『관훈저널』 2015년 여름호

형과 선배, 그리고 당신

1974년 1월 만 21세로 신문사에 입사한 나는 일찍 데뷔한 덕분에 40년 넘게 현역으로 일하고 있다.

이미 낡을 대로 낡은 언론인인데, 나이 이야기부터 하는 것은 기자 생활을 하는 동안 호칭 때문에 어려움을 겪은 일이 더러 있었기 때문이다.

견습 기간에 맨 처음 간 곳은 교정부. 당시 교정부는 지금처럼 영세하거나 미미하지 않고 10여 명이 근무하는 중요 부서였다. 무슨 문제든 교정부 기자들에게 물어보면 의문이 풀릴 만큼 그들은 유식하고 유능했다. 그들은 편집국의 터미네이터였고 마지막 문지기였다. 나로서는 다 아버지뻘로 보여 늘 조심스러웠는데, 그런 아버지뻘 되는 분 중 한 분이 나한테 〈임 형〉이라고 부르면서 뭔가 이야기를 걸었다. 아니 〈임 형〉이라니? 너무 당황스러워 그렇게 부르지 마시라는 말도 하지 못했다.

한국일보는 선배를 선배라고 부르는 다른 언론사와 달리 선배를 형이라고 불렀다. 분위기가 독특했다.

성이 문 씨이면 〈문 형!〉 이게 선배에 대한 호칭이었고, 선배가 후배를 부를 때는 〈아무개 씨〉라고 했다. 그러나 말이 그렇지 선

배가 후배를 부를 때는 〈너〉나 〈야!〉 아니면 〈철순아〉라고 하는
식이었다.

그런데 다른 회사 선배를 부를 때 나는 아무개 선배라고 하는
데, 그쪽 기자들이 우리 회사 선배를 〈○ 형!〉이라고 부르면 괜히
우리 쪽이 손해 보고 밑지는 것 같은 기분이 든 것도 사실이었다.
형은 정의(情誼)에 치우친 호칭이며 가족 공동체가 강조되는 언
어이지만 사회생활에서는 좀 개인적이고 사별적(私別的, 이런 말
이 있으면 좋겠다)인 호칭이라는 생각이 든다.

〈형-동생〉 하는 분위기는 공동체의 우애와 선후배 간의 질서를
다지고, 〈군기〉를 잡는 데 유효하다. 한국일보는 그것이 특장이었
고 미덕이었지만, 반대로 그런 것이 조직 운영이나 현대적 발전과
혁신에 저해 요인이 되기도 했다고 본다.

1980년대 중반, 사쓰마와리의 우두머리인 시경캡이 후배들을
데리고 한잔을 할 때다. 하는 짓이 하도 〈발랄〉하고 엉뚱해서 〈도
깨비〉라는 별명이 붙은 녀석이 무엇 때문인지 시경캡에게 대들다
가 귀빰을 한 대 맞았다. 안경이 술상에 떨어졌다. 그때 〈도깨비〉
가 빰을 손으로 문지르면서 시뻘게진 얼굴로 기껏 한 말이 〈형, 이
러면 앞으로 형을 존경하지 않을 거예요!〉였다. 선배가 후배를 때
렸다고 난리를 치는 요즘과 비교하면 정말 옛날이야기이다.

한국일보 선배들은 더러 후배들을 때리기도 했다. 어느 견습 기
수(期數)는 선배들이 하도 때리는 바람에 몇 명이 초장에 그만두
고 나갔다는 게 정설이다. 그래서 이듬해 기자를 뽑을 때 회장이
특별히 〈후배들 좀 때리지 말라〉고 당부했는데, 우리들은 농담 삼
아 그때 이후 들어온(안 맞고 자란) 후배들이 다 시원치 않다고
말하곤 한다.

기자 생활 초년에 제일 듣기 거북하고 거슬린 건 당신이라는 호칭이었다. 「당신 현장 가봤어?」 「당신 말이야, 그러면 안 돼.」 사회부에서 견습할 때 경찰서에 가면 우락부락하고 덩치가 큰 형사들을 뭐라고 불러야 할지 몰라 대충 얼버무리곤 했다. 그런 형사들이 흔히 하는 말이 〈다당신〉이었으니 신문사에서 그 말을 듣는 게 기분 좋을 리 없다.

선배나 간부들에게는 〈님〉이라는 경칭을 붙이지 못하게 했다. 국장이나 부장, 이런 직위 이름에 이미 존경의 의미가 들어 있으니 〈님〉까지 붙일 이유가 없다는 것이었다. 그러니까 편집국장은 그냥 국장이다. 편집국장이 아닌 부국장이나 국차장(편집국장 바로 밑. 그러니까 수석부국장 정도로 생각하면 된다)에게는 성을 붙여 이 국장, 김 국장 이렇게 불렀다. 사회부 기자가 사회부장을 부를 때는 그냥 부장이다. 다른 부의 부장은 성을 붙여 부른다.

문화부 산하기관에서 공무원 생활을 하다가 신문사에 들어온 후배가 있었다. 이 녀석은 선배들이 그러지 말라고 해도 꼬박꼬박 국장님, 부장님 이렇게 부르곤 했다. 그러면 다른 선배들은 국장이나 부장에게는 안 들리게 〈저 새끼 또 아부하네〉 그러면서 못마땅해 하곤 했다.

아부 이야기가 나왔으니 말인데, 신문사 선배나 부장에게 뭘 주는 건 터부시하는 분위기였다. 1970년대 초반 어느 사회부 기자가 좀 좋은 출입처를 나가게 해달라는 뜻에서 부장 집에 강아지를 한 마리 갖다 주었나 보다. 받았으면 가만히나 있지 부장은 다음 날 여럿이 점심을 먹을 때 〈아무개가 우리 집에 강아지를 보내왔더라〉 하고 말을 해버렸다. 그 기자는 그야말로 개망신을 당하고 말았는데, 개 덕분에 원하는 출입처에 나갔는지 어떤지는 잘 모르겠다. 개를 돌려주었다는 말은 들은 것 같다.

그런데, 국장이나 부장 등 편집국 내의 선배들에게는 그렇게 직위명만 부른다 치자. 사장, 부사장, 회장에게까지 〈사장!〉 이런 식으로 부르는 건 좀 아닌 것 같지 않나? 이런 경우 어떻게 하나? 〈님〉 자를 붙이는 건 싫고 멋쩍으니 그냥 안 부르고 만다. 호칭 없이 말을 걸거나 나를 좀 보라는 신호를 보내고 할 말을 하는 건데, 옆구리 찔러서 보게 할 수는 없으니 어색한 건 사실이다.

별로 좋지 않은 풍습인데 기자들은 편집국 외의 일반부서 사원이나 간부들을 대체로 우습게 본다. 신문사의 심장은 역시 편집국이지만 때로는 일반부서 사람들을 손아랫사람처럼 다루는 철딱서니 없는 기자들도 많이 있었다. 내 고등학교 동창 하나가 광고국에 입사한 일이 있다. 그의 불만은 기자들이 버릇이 없다는 것이었다. 자기는 〈국장님〉이라고 부르며 깍듯이 모시는 광고국장을 기자들은 무슨 하수인처럼 막 대하고 사무실 소파에 아무렇게나 걸터앉곤 하자 〈너희 기자 놈들은 왜 그 모양이냐?〉라고 나에게 따지곤 했는데, 그런저런 꼴이 보기 싫어서였는지 얼마 버티지 못하고 퇴사해 버렸다.

그 〈님〉 자의 구속에서 벗어나는 데는 시간이 걸린다. 회사에서 선배를 그렇게 부르는 기자들이 출입처에 나가 그 조직의 분위기에 맞게 경칭을 사용하려면 용기가 필요하다. 왠지 〈불의〉와 타협하는 것 같고 언론의 존엄(!)과 정의 실현을 저해하는 것 같은 생각이 들기 때문이다.

하지만 그런 생각에서 벗어나 상황에 맞게 호칭·경칭을 사용하는 게 성숙한 기자다. 언론의 존엄이나 자유는 그런 격식과 호칭에 구애되거나 그것으로 실현되는 게 아니다. 요즘 기자들은 너무 예의가 바르고 깍듯해 오히려 문제가 아닌가 싶기도 하지만 말이다.

『말과 글』(한국어문기자협회 발행) 2017년 겨울호

버릴 것, 남길 것, 넘길 것

며칠 전 80대 언론인을 비롯한 10여 명의 점심 모임이 있었다. 대선배들과 만난 그 자리에서 막내였던 나는 조심스러웠지만, 〈연부역강한 젊은이〉로서 열심히 술을 마셨다. 그야말로 배반(杯盤)이 낭자(狼藉)한 흥겹고 즐거운 대낮의 잔치였다. 가장 어른인 1934년생 세 분은 서울대 문리대 정치학과 학생들로 구성된 정문회(政文會)의 회원이었다. 정치학과에 입학한 것만도 대단한데, 그것만으로 성이 차지 않아 문학 활동까지 하자는 게 정문회의 결성 취지였다고 한다.

정문회의 회원 중 언론 한길을 걸어온 분이 낡고 삭은 자료를 갖고 와 보여 주었다. 1956년 6월 29일 (금) 오후 5시에 열린 「녹음의 오후」 문학 공연 팸플릿 등이었다. 내년이면 60년이 되는 자료를 이제껏 보존하고 있다는 것부터 놀라웠다. 자료 중에는 친구를 찾아왔다가 만나지 못하고 가면서 써놓은 편지도 있었다. 편지는 젊은이답게 유쾌하고, 60년 전의 대학생답게 유식했다. 당시 대학생들의 지력과 필력을 그 또래의 요즘 세대는 따라잡을 수 없다.

그런 〈추억의 자료〉를 갖고 나온 분이 자신은 몇 년 전부터 갖고 있는 물건을 버리고 있다고 말했다. 다른 사람들로부터 받았던 편지도 발신자에게 돌려주고 있다는 것이었다. 그날도 동기생에게 돌려주려고 편지를 갖고 나왔다고 한다. 그 돌려줌은 돌려받는 사람에게는 옛 시절을 복원해 주는 선물일 수 있을 것이다. 그러면 돌려주는 쪽에는 자신의 과거를 버리고 지우는 일이 되는 것일까. 놀랍고, 선뜻 동조하기 어려운 반환이었다.

이렇게 반환과 정리를 하는 것은 당연히 세상과의 이별 준비이리라. 지키고 간직하는 것의 하염없고 속절없음을 이미 알아 버린 나이 아닌가. 그동안의 사연과 관계를 정리함으로써 미련을 남기지 않는 일이라고 할 수도 있겠다. 얼마 남지 않은 생의 막바지에 행해야 할 중요한 〈버킷 리스트〉 중 하나인지도 모른다.

소설가 박경리(1926~2008)의 시 「옛날의 그 집」을 읽어 본다.

그 세월, 옛날의 그 집
그랬지 그랬었지
대문 밖에서는
늘
짐승들이 으르렁거렸다
늑대도 있었고 여우도 있었고
까치독사 하이에나도 있었지

모진 세월 가고
아아 편안하다 늙어서 이리 편안한 것을
버리고 갈 것만 남아서 참 홀가분하다.

버리고 갈 것만 남아서 참 홀가분하다는 그 마음은 삶이 익을 대로 익어 곧 떨어질 만큼 나이가 깊어야만 실감할 수 있으리라. 무엇이든 모으고 챙겨 두던 젊은 날과 달리 이제부터는 주고 갈 것, 버릴 것만 있으니 불가에서 말하는 방하착(放下着)의 편안함일 것이다.

사사키 후미오(佐佐木典士)라는 일본인은 최근 번역 출간된 『나는 단순하게 살기로 했다』라는 책에서 여덟 가지를 이야기했다. 못 버려서 후회할 물건은 없다, 여러 개 있는 물건, 1년간 사용하지 않은 물건, 남을 의식해 갖고 있는 물건부터 버려라. 필요한 물건과 갖고 싶은 물건을 구분하고, 버리기 어려운 건 사진으로 남기라고 충고하고 있다.

다쓰미 나기사(辰巳渚)라는 또 다른 일본인은 『버리는 기술』에서 버리기 위한 사고방식 10개조, 버리기 위한 테크닉 10개조를 소개하고 있다. 일정량, 일정 기간이 지나면 버리고 정기적으로 버리라는 게 핵심이다. 둘 다 정리 정돈을 잘하고 일상의 소소한 일까지 이론화·체계화하기 좋아하는 일본인들다운 말이다.

감나무는 때가 되면 잘 익은 감을 그냥 편안하게 떨어뜨리고, 동물은 때가 되면 털갈이를 한다. 그저 자연스럽다. 무엇인가를 버리는 것은 변화를 통해 여기에서 저기로 가는 일이다. 내려놓기를 할 수 있는 마음과 힘이 필요하다.

버리는 것은 잊히는 준비일 것이다. 삶은 본질적으로 모으고 쌓아 간직하는 게 아니라 버리고 덜고 주는 것인지도 모른다. 뭘 어떻게 버려야 하나. 한 해를 마감하는 세밑이어서 버릴 것, 남길 것, 넘길 것을 생각해 보게 된다.

『이투데이』 2015. 12. 22.

육필의 시대는 이미 갔지만

편집국 책상에 널려 있는 기사 원고만 보고도 누구 글씨인지 다 알던 시대가 있었다. 왕방울처럼 큰 글씨는 〈구마모토(熊本)〉가 쓴 것, 미끈하고 부드러운 이 글씨는 〈다리우스〉의 기사, 이런 식으로 말이다. 기사는 주로 하루에 몇 번 배달돼 오던 통신지의 뒷면에 썼다. 분량이 정확해야 하는 경우 200자 원고지나 13배 원고지(한 줄에 13자가 들어가게 만든 것)를 썼지만, 보통은 통신지 뒷장을 이용했다.

기사를 빨리, 많이 써야 하는 기자들의 글씨는 거의 난필이었다. 원고지를 줘봐야 아무 소용없는 사람도 있었다. 좁고 작은 울타리에 갇히기 싫어서 그런지 그는 아예 칸을 무시하고 기사를 썼다.

주효민 주필 같은 분의 글씨는 〈백로난비형(白鷺亂飛形)〉이라고 했다. 글씨마다 어지럽게 춤을 추어 도저히 알아볼 수가 없었다. 활자를 뽑아 조판을 하던 시절에는 그분의 글만 전담하는 문선공(文選工)이 따로 있었다. 〈이 회사에서는 글씨를 못 써야 출세한다〉는 말이 있을 만큼 간부진 중에 악필이 많았다.

소설가 최인호도 유명한 악필이었다. 신문 연재를 시작하면 교정부부터 찾아가 잘 부탁한다고 인사하곤 했다. 나에게 보낸 책의 친필 서명은 아무리 봐도 〈임철순 님〉이 아니라 〈임철순 놈〉이었다. 그래서 뭐라고 했더니 다음에는 〈임철순 놈이 아닌 님에게〉라고 써보낸 기억이 난다.

1990년대 들어 컴퓨터를 이용해 신문을 제작하기 시작한 뒤부터는 육필이 사라지고, 누가 어떻게 글씨를 쓰는지도 알 수 없게 돼버렸다. 그로부터 20년이 지난 지금은 더 말할 것도 없다.

그러니 30년 이상 어머니와 손편지를 주고받고 있는 배국남 씨(『이투데이』 논설위원 겸 대중문화 전문기자)와 같은 사람이 놀라울 수밖에 없다. 그 긴 세월에 어머니는 이미 구순이 되고 아들도 초로의 나이에 접어들었지만, 손편지에 실려 오가는 모자의 정은 갈수록 더 도타워지고 있다.

나는 교보문고와 대산문화재단이 공동 주최한 〈제1회 교보 손글쓰기대회〉에 심사위원으로 참여하면서 손글씨의 소중함을 다시 절감했다. 2,275명이 응모한 이번 대회에서는 아동, 청소년, 일반 등 세 부문별로 7점씩 총 21점이 선정돼 28일부터 한 달간 서울 광화문 교보문고에서 전시되고 있다.

심사를 하면서 손글씨에 대한 응모자들의 낯섦과 두려움을 먼저 읽을 수 있었다. 자연스럽게 글씨를 쓰는 게 어려운 일이라는 것도 알게 됐다. 나는 자연스럽고 메시지가 좋은 글씨를 뽑았다. 심사위원들도 한 편씩 손글씨를 써내게 한 덕분에 나는 〈언론인의 작품〉이라는 제목으로 글씨가 전시되는 영광을 얻게 됐다.

그런데 요즘 블로그 이웃들을 중심으로 〈왼손글씨 릴레이〉가 벌어지고 있다. 〈행운의 편지〉처럼 다른 사람에게 순서를 넘기는 식이다. 왜 이런 것을 할까? 왼손잡이들의 고통을 알아보려고?

아니면 재미로? 오른손을 다쳐 못 쓰게 될 때를 대비해서?

평소에 잘 쓰지 않는 손으로 그려 낸 글씨는 삐뚤빼뚤 어지럽고 행간도 맞지 않는다. 왼손잡이라면 오른손글씨를 써야 하겠지만 대체로 왼손잡이들은 오른손잡이들보다 두 손을 다 쓰는 데 능숙하다. 나도 일상생활에서 왼손을 쓰는 경우가 딱 한 가지 있는데 (공개 불가), 왼손으로 글씨를 써보니 역시 어려웠다.

지금은 육필이라는 말이 생소하고 손글씨가 더 알기 쉬운 시대다. 손글씨든 왼손글씨든 직접 쓰는 글씨의 중요성을 잘 알면 좋겠다.

『이투데이』 2015. 7. 31.

정작 대필이 필요한 것은

손글씨 이력서. 자기소개서. 제출 서류. 편지 등……대필합니다.
☆노트 필기(페이지 기준)-천 원, ☆편지는 1통(2장 기준)-5천
원, 1장 추가 시 2천 원. ☆이력서 1부(2장 내외)-6천 원, ☆자기
소개서(한 장당)-3천 원. 편지 용지비, 우편료 불포함 가격입니
다. 원하시는 부분은 충분히 고려해 써드립니다. 궁금하신 점 있
으시면 문자 주세요.

인터넷에서 흔히 볼 수 있는 대필 영업 광고입니다. 읽어 보니
역시 이력서와 자기소개서 대필이 가장 비싸네요. 이력서보다는
자기소개서, 이른바 자소서 쓰기가 훨씬 더 어려울 법한데 어떤
기준으로 이렇게 대필료를 책정한 건지 잘 모르겠습니다. 어떤 젊
은이가 올린 글을 보면 대필 업체가 꽤 많은 모양입니다. 〈내가 원
하는 공기업 공채가 떴는데 다른 스펙은 다 괜찮지만 자소서가 너
무 약하다, 그래서 대필을 맡기려고 검색해 보니 업체가 너무 많
아 선택하기 어렵더라, 이왕이면 실력 좋은 곳에 맡기고 싶은데
어디가 괜찮은지 추천 좀……〉 이런 내용입니다.
　글이라면 어떤 것이든 당연히 자기가 자기 이름으로 쓰는 거라

는 생각만 하고 살아온 사람들에게는 참 낯설고 이상한 풍경입니다. 그런데 요즘은 이력서 자소서 외에 카톡 글까지 대필한다니 놀랍고 어이가 없습니다. 긴 글을 써본 경험이 없고 이모티콘에 의지하거나 짧은 감정 표현에 익숙하고 맞춤법, 띄어쓰기에 자신이 없다 보니 점점 글 쓰는 게 어려워지고, 그러다 보니 대필에 의지하게 되는 젊은이들이 많습니다. 우리 학교 교육은 답이 정해진 글을 요구할 뿐 사고가 필요한 글을 길게 써보도록 하지 않고 있습니다. 그런 교육과 풍토에 젖어 자라 온 세대의 고민과 고충을 알만 합니다.

하지만 그렇게 이해를 하면서도 잘 납득이 안 됩니다. 남의 글을 출처도 밝히지 않은 채 인용하거나 통째로 따다 붙이는 데 익숙한 세대는 글쓰기를 어려워하면서도 정작 글 쓰는 것의 어려움을 모르는 경우가 많습니다. 글을 쓴다는 게 얼마나 엄정하고 어려운 일인지, 지적 창작물이 왜 존중해야 할 대상인지 잘 모르는 거지요.

원래 대필은 글자를 아예 모르거나 신체적 장애나 질환 때문에 글을 쓸 수 없는 사람을 도와주는 행위입니다. 까막눈인 어머니가 불러 주는 말을 받아쓴 아들이나 병상의 아버지를 위해 편지를 대신 써준 딸, 이런 이야기는 대개 감동적입니다. 이와 달리 글쓰기에 익숙하지 않거나 바빠서 글 쓸 여유가 없는 유명 인사들의 글을 직업적으로 고쳐 주거나 써주는 사람들도 있습니다. 수많은 정치인, 기업인, 연예인들의 회고록이나 자서전, 에세이가 이런 대필 작가들의 손을 거쳐 나오고 있습니다. 대필 작가를 영어로 ghostwriter라고 하는데 ghost는 유령이라는 뜻이니 자기를 내세우거나 드러내면 안 됩니다. 그렇게 책을 내는 일도 아닌데 남에게 대필을 의뢰하는 사람들이 많아졌으니 우리 사회는 유령이 떠도는 세상이 돼가는 게 아닌가 싶습니다. 옆도 앞도 안 보는 스마트폰 세상이 돼갈수록 유령은 더 많아질 것입니다.

그런데 어릴 때 스마트폰을 사용하기 시작했거나 스마트폰 의존도가 높은 학생일수록 국어 성적이 낮다고 합니다. 홍세희 고려대 교육학과 교수 연구팀이 지난해 서울의 중3 학생 4,672명을 대상으로 국어 과목의 학업 성취도를 분석한 결과, 중학교에 입학하기 전 스마트폰을 사용하기 시작한 2,293명의 국어 성취도는 35점 만점에 16.30점이었습니다. 중학교 입학 이후 스마트폰을 사용한 학생들의 17.17점보다 낮고 전체 평균 점수(16.60점)보다 낮은 수준입니다.

스마트폰이 없으면 불안해하거나 스마트폰 메신저 대화를 직접 대화보다 편안하게 느끼는 〈스마트폰 의존〉 학생 366명의 국어 성취도는 15.67점으로 더 낮았습니다. 이런 학생들은 줄임말 등 언어 파괴를 자주 하고, 짧은 글을 읽고 쓰는 데만 익숙하기 때문에 성취도가 특히 낮다고 합니다. 그런 학생들이 늘어날수록 대필 수요도 커질 수밖에 없습니다.

대필 이야기를 하다 보니 정작 대필이 필요한 게 어떤 것인지 생각하게 됩니다. 정치, 경제 등 각 부문 지도자들의 언설이나 메시지야말로 적확하고 적정한 표현과 언어 구사를 위해 대필을 잘해야 합니다. 박근혜 대통령은 지난해 8·15 경축사에서 〈정부는 우리 국민의 안위를 위협하는 북한의 어떠한 도발에도 단호히 대응할 것〉이라고 말했습니다. 〈안위〉는 한자로 安危, 편안함과 위태함의 준말입니다. 연설문대로라면 북한은 〈국민의 편안함과 위태로움을 위협하는〉 도발을 하고 있습니다. 말이 됩니까?

이명박 전 대통령은 『토지』의 작가 박경리 씨가 타계했을 때 조문하러 가서 〈이 나라 강산을 사랑하시는 문학의 큰 별께서 고히 잠드소서〉라고 방명록에 썼습니다. 맞춤법도 틀리고 문장도 제대로 돼 있지 않습니다. 가기 전에 누군가에게 대필을 시켜 문장을 구상하고 빈소에 가서는 그걸 자기 손으로 쓰는 정도의 성의는 있어야지요.

대필 사회의 부작용과 문제점을 덜려면 우리 교육이 달라져야 하고 글을 쓸 때 각자 더 노력해야 합니다. 그러나 오늘 강조하고 싶은 것은 대필이 필요한 것과 그러면 안 되는 것의 차이와 구별을 알아야 한다는 점입니다. 사회를 이끌어 가는 사람들에게 대필이란 널리 지혜를 모으고 국민의 감정과 정서를 반영함으로써 바람직하고 옳은 방향을 제시하는 정치 행위의 한 가지입니다.

『자유칼럼』 2016. 7. 1.

가짜 기사, 똥이나 먹어라!

어떡하면 마감 시각을 어기지 않고 정해진 양대로 기사를 써서 넘길 수 있을까? 요즘은 글자 수에 제한을 받지 않는 미디어가 많지만 원래 기자는 시간과 분량 준수라는 제한 조건 때문에 늘 압박과 긴장 속에 산다. 제한 없이 길게 쓴 기사는 대체로 묽고 밀도가 떨어진다. 부럽다기보다 훈련 부족이라는 생각이 먼저 든다.

나는 어떤 말을 들었던가. 1분 1초라도 마감을 앞당겨야 한다, 한 장이라도 더 길게 쓰면 안 된다, 틀리면 안 된다, 이런 것들은 기사 쓰기에 관한 것이다. 취재에서는 〈절대 한쪽 말만 듣고 쓰지 마라〉, 〈현장을 30분 봤으면 30매도 쓸 수 있어야 한다〉(기자의 눈은 매 눈이나 카메라 같아야 한다), 〈네가 지나간 자리에 기사가 남아 있지 않게 하라〉는 말을 들었다. 〈120을 취재해서 80만 쓰는 게 기사다〉라는 말은 철저하게 취재를 한 것 같아도 빠뜨린 게 있을 수 있으니 주의하라는 뜻이리라. 또 〈납이 녹아서 활자가 되려면 600도의 열이 있어야 한다. 그러나 활자화하는 기사는 600도의 냉정으로 써야 한다. 뜨거운 냉정, 이 양극을 쥐고 나가는 게 신문이다〉, 〈사설은 쉽게 써야 한다. 사설 제목은 시와 같아야 한다〉, 이런 말도 잊히지 않는다.

351

그렇게 기자의 자세를 일깨우고 자신을 돌아보게 하는 자료로 「영구보존하세」라는 스크랩북이 있었다. 기자들의 말도 안 되는 잘못이나 오류, 우스운 기사를 적발해 놓은 스크랩북은 수습기자 교육에 큰 몫을 했다. 컴퓨터 작업이 아니라 종이에 육필로 기사를 쓰던 시대여서 적발/보전이 가능했다. 「영구보존하세」에는 〈여기는 적도. 사방 어디를 둘러봐도 빨간 줄은 없다〉로 시작되는 해사 순항부대 동행 취재기로부터 〈갈매기 울음소리 까악 까악〉 등 재미있는 게 참 많았다. 만날 화재 등 사건 사고만 따라다니던 기자가 취재한 대학 총학장회의 기사는 〈이날 회의는 3시간 만에 꺼졌다〉로 끝난다.

적발된 것 중 최고 히트작은 이거다. 〈벙어리 김모 씨가 신병과 생활고를 비관해 스스로 목숨을 끊었다. 김 씨는 평소 죽고 싶다고 입버릇처럼 말해 왔다.〉 기사를 받은 시경캡(사건기자들의 지휘자)은 그 기자를 세워 놓고 〈벙어리가 말을 했어? 야 인마, 그러면 그게 기사지, 자살한 게 기사냐?〉 하고 놀려먹었다.

이렇게 옛날이야기를 하는 것은 〈입버릇〉에 익숙한 오보·과장 보도로 기레기라고 욕을 먹는 경우가 많은 터에 가짜 기사가 횡행해 기자들이 억울한 피해까지 당하고 있기 때문이다. 그럴수록 더 기자들이 노력하고 훈련을 받아야 하는 게 아닐까. 여러 사람을 속이는 가짜 기사에 프란치스코 교황님이 대단히 노했나 보다. 미국 대선 기간에 교황이 도널드 트럼프 공화당 후보를 지지한다는 가짜 기사가 페이스북 등 소셜 미디어를 중심으로 널리 퍼진 바 있다. 우리나라에서도 요즘 김지하 시인과 도올 김용옥이 촛불을 종북 세력이 주도한다고 비난한 가짜 글이 나돌아 다니고 있다.

이런 가짜 기사를 만드는 자들은 교황 말씀대로 대변성애자인지 모른다. 똥을 먹는 병에 걸렸다는 뜻인데, 교황 말씀을 쉽게 번역하면 〈똥이나 먹어라, 이놈들아!〉가 아닐까. 이슬람 세력과 기독교 세력의 이스탄불 공방전 당시 먹을 게 없어 자신들의 똥을 끓여 먹었다는 기록이 있다. 설마 이건 가짜 기사가 아니라 진짜 역사의 기록이겠지?

『이투데이』 2016. 12. 16.

〈집필이 아니라 주필입니다〉

최근 한 여성 독자가 이메일을 보내왔다. 〈선생님이 신문에 쓰는 칼럼을 잘 읽고 있는데 주필이라는 명칭이 궁금하다〉는 내용이었다. 인터넷 검색을 해보니 주필의 뜻이 여러 개로 나와 직접 물어보기로 했다고 한다.

아래와 같은 답을 보냈다.

꽤 젊은 분인 것 같군요. 명함을 주거나 전화 통화를 할 때 주필이라고 하면 잘 알아듣지 못하는 사람들이 의외로 많아 저 스스로 놀라는 경우가 있습니다. 시대가 많이 달라진 때문이겠지요. 제가 처음 기자가 됐을 때 주필이라면 정말 하늘같이 높아 보였는데요. ㅎㅎㅎ. 주필은 한자로 主筆, 영어 표기는 여러 가지이지만 저는 chief editorial writer라고 쓰고 있습니다. 한 신문사의 논조를 총괄하는 사람이라고 하면 알기 쉬울는지. 논설위원실 회의를 주재해 그날 사설로 어떤 걸 쓰고, 누가 쓰고, 어떻게 쓰고를 결정한 뒤 논설위원들이 쓴 사설을 데스킹(글을 고치거나 첨삭하는 일)하고 걸맞은 제목을 붙이는 게 제 임무입니다.

논설위원들은 저마다 담당 분야가 있고, 저는 기본적으로 사설을 쓰지 않지만 1년에 한 번 1월 1일 자로 길게 나가는 신년 사설은 쓰고 있습니다. 아울러 한국일보의 경우 논설위원실이 오피니언 면도 제작하고 있어 외부 필진의 선정 및 집필 방향에 관한 총괄 책임도 맡고 있습니다. 한국일보 논설위원실에는 주필 아래로 논설위원실장, 수석 논설위원, 논설위원이 있는데, 저는 이들 직위를 다 거쳤습니다. 덧붙여 말하면 신문사마다 조금씩 달라 주필이 있는 곳, 논설주간이 업무를 총괄하는 곳, 논설위원실장이 우두머리인 곳 등 체제와 운영 방식이 각각입니다. 아마도 그래서 더 헷갈릴 수 있을 것입니다.

이렇게 답을 보내 놓고 주필에 관한 풀이가 나도 궁금해 인터넷 검색을 해보았다. 두 가지가 눈에 띄었다. 〈주필은 오랜 기자 경력을 거친 뒤 편집 관리 직책을 역임하여 관록과 능력은 물론이고 덕망과 지식을 겸비한 인격자라야만 한다〉는 게 하나. 1974년부터 기자로 일해 왔으니 오랜 경력은 갖춘 셈인데, 〈덕망과 지식을 겸비한 인격자〉 부분에서 켕겼다.

또 하나는 〈신문사에서 편집상의 최고 책임자로, 발행인으로부터 편집 업무에 관한 모든 권리를 위임 받아 해당 신문의 논조와 편집 방침을 결정하고 편집 내용과 지면에 관한 모든 책임을 지는 사람. 그러나 현재 우리나라 신문사들에서는 그 지위가 격하되어, 다만 논설위원실의 최고 책임자로서 사설과 논설 기사에 관한 책임만을 맡는다〉는 것. 이것은 대체로 맞는 말이다. 주필의 권위와 위상은 1970년대 이후 점차 낮아져 왔다고 보면 된다.

요즘 젊은 사람들은 주필에 관해서 잘 모른다. 수습기자 면접시험 때 물어봐도 아는 사람이 거의 없다. 논설위원실장이라고 하면 금세 알아듣는다. 직위 명칭이 구체적이니까 그럴 것이다.

전화로 〈한국일보 임철순 주필입니다〉 하고 말했다가 내 발음이 이상한지, 〈주필입니다〉 부분이 생소해서 그런지 〈네? 피디님이시라구요?〉 하는 반문을 들은 경우가 몇 번 있었다. 우편물이나 이메일에는 논술위원, 논설위원실(또는 논술위원실) 집필, 집필장이라고 써 보낸 것들도 있다. 처음엔 내가 못나서 그런가 보다, 이렇게 생각했지만 그것만은 아닌 것 같아 다행이라고 여기고 있다.

한국일보 논설위원실에는 창간발행인 백상 장기영 선생의 어록을 서예가 동강 조수호 선생이 쓴 액자가 걸려 있다. 〈사설은 쉽게 써야 한다. 사설 제목은 시와 같아야 한다.〉 쉽게 쓰는 것이 논설위원의 할 일이라면 시와 같은 제목을 붙이는 게 주필의 몫이다. 주필 직을 맡은 지 벌써 5년이 넘었지만 시와 같은 제목을 붙여 스스로 만족스럽고 남들에게 자랑스럽게 느낀 적이 거의 없으니 딱한 일이다.

『미디어오늘』 2011. 2. 22.

백 가지 생각 천 가지 행동의 언론인 장기영

백상(百想) 탄생 100주년에 부쳐

1977년 4월 11일 월요일, 출근길 버스에서 나는 라디오 뉴스를 듣고 있었다. 〈한국일보 사주이며 IOC 위원, 국회의원인 백상 장기영(張基榮) 씨가…〉 여기까지 듣고 〈아, 사주가 돌아가셨구나〉 하고 알았다. 주격 조사 〈는·은·이·가〉 중에서 〈이·가〉가 〈는·은〉과 어떻게 다른지를 알려 주고 그는 갔다.

〈뼈는 금융인, 몸은 체육인, 피는 언론인, 얼굴은 정치인〉으로 하루 25시간을 살았던 백상(百想)은 진갑 생일을 21일 앞두고 우리 나이 겨우 62세로 타계했다. 2016년 5월 2일은 탄생 100년이 되는 날이다. 1974년 1월 4일부터 2012년 12월 말까지 한국일보에서 일했던 나는 본 만큼, 읽은 만큼 그분의 이야기를 쓴다.

서울 종로구 중학동 14, 백상이 성주처럼 기거했던 한국일보 10층은 불철주야의 다목적 종합 사무실이었다. 여러 대 전화의 선이 칡덩굴처럼 무성했던 그곳에서 백상은 휴식과 여백이 없는 삶을 순직으로 마무리했다.

그의 타계 후 한국일보와 자매지(『코리아타임스』, 『소년한국일보』, 『서울경제신문』, 『주간한국』, 『주간여성』, 『일간스포츠』

— 이상 창간순)는 신군부에 의한 언론 통폐합(1980년 『서울경제』 폐간), 장남 장강재 회장의 타계(1993년)로 경영의 어려움을 겪고, 시들거나 없어지고, 칡덩굴처럼 서로 엉켜 침체 일로를 걸었다. 창업보다 수성(守成)이 얼마나 어려운지 보여 준 사례가 아닐 수 없다.

최초의 상업신문을 천명하며 한국일보를 창간한 백상은 학력을 따지지 않고 뽑는 견습기자 제도를 확립하고 〈기자 사관학교〉를 일구어 갔다. 그는 신문이 사람 장사라는 걸 잘 아는 경영인이었다. 월급은 쥐꼬리만큼 주면서도 인재 욕심이 많아 수많은 사람을 끌어들였고, 〈가는 사람 안 말리고 오는 사람 막지 않는〉 열린 경영을 했다. 그의 자장(磁場)과 인력(引力)은 크고 강했다.

상식을 초월하는 도그마, 한없이 짠 산술, 낮밤을 가리지 않고 면전에서나 전화로 퍼붓는 욕설과 호통은 아주 〈창의적〉이었다. 성황당에 정성 들여 쌓은 돌멩이를 내던지는 역적들, 신문 망쳐 먹을 멍청이들, 월급 도둑놈, 공산당 같은 놈, 일제 순사 앞잡이 같은 놈, 야 이 회사 팔아먹는 버러지 같은 놈……. 넓고 다양한 그의 〈부챗살 소통망〉도 실은 그 자신이 손잡이를 독점하는 일방적 전달 체계였다. 〈장 기자〉, 〈왕초〉, 〈사주〉를 기자들은 〈장돼지〉라고 부르기도 했다.

그런데도 백상은 눈물 많고 정이 두터운 형이나 아버지처럼 기자들과 친했고, 기자들을 반하게 했다. 원탁회의의 토론과 회의를 통해 좋은 의견은 받아들여 고칠 것을 신속하게 고치는 큰 인물이었다. 신입 기자의 이름을 금세 다 외우거나 은혼 기념일까지 챙겨 주고, 술집에서는 〈저게(저쪽 자리) 것〉까지 돈을 내주고 나가고 밀린 외상값을 소리 없이 대신 갚아 주었다.

백상은 연날리기, 10만 어린이 부모 찾아 주기, 1천만 이산가족·친지 찾기, 부산-서울 대역전경주, 미스코리아 등 수많은 사업을 창의적으로 추진했다. 그러나 무모한 도전만 한 게 아니다. 〈컴퓨터 달린 불도저〉는 대담하면서도 세심했다. 『서울경제신문』은 13년, 『일간스포츠』는 8년 가까운 준비 기간을 거쳐 창간했다.

거구돈면(巨軀豚面), 〈큰 체구에 돼지 얼굴〉이었지만 그는 실상 감수성이 풍부한 문학청년이었다. 1면에 매일 시를 싣고 다양한 문화 사업을 펼쳤다. 그는 〈신문기자는 시인이 돼야 한다. 특히 편집기자는 시를 써야 한다〉, 〈사설은 쉽게 써야 한다. 사설 제목은 시와 같아야 한다〉고 말했다.

1955년의 미국 여행기 중 「기차는 원의 중심(重心)을 달린다」는 중학교 국어 교과서에 실렸던 명문이다. 1973년 10월의 「불가리아 기행」을 백상은 〈아, 이 나라도 금수강산이로구나. 오늘은 오늘의 바람이 불고 내일은 내일의 바람이 분다〉는 명구로 마무리했다. 시인 구상의 추모시 「백상송(百想頌)」에는 〈정곡을 찌르는 말솜씨와 / 쇄탈(灑脫)한 글솜씨 / 들꽃의 피고 시듦에도 / 취하고 눈물짓는 시심〉이라는 대목이 나온다.

언론 어록에도 문학적 감성이 풍부하다. 〈뉴스는 나무다. 싱싱한 수액이 줄줄 흐르는 나무를 그대로 베어 오는 게 일선 기자의 일이다.〉〈발로 써라.〉〈납이 녹아서 활자가 되려면 600도의 열이 있어야 한다. 그러나 활자화되는 기사는 600도의 냉정을 가지고 써야 한다. 뜨거운 냉정, 이 양극을 쥐고 나가는 게 신문이다.〉〈신문은 비판하는 용기가 있어야 하지만 칭찬하는 용기도 있어야 한다.〉〈사건이 발생한 그 시간이 바로 마감 시간이다.〉〈신문기자는

술을 마실 자유와 권리가 있다. 그러나 마지막 한 잔은 참아라.〉

한국일보의 초록 사기도 시적이었다. 초록을 상징색으로 한 데 대해 백상은 〈이른 봄에 갓 피어오르는 낙엽송의 새싹 빛깔 이상 좋은 것은 없다〉고 말했다. 옛날 사랑한 여인이 즐겨 입던 저고리 색을 본뜬 것이라는 말도 했다고 한다. 이 싱그러운 순색의 초록은 영국 문인 조지 로버트 기싱(1857~1903)의 「봄의 수상」(원제는 「헨리 라이크로프트의 수기」)에 비슷한 이야기가 나온다고 한다. 그가 이 글을 읽었는지는 모르지만 백상의 표현은 충분히 문학적이고 독창적이다.

백상은 또 치마만 두르면 약하다는 말을 들을 만큼 문문한(무르고 부드러운) 페미니스트였다. 〈갓 빨아 다린 목면(木棉) 같은 여자〉를 좋아했다. 여성들의 부탁을 거절하지 못했고, 유엔이 정한 세계 여성의 해인 1975년에는 여기자만 뽑았다. 여기자가 많은 신문 한국일보에서는 여성이 최초의 종합 일간지 사장(장명수)이 되기도 했다.

그가 제대로 챙기지 않은 것은 그 자신의 건강이었다. 타계 4일 전인 신문의 날에 골프를 치다가 중단하고 머리가 아프다며 앉아 약을 먹는 모습이 목격되기도 했지만, 제대로 조치를 하지 않았다. 안타깝고 분한 일이다.

그는 이렇게 무리를 하면서 무엇을 지향했던 것일까? 신문만을 생각하며 산 그는 한마디로 철저한 프로였다. 내 나름으로 요약하면 〈백상백면 일념천행(百想百面 一念千行)〉, 백 가지 생각과 백 가지 다양한 얼굴로 천 가지 일을 한마음으로 했던 언론인이다.

그가 더 살았다면 나았을까. 신군부에 의해 오히려 더 큰 피해를 당했을지도 모르지만, 최소한 매체 분열이나 경영의 난맥상은 피할 수 있었을 것이다. 〈아무도 이용할 수 없는 한국일보〉를 〈누구나 이용할 수 있는 한국일보〉로 발전시키면서 보여 준 특유의 리더십과 독창적 인재 사랑을 이제는 다른 인물, 다른 매체에서나 부분적으로 볼 수 있다. 안타깝고 아섭고 분한 일이다.

그러니까 이 글은 결국 백상에 대한 송가이자 만가다. 민망하고 면구스럽다.

『한국일보』 2016. 5. 2.

사회부 기자의 전범 김창열

김창열(金昌悅, 1934~2006) 전 한국일보 사장은 사회부 기자의 전범이라고 할 만한 사람이다. 사회부 기자란 어떤 존재인가? 인간의 삶과 죽음의 현장에서 생생한 사실fact을 캐내고, 그 사실에 의미를 부여하고 확인하는 일을 맨 앞에 서서 하는 사람이다. 사회와 시대의 진실을 찾아 나서 참과 거짓을 구분해 일러 주고, 보다 나은 세상을 지향하며 부정직과 비리를 고발하고 불식하기 위해 노력하는 것이 사회부 기자의 참모습이다.

사실은 모든 기자가 다 그렇다. 또 기자라면 다 그럴 수 있어야 한다. 그러나 사실을 찾아내기 위한 현장 밀착의 삶, 참과 거짓을 구별하는 끈질긴 노력과 취재 작업은 아무래도 사회부 기자의 몫이며 본령이다. 이런 점에서 그는 전범이라고 할 만한 기자였다.

그에게서 수습기자 시절의 미숙함이나 서투른 초년병 기자의 모습은 상상하기 어렵다. 그는 젊어서부터 이미 대가였고, 많은 후배들을 훌륭한 기자로 길러 낸 치밀한 데스크이며 우두머리였다. 많은 사람들이 잘못 알고 있지만, 정치부·경제부보다도 사실은 사회부 기자야말로 전문성을 더 갖춰야 한다. 교육·복지·교통·노동·환경·도시행정, 군이나 검찰·경찰의 일과 정책을 보도

하고 논평하는 것은 전문적 식견과 폭넓은 시각을 갖춰야 하는 일이다. 시대가 변하고 갈등이 다양해질수록 더 그렇다. 그런 점에서 김 전 사장은 충분히 전문적이었고, 다른 사람들이 따르기 어려운 프로였다.

한국에서 가장 권위를 인정받는 호암상 언론부문상을 받았을 때(1996년), 김 전 사장은 한 인터뷰에서 Everything, Something 론을 펼쳤다. 기자는 모든 것에 대해 조금씩이라도 알아야 하지만, 어떤 것에 대해서는 모든 것을 알아야 한다는 말이었다.

세상과 인간을 알기 위해서 그는 언제나, 참 많이 읽었다. 훌륭한 기자는 훌륭한 독자다. 늘 미국 일본의 신문을 한국 신문과 비교하며 분석했고, 방송위원장(1993~1999년)이면서도 〈신문적으로〉 발상을 하게 된다고 말할 만큼 〈읽기 중독자〉임을 자처했다.

그는 〈기자의 기본은 신문을 읽는 것〉이라고 말했다. 신문을 읽는다는 것은 하찮은 일상의 행위 같지만, 실은 얼마나 어렵고 엄정하고 가치 있는 일인가. 오늘날과 같은 〈신문의 위기〉 시대에는 신문을 읽는 것의 의미가 더욱 새삼스럽고 소중하다.

김 전 사장은 우리 언론계에서 〈고도의 집적된 기억 장치〉라고 할 수 있을 만큼 많은 것을 읽고 저장했던 사람이다. 필자가 편집국장이던 2004년 11월, 역대 편집국장 선배들을 모시고 저녁을 먹을 때, 〈한 말씀〉 부탁을 받고 자리에서 일어선 그는 필자가 취임 이후에 만든 신문에 대해서 날짜까지 짚어 가며 분석과 비평을 해주었다. 만든 사람도 모르거나 기억하지 못하는 각 지면의 의미를 알려 주고 조목조목 잘잘못(주로 일부러 칭찬을 해주었다)을 말할 때, 내색하지는 않았지만 필자는 기겁했다. 무엇이든 허투루 읽지 않는 기자로서의 자세와, 후배에 대한 사랑과 배려를 함께 읽게 해주는 일이었다.

그는 어떻게 글을 썼던가. 기자 김창열은 사회부장이던 1972년, 남북 적십자회담을 취재하기 위해 평양에 갔을 때 결정적으로 문명을 떨쳤다. 그해 8월 30일 자 한국일보에 「여기는 평양·우리는 왔다」고 감격적인 보도를 한 데 이어, 돌아온 뒤에는 「북한 4박 5일 102시간 이상 체험」이라는 시리즈를 7회나 연재했다. 그 시리즈의 부제는 〈본사 김창열 특파원 보여 준 대로 본 인상〉이었다. 보여 준 대로 본 것이라는 이 부제에서 기자 김창열의 정직성과 정밀성, 정확성이 그대로 드러난다.

이후 기자 김창열은 「메아리」(1982. 7.~1983. 5.), 「토요세평」(1989. 8. 5.~1993. 5. 15.), 「김창열 칼럼」(2000. 3. 8.~2000. 12. 20.)을 각각 편집위원, 논설위원 겸 상임고문의 자격으로 한국일보에 집필했다. 한국일보 사고에 실렸던 필자 소개를 그대로 빌려 인용하면 〈민완하고 예리한 사회 문제 집필자로서 스피디한 필치〉로 그는 많은 독자들의 사랑과 존경을 받았다. 특히 상당 기간 〈이 장관─〉처럼 특정한 정부 당국자에게 보내는 편지 형식을 빌려 현안과 이슈를 집중적으로 분석하고 대안을 제시함으로써 한국일보의 영향력을 키우는 데도 기여했다.

논설주간일 때인 1983년 6월 9일, 한국일보 창간 29주년을 맞아 그는 우리나라 신문 최초로 사설 가로쓰기를 단행했다. 신문 전 지면의 가로쓰기가 시작도 되기 전에 〈읽히는 사설은 쉬 읽을 수 있는 사설, 읽기 편한 사설이라야 한다〉는 지론을 실천한 것이다. 논설위원실을 맡은 지 불과 한 달 만이었으니 평소 정리된 생각이었음을 알 수 있었다. 이 일에 대해서 그는 자신의 공을 뽐내지 않고 한국일보이기 때문에 가능한 일이라고 말한 바 있다.

그의 글에 대해 지금은 퇴직한 한 논설위원은 〈항아리에 넣어 쌓고 채우고, 묵히고 익히고 삭힌 것들을 하나씩 끄집어내는 것 같다〉고 평한 일이 있다. 그만큼 깊이와 폭을 아울러 갖춘 글이라는 뜻이었다. 불면 날아갈 듯 가볍고 얇기만 한 칼럼과 보도가 많은 요즘, 그의 글은 그래서 더 값지고 의미가 깊다.

긴 말이나 잔소리를 싫어했던 그는 사건의 정곡을 찌르는 단문이나 단평을 선호했다. 칼럼에서는 꼭 그와 같지는 않았지만 적절한 쉼표 사용을 통해 글의 호흡을 조절하면서 자신의 리듬과 문법대로 독자들을 이끌어 가는 방식이 인상적이었다.

김성우 편집위원과 함께 하루걸러 번갈아 집필했던 「메아리」는 한국일보의 깊이와 멋과 맛을 알게 해준 명칼럼이었다. 그가 1982년 9월 28일 자에 집필한 「잎 질 때」라는 글은 순직 사망률이 1,000명당 0.83명이나 되는 가로청소원들의 고통과 수난을 이야기하고 있다. 글은 〈낙엽 지는 가을에 생각할 사람은 사랑하는 이만이 아니다〉라고 끝난다. 잎이 지기 시작하기 거의 두 달 전에 쓴 이 칼럼에는 인간과 사회에 대한 사랑이 담겨 있었다.

겉으로는 거의 드러내지 않았지만 그의 마음속에는 언제나 항일투사였던 선친 남은(南隱) 김인서(金麟瑞, 1894~1964) 목사와 하나님이 들어 있었던 것 같다. 그의 아들 김성호 교수(연세대, 정치학)의 글에 의하면, 김 전 사장은 독립운동가이자 당대의 문필가였던 김인서 목사의 전집 12권을 책상 옆에 쌓아 두고 항상 교범처럼 참조했다고 한다. 그는 처음으로 신문 원고 청탁을 받은 아들에게 〈글은 항상 목사님처럼 써라〉는 말도 했다고 한다. 당파를 넘어 높이 날아올라 조망하라는 취지였지만, 인간과 사회에 대한 사랑을 담으라는 뜻도 담겨 있었을 것이다. 1993년 8월에는 선친을 기리며 신문사 퇴직금 중 일부를 떼어 연세대 신과대에 신학연구기금 1억 원을 희사하기도 했다.

그러나 대부분의 언론인들이 흔히 그렇듯 김 전 사장도 가족과 자식에게 그리 자상하지는 못했던 것 같다. 요점과 핵심을 도려내는 단문은 아들과의 대화에서도 예외가 아니었고, 항상 말이 없고 표현을 아꼈다. 심근경색으로 큰 수술을 받고 유언처럼 가족들과 함께 기도를 할 때, 아들에게 남기고 싶은 말도 간단했다고 한다. 〈하나님 아버지, 제가 아들을 이 나라와 민족의 동량이 되도록 키웠습니다. 부디 뿌린 대로 거두소서〉, 이게 다였다고 한다.

대부분의 언론인들이 그런 것처럼 그에게도 가정보다는 일이 먼저였다. 그는 견습 7기로 24세 때인 1958년 4월 한국일보에 입사, 1993년 상임고문을 마지막으로 떠날 때까지 35년간 한국일보에서 일했다. 공채된 견습기자 중에서 최초로 사장에까지 오르고 신문기자로서 거의 모든 직위를 거치는 과정에서 그는 후배들에게 기자로서의 등뼈를 심어 주는 역할을 했다. 그를 따르는 사람들을 가리켜 〈김창열 사단〉이라는 말을 할 만큼 한국일보의 중요한 인맥이 그를 중심으로 형성됐다.

한국일보 정치부장, 사회부장, 논설위원, 상무를 역임한 박용배(견습 17기)는 그에게서 기사 쓰기와 술 마시기를 다 배웠다고 말하고 있다. 기자가 어떻게 기사를 쓰며 무엇 때문에 기사를 쓰는지 지금도 김 전 사장은 저세상에서 텔레파시를 통해 알려 주고 있다는 것이다. 박 전 상무는 한국일보의 백상 장기영 창간발행인과 그의 아들인 장강재 전 회장 두 분의 추모 행사에 이미 고인이

된 김창열과 자신의 공동 명의로 조화를 보내곤 했다. 김 전 사장
에 대한 존경과 사랑을 잘 알게 해주는 일이다.

김 전 사장은 거무튀튀한 얼굴 위에 걸쳐진 뱅글뱅글 돌아가는
도수 높은 안경, 그리고 그 속에서 쉴 새 없이 번쩍이는 두 눈이
인상적이었다. 그런 그를 후배들은 〈엉새(부엉새)〉라고 별명 지
어 불렀다.

그를 말할 때 술과 담배를 빼놓을 수 없다. 담배 연기가 두 줄로
코로 들어갔다가 입으로 다시 나오는 것처럼 보일 정도로 그는 폐
부 깊숙이까지 연기를 섭취하며 정말 맛있게 담배를 피웠다. 그처
럼 담배를 맛있게 피우는 사람은 다시 보기 어렵다. 그리고 밤새
워 마셔도 끄떡없었던 술, 남들을 질리게 만드는 엄청난 양의 고
기 먹기, 이런 모습이 기자의 전형, 특히 사회부 기자의 전형처럼
후배들에게 아로새겨져 있다. 대낮에도 흥이 나면 2차, 3차를 갈
만큼 그는 술을 즐겼다.

그는 평소 부모로부터 건강을 타고난 것, 좋은 선배와 후배, 좋
은 부인을 만난 것을 늘 감사하게 생각한다고 말했다. 자신은 신
문기자로서 인복이 많은 사람이라고 자랑하기도 했다.

그러나 끝없는 술과 담배, 수없는 밤샘 근무의 피로가 쌓이면서
그는 2000년 무렵부터 결국 건강을 잃었고, 평소 강건했던 모습
과 너무도 어울리지 않게 너무도 빨리 세상을 떠났다. 〈항상 프로
가 되어라. 그러려면 건강과 근면, 지적 호기심을 유지해야 한다〉
고 후배들에게 강조하던 분이어서 더욱더 안타까운 일이다. 건강
의 중요함을 역설적으로 알려 주고 그는 떠나갔다.

개인적으로는 이해하기 어려운 일도 있다. 그가 사장일 때 강당
에 사원들을 모아 놓고 노조 문제에 관한 협조와 이해를 당부하면

서 목이 메어 울먹이는 것을 보고 많은 사람들이 놀라고 의아해했던 일이 있다. 평소의 강인한 모습과 너무 달랐기 때문이다.

1986년 8월, 우리나라 조직폭력배의 실상이 사실상 처음으로 드러난 서진룸살롱 살인사건 때 한국일보는 조선일보에 물을 먹었다. 바가지로 물을 계속 먹이다가 동이로 물을 먹었다는 평을 들은 사건이었다. 사회부 기자들이 다들 코가 빠진 채 편집국에서 저녁을 시켜 먹고 있을 때 사장이던 그가 〈물 먹은 놈들이 뭔 저녁을 먹어?〉 이렇게 한마디 던지고 지나갔다. 그 순간 우리는 목이 턱 막혀 더 이상 밥을 먹지 못했다.

이 두 가지 일은 뜻밖에도 여린 그의 감성과 감상(感傷)을 보여 준 사례라고 생각한다. 특히 서진룸살롱 사건의 경우는 늘 승부에서 이겨 온 〈김창열의 사회부〉가 물을 먹은 데 대한 질책과 경고였던 셈인데, 그에게는 이렇게 무심히 지나가는 한마디가 더러 있었다.

그러나 지금은 특종과 낙종에 관한 인식이 점점 희미해져 가고, 물을 먹어도 누가 크게 나무라지도 않는다. 특종도 어렵지만 낙종도 그만큼 어렵다. 「토요세평」에 4년 동안 쓴 글을 모아 1994년에 발간한 그의 칼럼집 『왜 말이 없습니까』처럼 지금은 왜 말이 없으시냐고 묻고 싶어진다.

『한국언론인물사화 7』, 대한언론인회, 2010

지은이 **임철순** 서울 보성고, 고려대 독문과, 한양대 언론정보대학원을 졸업했다. 1974년 한국일보에 입사해 편집국장과 주필을 거쳐 2012년 퇴사한 뒤, 이투데이 이사 겸 주필을 역임했다. 한국기자상, 위암 장지연상, 삼성언론상, 장한 고대언론인상, 보성언론인상 등을 수상했다. 현재 자유칼럼그룹 공동대표, 한국언론문화포럼 회장, 시니어희망공동체 이사장을 맡고 있다.
저서로는 『노래도 늙는구나』, 『효자손으로도 때리지 말라』, 『내가 지키는 글쓰기 원칙』(공저), 『1개월 인턴기자와 40년 저널리스트가 만나다』(전자책)가 있다. 대한민국서예대전 행초서, 전서 부문에 각 2회 입선했다. 호는 담연(淡硯).

손들지 않는 기자들

발행일 2019년 6월 15일 초판 1쇄

지은이 임철순
발행인 홍지웅 · 홍예빈
발행처 주식회사 열린책들

경기도 파주시 문발로 253 파주출판도시
전화 031-955-4000 팩스 031-955-4004
www.openbooks.co.kr

Copyright (C) 임철순, 2019, *Printed in Korea*.
ISBN 978-89-329-1974-4 03810

이 도서의 국립중앙도서관 출판예정도서목록(CIP)은 서지정보유통지원시스템 홈페이지(http://seoji.nl.go.kr)와 국가자료공동목록시스템(http://www.nl.go.kr/kolisnet)에서 이용하실 수 있습니다.(CIP제어번호:2019021111)